新版・俳句歳時記【第六版】

冬

桂　信子
金子兜太
草間時彦
廣瀬直人
古沢太穂
監修

雄山閣

序

季語には日本の風土に根ざした豊かな知恵、美意識、季節感が凝縮しています。その季語の集大成である「歳時記」は俳人や俳句を愛する方ばかりでなく、広く日本人に愛されてきました。

季語も俳句も時代とともに進化、発展しています。新しい世紀を迎えて、新しい時代に対応した歳時記が求められる所以です。

このたび雄山閣は、このような時代の要請に応え、携帯に便利な文庫版の歳時記を企画したところ、桂信子、金子兜太、草間時彦、廣瀬直人、古沢太穂の諸先生方が監修を引き受けてくださり、また多数の有力結社、有力俳人（巻末記載）のご協力を得ることができました。この「歳時記」は、企画より足掛け三年を経て完成しましたが、この間に故人となられた先生もおられます。ここでは企画発足当時のお名前を記し謝意といたしました。

この「新版・俳句歳時記」は、歳時記としては初めての試みとして、例句の一部を公募によって募集することにしました。この企画は当初賛否両論ありましたが、結果的に応募句約一万句（入選収録句約一千句）という大きな共感を得ることができました。

また、現代にふさわしい新季語の採用に努めました。その一部をあげれば、「リラ冷え」「花粉症」「ひとで」「冷し中華」「森林浴」「沖縄慰霊の日」「ラベンダー」「はまごう」「絹雲」「阪神淡路大震災忌」「クリオネ」などです。

さらに俳句の伝統を考慮しつつも、時代に即して季語の季節区分を改めました。それは「花火」（秋から夏）「蜻蛉」（秋から夏）「朝顔」（秋から夏）「西瓜」（秋から夏）「シクラメン」（春から冬）

などです。

この歳時記は、文庫版という制約から、いたずらに見出し季語の数を増やすよりも季語解説のやさしさと例句の充実に努め、俳句の実作の助けになることを目指しました。

さらに同じく歳時記として例句の理解を助けるため初めて「近現代俳人系統図」をつけました。

時代を反映する歳時記は、留まることなく進化することが求められます。この「新版・俳句歳時記」は、その名のとおり絶えず「新版」であることを目指し、数年ごとに改訂し、より正確で、より優れた例句の充実を行うものです。

俳人、俳句を愛する方、これから俳句を作り始めたいと思っている方の座右の書としてご愛用を切にお願いします。

二〇〇一年七月

雄山閣「新版・俳句歳時記」編纂委員会

「第六版刊行に際して」

『新版俳句歳時記』はおかげさまで、版を重ね二〇一六年に第五版を刊行することが出来ました。その後の季語の変遷、特に祝日法の改正による「山の日」などの新設を踏まえ、必要最小限の改定を加え、また若干の誤字・誤植などの訂正などを行い、ここに第六版を刊行することとしました。

これまでの版と大きく異なる点は、携帯利用の便も考慮して、合本でなく春・夏・秋・冬・新年の五分冊としたことです。引き続きご愛顧くださるようお願いします。

二〇二三年八月

雄山閣『新版俳句歳時記』編纂委員会

編集長　松田ひろむ

凡例

1 季節区分は、春は立春から立夏の前日までとし、以下、夏は立夏から立秋の前日まで、秋は立秋から立冬の前日まで、冬は立冬から立春の前日までとした。新年は正月に関係のある季語を収めた。例外的に一連の行事となる「端午の節句」（夏）や「原爆忌」（夏）などは季節がまたがっても一つの季とした。

2 季語の配列は、時候・天文・地理・生活・行事・動物・植物の順とし、同一系統のものをまとめるように努めた。

3 季語は俳句の伝統を考慮しつつも時代に応じて季節区分などの見直しを行い、また新季語の採用に努めた。季語解説の末尾に↓で関連のある季語を示した。

4 見出し季語は原則として、現代仮名づかいとしたが、現代仮名づかいでは意味が不明瞭な場合は、旧仮名づかいとした。

5 見出し季語の漢字表記部分にはふり仮名を付した。右側に現代仮名づかいを付し、旧仮名づかいが現代仮名づかいと異なる場合は、左側に旧仮名づかいを付した。

6 見出し季語に関連のある傍題・異名・別名は見出し季語の下に示した。

7 季語の解説は、平易で簡潔な記述とした。解説は、現代仮名づかいとしたが、引用部分は原則的には原文のままとした。

8 誤読のおそれのある漢字、難読と思われる漢字には、原文・原句のふり仮名の有無にこだわらず、現代仮名づかいでふり仮名を付した。

9　例句は広く秀句の収録を期するとともに、公募による入選句を収めた。近世の例句は一部表記を改めた場合もある。明治以降の例句は原文どおりとした。

10　季語・解説・例句の漢字は、原文・原句などの字体にかかわらず、新字体を用いることを原則とした。ただし、旧字体の方が適当と思われる部分は例外的に旧字体を使用した。引用部分や、作者名など固有名詞の旧字体部分は、原則として旧字体のままとした。ただし、元が旧字体であっても、新字体が広く一般的に使用されている固有名詞などは、例外的に新字体を使用した。なお新字体漢字の中で、「略字」と指摘される場合があるものでも、すでに広く一般の印刷物で使用されているものについては、そのままその字体を使用した。

11　例句の配列は、作者の時代順となるように努めた。近世の俳人は号のみ、明治以降の俳人は姓号で示した。

12　索引は、見出し季語のほか、傍題・異名を現代仮名づかいで五十音順に収めた。見出し季語はゴシック体で示した。

13　新年巻には付録として、行事一覧、忌日一覧、二十四節気七十二候表を掲載するとともに、別に近現代俳人系統図をつけた。また巻末には、春から新年までの総索引を付した。

目次

冬

時候

天文

地理

生活

行事

時候

冬（ふゆ）

三冬（さんとう）　九冬（きゅうとう）　玄冬（げんとう）　黒帝（こくてい）　冬帝（とうてい）　冬将軍（ふゆしょうぐん）

立冬（十一月七日ごろ）から立春（二月四日ごろ）の前日まで。新暦のほぼ十一月、十二月、一月にあたる。三冬は初冬・仲冬・晩冬のこと。九冬は冬季九十日間のこと。日が短く気温の下がることから動物も植物も休息し、成長期の春にそなえる。玄冬は漢名。冬帝は冬をつかさどる神の意。冬将軍はナポレオンが厳冬のためモスクワ遠征に失敗したことから擬人化したもの。冬は「冷（ひ）ゆ」が転じて「ふゆ」になったといわれている。

梅漬の種が真赤ぞ甲斐の冬　飯田龍太
石蹴つて鎌倉の冬起こしけり　原　裕
野火止（のびどめ）の冬ころころとながれけり　平井照敏
葬送の列後にしばし蹤きて冬　福永耕二
右手哀へ曇りガラスの中の冬　柿本多映
ラスコーリニコフは冬の落花生　坪内稔典
巴里にゐてチエロの形を想ふ冬　皆吉　司
幹どこを叩くも鉄の音や冬　橋本榮治
幾星霜家史踏み砕きブルの冬　森村誠一

玄冬の微かに照れる厠神　攝津幸彦
僧形（そうぎょう）の我と逢ふ冬ゆめのうら　深谷雄大
怒濤まで四五枚の田が冬の旅　古沢太穂
冬岬風にさびしいおとこの背　出井哲朗
絵襖に隠れて冬のほとけたち　吉田鴻司
冬の昼アルミニウムと発言す　山西雅子
印花布（いんかふ）の蝶を帯とし冬に逢ふ　坂井とみ子
喪に急げば立ちあがり来る冬の影　小原つる
喪の家の大きな鏡冬が来る　飯田綾子

大伽藍抱きて冬の闇厚き　狭川青史
ロシア船冬将軍を連れて来し　鈴木大林子
空真青水の底まで冬が来て　菅原章風
冬帝は先づ暗がりの湯殿に来　加藤鼓堂
海鳴りは冬を呼ぶ音蜑（あま）の町　松本泰志
蒟蒻（こんにゃく）の歯応へも伊賀冬にゐる　幸治燕居
物一つどこに置いても冬の影　佐々木母屋
修羅秘めて冬の湾底藻がゆらぐ　山崎明子
壁の王妃いつも横向き冬長し　山内　愛
早池峯（はやちね）に冬帝斧を振ひけり　佐藤映二
冬の石個性なければ飛礫とす　新谷ひろし
歳月が冬連れて来るダム工事　堀江爽青
鷺翔んで断崖は冬まぎれなし　古川　進
冬らしき冬になるらし世田谷線　宇田川修一
縄文土器冬の器と思ひけり　永田陽子
一冬の囮鶲瞼縫はれけり　岡野風痕子
点滴のまま運ばるる冬廊下　井垣清明
冬を耐ゆ象は全身皺にして　多賀庫彦
被災地へ帰るほかなし冬の靴　神田ひろみ
路地に冬醤油の匂う風が好き　白石みずき

初冬（はつふゆ）

初冬（しょとう）　孟冬（もうとう）　冬初め　冬浅し

冬を初冬・仲冬・晩冬の三期に分けた初めの冬をいう。旧暦十月の異名でもある。木の葉が散りはじめ、野山が枯れを深める満目蕭条としたさまは、寂しさを誘う。俳句では、ひびきとのかかわりで、「しょとう」は収まりにくく、用いられるのは「はつふゆ」「ふゆはじめ」などである。

はつふゆの木と木の間澄みにけり　矢島渚男
山房に鳩の籠（こも）り音（ね）冬初め　深谷雄大
初冬のわが影を置く水の上　朔多　恭
石棺の蓋濡れ色に冬浅し　河原芦月
鵜の礁に鵜がきていつも冬初め　永井一穂
初冬の水平線のかなたかな　角谷幸子
一木を断つと初冬の天に告ぐ　川島喜由
火を焚きし人より暮るる冬はじめ　高島つよし

神無月（かんなづき）

かみなづき　神去月（かみさりづき）　神有月（かみありづき）　時雨月（しぐれづき）　初霜月（はつしもづき）

旧暦十月の異称。神の月の意。諸国の神々が出雲に集まるため留守になる月という説は、ほほえましいが後世の俗説といわれている。俗に出雲では男女の縁結びの相談が神々のあいだで行われるといわれ、この地では「神有月」と呼ぶ。単に旧暦の十月というのと違って、多分に含みを持った季語として使われることが多い。↓十月（秋）

山山の雪のさだまる神無月　深谷雄大
京に舞ふ風のこころの神無月　大西岩夫
言葉の矢刺さりしままに神無月　関野八千代
神無月めをと茶碗の音がする　相沢　鼎
神無月神が国引く音ばかり　醍醐鉄哉
神来ると新藁高く高く積む　石飛如翠
歯ブラシのつかれし毛先神無月　木谷はるか
神有月出雲農家は垣厚し　大津希水

十一月（じゅういちがつ・じふいちぐわつ）

新暦の十一月。暦の上では、月の初めに立冬を迎えるが、小春日和が続き、行楽で賑わう地方もある。秋から冬への移りかわりの時期である。↓霜月

あたたかき十一月もすみにけり　中村草田男
喪の十一月河強風に捲かるる鷗　古沢太穂
峠見ゆ十一月のむなしさに　細見綾子
父の忌の十一月の雪を掃く　深谷雄大
十一月あつまつて濃くなつて村人　阿部完市
十一月石も素肌をさらすかな　平井照敏
十一月神の醸（かも）せし酒にほふ　栗原稜歩
月上る十一月の草の香に　新村写空
あたたかき十一月の回り道　松吉良信
煙草の火十一月がすたすたと　美馬順子

立冬（りっとう）　冬立つ（ふゆたつ）　冬に入る　冬来る（ふゆきたる）　今朝の冬

二十四節気の一つ。新暦で十一月七日ごろにあたる。この日から冬に入る。「今朝の冬」は立冬の朝をいう。

凪ぎわたる地はうす眼して冬に入る　飯田蛇笏
跳箱の突き手一瞬冬が来る　友岡子郷
日日の厨のつとめ冬に入る　西岡千鶴子
心電図音なくとられ冬立つ日　藤岡きみゑ
風哭いて湖北いよいよ冬に入る　成宮紫水
口つひに開かず石榴（ざくろ）冬に入る　高橋栄子
表札の歪みを正して冬に入る　土谷和生
海荒れて大佐渡小佐渡冬に入る　山中阿木子
津軽はや荒ぶる日なり冬に入る　三上　孝
立冬の角きっちりと楷書かく　榎田きよ子
立冬の厨に乾くかまど神　黒米満男
敷網に立冬の波とがりくる　川崎俊子
立冬や疲れをふやす夜の風呂　高木喬一
一杓の余滴に冬の立ちにけり　原槙恭子
煎餅屋の火床が見えて冬に入る　光信喜美子
塩蔵の屋根に日当り冬に入る　井上青穂
立冬や深夜に運ぶ伝書鳩　小口理市
あたたかき立冬を掃く高箒　鈴木路世
家々に魔除けの大樹冬に入る　山田文子
貫入は器の叫び冬立てり　板倉寿美江
一字欠けネオンサインも冬に入る　森田幸夫
地玉子のぶつかけご飯今朝の冬　笠　政人

冬ざれ（ふゆざれ）　冬ざるる

冬の風物の蕭条（しょうじょう）たるさまをいう。「冬ざれ」は「冬されば」の誤用で、「冬になれば」という意味から転じた言葉。「冬ざるる」は、助動詞「る」の連体形で終止形に用いることは誤用。

冬ざれや樹々数ふべき筑波山　蕉村
冬ざれの厨に赤き蕪かな　正岡子規
冬ざるる一つに碧梧桐の墓　篠崎圭介
冬ざれの断つは恋情のみならず　咲間　匡
冬ざるることいちはやく岬村　岬　雪夫
冬ざれの深まるばかり風の土手　鶴田佳三
冬ざれてうるさき程に鴉（からす）鳴く　山下孝子
冬ざれやことに谷中の銅壺店　杉野諒一
冬ざれや利根片岸に水寄せて　星野魯仁光
おかめ坂過ぎ冬ざれの狸坂　伊藤直介

小雪（しょうせつ）

二十四節気の一つ。初冬、旧暦十月の節。新暦では十一月二十二日頃にあたる。降雪が見られることもあるが、まだ大雪にはならない。

小雪や津軽の藍の小巾刺（こぎんざし）　井上弘美
小雪や背中を掻いてくれるひと　松田ひろむ
小雪やたった五文字のありがとう　安原南海子
小雪やまだ日の残る宿場町　宮　沢子
小雪のオランダ坂に振る帽子　牧野桂一
小雪や輪ゴムでくくる喪のはがき　安藤草太
小雪や詩の成る木があったはず　小平　湖
小雪やコーヒー豆を挽きながら　高矢実來
小雪やゆつくりタクト振り下ろす　久下晴美
小雪や行平鍋をことことと　川目　紫
小雪の日や魚の目の目を削る　荒井　類
小雪や抱っこ嫌いな猫を抱く　小髙沙羅
男っぽく生き小雪の日本海　石口りんご
小雪や緋襷備前マグカップ　横山小鼓
小雪の五百羅漢や夢うつつ　磯部薫子
小雪や「のぞみ」に乗ると目が廻り　中村ふみ
小雪や二の腕ながらもてあそぶ　栗田希代子
小雪の地球柑橘系の匂い　石口　榮

小春（こはる）

小春日（こはるび）　小春日和（こはるびより）　小六月（ころくがつ）

旧暦十月の異称。新暦では十一月上旬から十二月上旬ごろにあたり、このころは台風の近づくこともなく、強い季節風も吹かず、春のような穏やかな日和の続くことから小春と呼ばれるようになった。

唇紅（くちべに）に和紙の吸ひつく小春かな　小枝秀穂女
小春日や声筒抜けに嫁と妻　松本　進
鳩笛の胸ふくらます小春かな　黒瀧昭一
川舟の竹のせてゐる小春かな　伊東睦子
東京のゆきとどきたる小春かな　海津篤子
小春日やものみな午後の位置にあり　清水青風
磨かれて履かぬ靴あり小六月　本田なぎさ
小春日や夢喰ふ貘（ばく）の舌に色　黒米満男
小春日のかがやいてすぐ暮れにけり　米田ゆき子
からすみを干したる浦の小春かな　岡村紀洋
庇より鳩の湧き出る寺小春　植木千鶴子
綿菓子の糸の先まで小春巻く　高井敏江
小春日の対話たいらな石に掛け　國武和子
小春日や妻の笑顔の走り来る　佐藤哲一郎
小春日の眠ったような村通る　前迫寛子
小春日の黒子（ほくろ）美人に出合ひけり　村山三郎
小春日や当麻（たいま）の辻の蹴速塚（けはやづか）　甲斐礼子
小春日やピエロ酒呑む鼻を取る　長村道子
烏骨鶏兎と飼われ小六月　磯部千草
小春日のもやひほどかむ高瀬舟　玉山翠子
小春日の瀬の輝やきとなりにけり　鶴田佳三
串焼の魚の逆立つ小春かな　高瀬恵子
水兵の腕の刺青小六月　楠本莞爾
観音のころもなでゆく小春風　森川恭衣
猫呼べば尾の応へたる小春かな　山崎不二子
玻璃磨く小春の空の透けるまで　鈴木英子

冬暖か　冬暖　冬ぬくし

冬になってから、一日か二日、あるいは数日暖かい陽気になることがある。気象の変化によるもので、三寒四温の四温とは別である。これまで「冬暖」と「暖冬」を同じに扱っている歳時記もあるが、「暖冬」は冬季を通して平均気温の高いことをいい、「冬暖」とは別である。

掌に載せて風呂敷てふ冬ぬくきもの　林　翔
冬ぬくく魚臭の街に土産買ふ　合田涼子
冬ぬくし菜畑の色の豊かなる　植木千鶴子
梵鐘の鳴れば憩はむ冬ぬくし　坂本和子
冬ぬくしレイとキスもて迎へられ　簗谷暁邨
上弦の月の座くづれ冬ぬくし　大貫正子
ふる里の島に母住む冬ぬくし　大政光子
冬暖か綺麗に割れて馬の尻　堀　敬子
冬暖か鶏舎のたまごころげ出る　近藤静輔
冬ぬくし古井にのこる水の声　今井サト
冬あたたかし観音に千の御手　古屋多代子
裏返る猫をながめて冬ぬくし　斉藤浩美

冬めく

万象ことごとく、冬らしくなってきたことをいう。どちらかというと、「冬ざれ」が視覚にかかる部分が強いのに対して、心情にかかる部分が強い。

冬めきて衣の襞深き芭蕉像　鍵和田秞子
粧を薄く冬めく庫裡に坐す　今長谷見沙

十二月

一年の終りの月で、月が改まったときからその年の総決算の思いは高まるものの、あわただしく過

ぎてしまう月でもある。↓師走

人の世はかそけし暗し十二月　石原八束
川狭くとぎれ流るる十二月　大貫正子
髪染めて己なぐさむ十二月　藤岡きみゑ
大鍋に鯛を蒸しゐる十二月　荻野杏子
十二月心に留む忌日あり　小島阿具里
十二月みたらしに檜の新柱(あらばしら)　小松原みや子
近々と鴉が降りし十二月　斎藤道子
十二月八日の都夜霧濃し　藤井寿江子
入浴も仕事のひとつ十二月　佐野みつ
からくりのごとくもう来ぬ十二月　塚本青曜
老い兆す頭ごなしに十二月　小嶋萬棒
赤松の肌濃くなせり十二月　長島生一
くらがりへ水の入りゆく十二月　小室善弘

ラーメンの縮れさみしき十二月　篠塚千恵美
十二月青空を見る小さき旅　今井田敬子
からまつの下の跫音(あしおと)十二月　小山森生
千羽鶴千の退屈十二月　正木志司子
原色の花から糶(せ)られ十二月　塩崎翠羊
船底に白百合積まる十二月　一志貴美子
眼を閉づは肯(うべな)ふことや十二月　津森延世
十二月八日月夜の通り雨　菊地千枝子
微光にも白樺さめて十二月　勝又木風雨
おじゃがの芽惜しげなくかき十二月　市村フミ
十二月八日を夫の言ひ出づる　天野慶子
起重機の鋭角に伸び十二月　伊藤順雄
棄て兼ねしものを捨て切る十二月　長田友子

霜月(しもつき)　霜降月(しもふりづき)

旧暦十一月の異称。霜のきびしく降りる時季をいう。語源は別に、上(かみ)のみなつき（神無月）に対して下(しも)のみなつきといわれたから、という説もある。↓十一月

霜月の庫裏(くり)八角の太柱　加古宗也
霜月の夜を水色に別れきし　秋吉世津子

大雪（たいせつ）

二十四節気のひとつ。仲冬、新暦十二月七日頃にあたる。北国では文字通り雪の日が多くなる。中部地方でも初雪の報せが始まる。

大雪や暦に記す覚え書き　椎橋清翠
大雪の喉渇きつつ鳩の街　松田ひろむ
大雪や自画像に髭付け加へ　牧野桂一
大雪や息を飲むほど沈下橋　宮　沢子
大雪やまだ色褪せぬ万華鏡　中村ふみ
大雪の夜景の連写ドイツ村　杉浦一枝

大雪や涙は少し塩からい　荒井　類
大雪のホワイトアウト二人旅　川崎果連
大雪や希望は自分で探すだけ　横山小鼓
大雪や鶏がらの出汁煮え立たす　久下晴美
大雪や宿が自慢の飢饉食　川目　紫
大雪といわれているが木々の黙　栗田希代子

冬至（とうじ）　冬至粥（とうじがゆ）　冬至南瓜（とうじかぼちゃ）　一陽来復（いちようらいふく）

二十四節気の一つ。旧暦十一月の節で立冬から四五日後、新暦十二月二十二日ごろにあたる。一年のうちの昼が最も短く、夜が最も長い日。この日は、小豆粥や南瓜（かぼちゃ）・蒟蒻（こんにゃく）を食べたり、柚子（ゆず）湯に入ったりする風習がある。

刃を当てられ冬至南瓜の力むなり　檜　紀代
ビル陰の深きを行くも冬至かな　田淵定人
大灘や冬至の入日吸ひ伸ばし　射場秀太郎
餡届き南瓜の届き冬至かな　川原道程

諍（いさか）ひて一日遅れの冬至粥　咲間　匡
冬至柚子使ひ忘れて月日失す　高垣美恵子
冬至南瓜鳩尾（しび）あたりくぐりけり　東　竹を
茄子胡瓜トマトも売られ冬至とは　岡本まち子

浜風に小枝の揺るる冬至かな　山﨑道子
冬至南瓜戦中戦後鮮烈に　田中和子
かち割りて冬至南瓜の鬱金かな　小林京子
とつときの冬至南瓜の据りかな　吉岡葉家子
作業場にこけし材着く冬至かな　田中好子
大護摩を焚いて冬至を逝かすなり　佐藤一樹

師走（しわす・しはす）

極月（ごくげつ）　臘月（ろうげつ）　春待月（はるまちづき）

旧暦十二月の異称。平安末期の『色葉字類抄』（いろはじるいしょう）に、「俗に師馳（しはす）と云ふ、釈有り」と記されており、このころすでに師匠の僧が経をあげるために諸方を駆け回る月としてこの言葉が使われていたことが判る。「師走」は、新暦の十二月の異称としても使われるところなど、特別なはたらきをしている。

↓十二月

故郷の山しづかなる師走かな　吉田冬葉
佃路地師走発たすと風日和　古沢太穂
噴水の丈切り詰めて師走来る　橋本榮治
泣くために来し極月の妻の墓　内山泉子
極月や神父と出遭ふエレベーター　実渕真津子
おうおうと歯を毟（むし）らるや極月に　森松　清
極月の旅にゐて呼び戻さるる　秦羚羊子
極月のピエロはビラを撒きどほし　末永あつし
極月の臼売り臼に腰かけて　寺崎美江女
少年院訪ふ極月のひとり旅　大堀澄子
親子して師走の壁を塗り急ぐ　平間彌生
花街のネオン師走の雨に濡れ　本宮哲郎
画架立てて師走の町に背を向ける　山下美典
極月のくちなはにして斯く白き　折井眞琴
鰤船の師走を帰る響灘　庄司圭吾
ベッドより別の病院見て師走　里見善三郎
極月の空青々と追ふものなし　金田咲子
鏡中に揺らす師走の耳飾り　栃木絵津子
身を賭する家長の吾の師走来る　石井祥三
極月の背骨ゆるめる地下理髪　大西やすし

極月の水門を吊る錆鎖　梁瀬時忘
誰もゐぬ職員室に師走の灯　西堀貞子

年の暮（としのくれ）

歳暮（せいぼ）　歳晩（さいばん）　歳末（さいまつ）　年末　年歩む（あゆむ）　年の瀬　年の果（はて）　年暮る（くる）　年詰まる

年の終りの十二月も押し迫ったころをいう。街は歳末の大売り出しやさまざまの催しで賑わい、家庭では新しい年を迎えるための準備に追われる。あわただしいなかにも快い活気のみなぎる時季である。↓行く年

忘れゐし袂の銭や年の暮　吉田冬葉
押し来たるものに抗（あらが）ひ年の暮　中野　弘
妻あるも地獄妻亡し年の暮　石原八束
歳晩や空仰がねば雪降らす　新谷ひろし
年暮るる庭師焚火の輪を解けば　飯田龍太
年暮るる水にうつりて勝手口　榎本虎山
年の暮金精さまも洗ふとか　飯島晴子
湯加減をみてゐる声も年の暮　小玉好人
横に寝て大地に遠し年の暮　田中裕明
年つまる煮干しの腸のほろ苦し　窪田華空子
年つまる星がぴしぴし玻璃を打つ　宇咲冬男
年つまる大器晩成くすぶれり　斉川　妙
歳晩や回して鳴らす首の骨　河合凱夫
年つまる先師の句碑に薄日さし　三谷貞雄
世辞笑ひ慣れて商ふ年の暮　水下寿代
年の瀬や未完の詩を捨てきれず　佐藤一樹
年つまる失せ物に時費やして　柏岡恵子
年の瀬の忙しと言ふて長電話　橋本敏子
歳晩や月なほ育つ円をもち　小松原みや子
年の瀬の磨けば光るもの多し　白根君子
歳晩の裸電球ぶらさがる　石田美保子
年の瀬やまねき猫買ふ瀬戸銀座　後藤邦代
歳晩の人倉庫より顔出せり　矢野典子
手抜き料理骨抜き俳句年つまる　郡山とし子
歳晩といふ待ち時間バス停に　住谷不未夫
独り居にふた役三役年詰る　白澤よし子

脚折れし蟹を歳暮に大工来る　上林レイ子
年の瀬や動く歩道を大股に　笹本カホル
遺されし被爆者手帳年迫る　玉井吉秋
年の瀬の電車がぎいと山へ寄る　緒方　敬

数え日（かぞえび）　かぞへび

年内も押しつまって、指を折って数えられるほどになった、という思いのこもった季語。その残り少ない日の意にも用いる。川柳集『誹風柳多留』（一七六五～一八三八年）に〈数へ日は親のと子のは大違ひ〉があるが、季語として用いられたのは、二、三十年前からである。

数へ日の暖簾師去るを見てをりぬ　石原八束
師のたより待つ数へ日の数へごと　深谷雄大
迫りもあり奈落もありて日を数ふ　小池つと夢
数へ日の教会うらの古着市　斉藤淑子
数へ日や二人の音を一人づつ　土橋たかを
数へ日の首を出しゐる砂蒸し湯　小室風詩
数へ日の海より出る月紙のごと　壙崎行雄
数へ日やひとつの部屋にひとつの灯　高木聡輔
街騒も数へ日らしくなって来し　境　雅秋
数へ日の窯の口より出できたり　松林　慧

年の内（としのうち）　年内（ねんない）　年内立春（ねんないりっしゅん）

年も迫って、幾日も残っていないころをいう。「年の暮」よりも幾分ゆとりがあり、仕上げの仕事量にも幅があるのであろうか。その僅かな違いにも、季語の機能は微妙にはたらく。

山恋をかるき恙（つつが）に年の内　上田五千石
年内に読み切れさうもなき頁（ページ）　中本晶子

行く年（ゆくとし）　年逝く（としゆく）　年流る（としながる）　年送る

年の逝くのを惜しみ、一年を振りかえる感慨のこもった季語である。単に、過ぎ去ってゆく年を惜しむだけでなく、心に残る出会いや別れなどを改めて呼び起し、胸にきざむこともあるであろう。

→年の暮

行く年やわれにもひとり女弟子　富田木歩
年送る幾年同じ厨事　松山和子
ゆく年の雪負ひしまま新校舎　塚田正観
行く年や袋にねむる鯨尺　國武和子
ゆく年の机上狼籍（ろうぜき）極まれる　黒鳥一司
行く年や水に水捨つ舟住ひ　北野石龍子
ゆく年の通過地点の星ひとつ　平井幸子
ゆく年や獣のごとく車寝て　河原崎蓉子
行年をふり返りゐる煙草かな　森田桃村
逝く年の眠り貧り父母老いぬ　藤田美代子
疲れっぽく忘れっぽく年逝かす　小出秋光
逝く年の闇深きより汽笛鳴る　高橋　菊

大晦日（おおみそか／おほみそか）

大年（おおとし）　大つごもり　大三十日（おおみそか）　除日（じょじつ）　小晦日（こつごもり）

十二月三十一日、一年の最後の日をいう。「みそか」は「三十日（みそか）」で、もとは三十日のことであったのが、転じて月の最終日をいうようになった。「大」がついて「十二月」の最終日、つまり、一年の最終日となる。「晦」の字を当てたのは「晦日（かいじつ）」―「月の出ない日」の意からであろうか。

父祖の地に闇のしづまる大晦日　飯田蛇笏
大年の青瞬かすカシオペア　山田みづえ
大年を西へ率て行く月の魄（はく）　岩坂満寿枝
大年の大理石に水そよぎをり　山西雅子
大年の雲の切れ間を鳥の群れ　杉浦圭祐
大年の海原叩け鯨の尾　遠山陽子
大年の風呂轟々と沸かしけり　田川江道
大年の閧挙げにけり薩摩鶏　能勢真砂子

年惜しむ（としおしむ／としをしむ）

過ぎ去ってゆく年を惜しむ意。「行く年」と交錯する部分もあるが、「惜しむ」と限っている分だけ

主情的である。旧暦では、年の終りが冬の終りでもあり、冬を惜しむ意も含まれていた。↓行く年

年惜しむ偃すことの宵惑ひ　深谷雄大
手鏡に息吹きかけて年惜しむ　浅井沙衣子
楽人のデスマスク掛け年惜しむ　小枝秀穂女
矜持なきわが身のほどの年惜しむ　三島敏子
ものを焼く煙の行方年惜しむ　平手むつ子
年惜しむ古希の坂まで来てしまふ　勝田享子

年越　年を越す

旧年から新年に移ることであるが、年越蕎麦などを食べる習わしもあるように、旧い年を越えて新しい年に入ってゆくという心構えがこめられている季語である。大晦日から元旦への境をさすが、旧暦では、立春が新年なので、その前夜の節分を「年越」とした。

年越や使はず捨てず火消壺　草間時彦
遺句集の序に苦しみて年を越す　深谷雄大
くらやみに年を越しゐる牛の息　木附沢麦青
年越の耳あらふこと残りけり　鍵和田秞子

除夜　除夕　年の夜

大晦日の夜をいう。夜半十二時に各地の寺院で除夜の鐘が撞かれ、旧年は終りを告げ、新年を迎えるのである。「除夜」は、一年の害を除く夜の意とされる。↓年守る・年籠

除夜の湯に肌触れ合へり生くるべし　村越化石
年の夜やポストの口のあたたかし　宮坂静生
除夜の妻白鳥のごと湯浴みをり　森澄雄
篝火が闇の表を焦がす除夜　本杉桃林
年の夜の狐にかへる狂言師　深谷雄大
除夜の妻ホイッスル吹くごと笑ふ　吉野裕之
除夜の厨常の日のごと束子置く　中嶋秀子
一本の楠あきらかに除夜のこゑ　加藤勝

一月（いちがつ・いちぐわつ）

一年の最初の月。正月ともいうが、正月は松の内までをさす。冬の最も寒さの厳しい時季にあたる。

↓睦月（新年）

一月の川一月の谷の中　飯田龍太

一月の松や真白き真砂ふむ　鍵和田秞子

風鐸に一月の水かがよへり　落合水尾

一月が真竹のごとく立ち上がる　ほんだゆき

一月のパゴダを洗ふ潮かな　小形さとる

一月のきのふに過ぎし机なり　晏梛みや子

神官を待つ一月の造船所　宮本輝昭

一月の漆の厚き神の沓　山本千代子

寒の入（かんのいり）　寒に入る

小寒から節分までの三〇日間を「寒」といい、小寒を「寒の入」という。一月六、七日ごろにあたる。北越地方では、この日に「寒固め（かんがため）」といって小豆餅などを食べる習わしがある。↓寒明（春）・小寒・寒

高坏のまはりの闇も寒の入り　斎藤梅子

室咲きに氷水（ひみず）を重ぬ寒の入り　深谷雄大

潮満つることを肯ふ寒の入り　藤本幸二郎

花のなき壺は伏せおき寒に入る　高橋青矢

艶ふかき漆の花台寒の入　玉川悠

結願の灯明太く寒に入る　山口幸代

小寒（しょうかん・せうかん）

二十四節気の一つで、冬至の後一五日目、新暦の一月六、七日ごろにあたる。小寒から大寒までの

間も「小寒」と呼ぶ。武芸などの寒中稽古が始まるのもこの時季からである。↓寒の入・寒

小寒や石段下りて小笹原　波多野爽波

小寒の闇をさめし眼（まなこ）閉づ　深谷雄大

大（だい）寒（かん）

二十四節気の一つで、小寒後一五日、新暦の一月二十一、二日ころに当たる。このころから立春までの間が、一年のうちで最も気温が低く、寒さの厳しい時季である。↓寒

大寒の一戸もかくれなき故郷　飯田龍太

大寒の海より男こゑとどく　神蔵　器

ああといひて吾を生みしか大寒に　矢島渚男

大寒の星の栄華を誰も見ず　村上光子

大寒の地をつかみゐる槻の影　大森三保子

大寒の牛の蹄を削ぎ落す　小津溢瓶

大寒や兎は菜屑こぼしつづけ　加藤かな文

大寒の一本であり透きとほる　酒井裕子

大寒の人の知らざる非常ベル　横田正文

大寒を掴み蹴り上げ呱々の声　柴田鮎子

大寒の貝の化石に呼ばれおり　田口美喜江

大寒や釘の飛びつく棒磁石　岡田菫也

大寒の風打ち込みて耕せり　廣末榮子

大寒のうどんを滑る卵かな　滝口照影

寒（かん）

寒中（かんちゅう）　寒四郎（かんしろう）　寒の内　寒九（かんく）　寒土用（かんどよう）

二十四節気の一つ。小寒から始まり、大寒を経て節分（立春の前日）までの、およそ三十日間をいう。寒に入って四日目を「寒四郎」、九日目を「寒九」という。「寒土用」は立春前の十八日間をいう。

約束の寒の土筆を煮て下さい　川端茅舎

戦争を揺れず見ていて深む寒　古沢太穂

縛(いまし)めの温もりに解く寒の帯　西川良子
卓の布替へてあかるき寒暮光　西岡千鶴子
受難図のいつも黎明寒書斎　早崎　明
この世ともあの世ともなく寒寝ざめ　米田法子
青年の一人は拝む寒の宮　伊達外秋
力士来る寒の両国橋長し　恩田秀子
寒ふかき能装束の萌葱(もえぎ)かな　毛利節子
一粒の寒ゆるぎなき雨雫　押谷　隆
オリオンの厳たる寒の夜空かな　公條雪夫

多摩蘭坂(たまらんざか)ぶるんと寒の雲の尻　安西　篤
寒厨蟹がいのちの音を出す　松井鴉城夫
寒四郎溜息橋をひき返す　加古宗也
寒四郎秩父を孫の駆け回る　矢島蓼水
刀鍛治寒九の庭にひびきけり　向久保貞文
山河眼にさやか寒九の水のめば　朔多　恭
筆おろす寒九の水になじませて　武藤あい子
寒土用しばらく座右に褚遂良(ちょすいりょう)　星野麥丘人
折れし枝水あげてをる寒土用　平川翠扇

冬(ふゆ)の朝(あさ)　冬曙(ふゆあけぼの)　冬暁(ふゆあかつき)　寒暁(かんぎょう)

冬は夜明けが遅く、その夜明けのころが気温も低い。住宅設備の良くなってきた北海道などでも、一歩外へ出れば震え上がるほどだが、温暖な地方では空気もきれいで、早起きすればすがすがしさを体感できる。

寒暁の歩み息継ぎしてただす　深谷雄大
寒暁や死者よりはづす管の数　小島照子

新聞と足音配る冬の朝　園田信夫
冬の朝礼単語並べてゐるごとし　平瀬　元

短(たん)日(じつ)　日短(ひみじか)　日短し　暮早し　暮易(くれやす)し

秋分のころは昼と夜の時間が同じになり、秋分を過ぎると昼の時間はしだいに短くなる。冬至のころが最も短く、冬至を過ぎると昼の時間が長くなり始める。一日の時間は同じでも、日暮れの早い

のは何となくあわただしく、追われるような思いがするものである。↓日脚伸ぶ

暮れはやし高波浜の子守唄　石原八束
短日や声出してこゑ離れゆく　神蔵　器
あれもこれも已の衣類暮れ早し　宮武寒々
振込機に命ぜられをり日短か　江中真弓
昏早し桶屋に箍(たが)をしめる音　田中美沙
すれ違ふ人短日の顔持てる　細井路子
短日や庭師の残す高梯子　川崎俊子
岩風呂に魚の匂ひして短日　小林美夜子
短日の速度違反を問はれをり　植木千鶴子
短日の話はなべて過去形に　星野歌子
短日の爪ぴしぴしと切りとばし　丸山佳子

短日の街騒に背を押さるるよ　仁杉とよ
短日の濡れし芥を焼いてをり　猪狩セイジ
短日の話せば長くなる話　藤崎幸恵
短日の勾玉(まがたま)ほどの日差かな　新谷ひろし
短日の家並据ゑたる鶴ヶ城　又村静池
短日の鋏の音が樹を移る　宮城白路
短日のバケツで運ぶ釉薬(うわぐすり)　渡辺陶火
短日の箱の中より箱を出す　岡田幸子
短日や諏訪一宮清めの湯　澤柳たか子
暮れ早し海鳴り隔つ目貼り窓　円谷よし子
聴診器われを離さず暮れ早し　新明紫明

冬(ふゆ)の暮(くれ)　冬の夕(ゆう)　寒暮(かんぼ)

冬の日暮れは早く、別に「短日」「暮早し」という季語もあるが、「冬の暮」は、「短日」や「暮早し」のような暮れゆくさまよりも、暮れきったさまに焦点を当てていると考えていいであろう。

かなしきは昏の色冬の暮　神蔵　器
物は皆(みな)器に入りぬ寒の暮　森川麗子
寒の暮手紙の束の燃えてをり　木下野生

姿見に男がうつる寒暮かな　秋永放子
京の町ゆくさきざきの寒暮かな　小川ひろし
声のなきこゑを寒暮の鯨幕　富川仁一郎

冬の夜（ふゆのよ）　夜半の冬（よわのふゆ）　寒夜（かんや）

火のある炉端に集まり一家団欒（だんらん）というのがひと昔前までの冬の夜のイメージであったが、生活様式の変ったいまは、冬だからといって誰もが家にこもりきりになることも少ない。ただ、夜の長いのは活動の上で制限のあるのは確かである。「夜半の冬」などという季語が現代にも生きているゆえんであろう。

子も手うつ冬夜北ぐにの魚とる歌　古沢太穂
老の背に余る寒夜の子の無心　松山和子
吸ひ込まれさうな寒夜の大鏡　檜　紀代
パンドラの箱のつぶれし寒夜かな　石田美保子
昏睡と言ふ語しみじみ寒夜更く　寺島美園
息とめて落款を押す寒夜かな　森田君子
戸締りをして冬の夜となりにけり　井瀬郁子
寒夜更く鳴動つづく登窯　谷本淳子

霜夜（しもよ）

晴れ渡って、霜の降りる寒気きびしい夜をいう。晩秋や初春にもみられるが、本格的な霜夜は冬季である。霜は、地面の気温が氷点下以下になったときにできるもので、夜から朝にかけてできやすい。大霜の夜は、壁を隔てていても寒さが身に迫ってくるのを感じる。↓霜

霜夜子は泣く父母よりはるかなものを呼び　加藤楸邨
予後の身の霜夜に庇ふ足の冷え　深谷雄大
龍の丈ほどの帯解く霜夜かな　池上貴誉子
海遠く霜夜の溲瓶（しびん）鳴っており　井上純郎
霜の夜や文鎮という軽きもの　中村武男
柵越へて馬の逃げ出す霜夜かな　土肥あき子

冷たし　底冷え

寒さが全身的に反応するのに対して、冷たさは局部的である。室内でも、気温が体温よりも低ければ、触れるものは冷たく感じる。また、氷や雪など目にしただけで冷たさを感じたり、人の心などにもそれを感じるのは、反応が間脳にはたらくからだろう。「底冷え」は、身体のしんそこまで冷えることをいう。↓冷やか（秋）

冷たさの蒲団に死にもせざりけり　村上鬼城
かざす手に年立つ水のつめたくて　川村暮秋
戸締りをたしかむ廊の底冷に　岩間光景
足の裏一万フイートの底冷えす　田中愛子
底冷えや一夜のうちに銀世界　北川晃
俊寛を謡へば冷雨啾々と　時田悠々

寒し　寒さ　寒気　寒冷

日常的に「寒い」という言葉は四季を通して使うが、俳句では、「寒い」といえば冬季であり、骨身にこたえるほどの寒さをさす。「寒村」「寒苦」「寒門」「寒族」ほか、貧しさをあらわす言葉としても用いられるなど、二面性を持った言葉である。↓朝寒（秋）・夜寒（秋）

ある夜月に富士大形の寒さかな　飯田蛇笏
夕汽笛一すじ寒しいざ妹へ　中村草田男
寒や母地のアセチレン風に歙き　秋元不死男
寒さ佳し欲望なしに野を歩く　山田みづえ
街灯の灯る寒さの一つづつ　深見けん二
本漁ればいつも青春肩さむし　古沢太穂
脳天の鳥が飛礫となる寒さ　河合凱夫
豆腐同型もっとも寒き日と思ふ　中嶋秀子
折鶴の嘴尖る寒さかな　石川ひで子
寒き国へ帰るよ赤き鞄提げ　佐藤ゆき子

露座仏の背にある大き寒さかな　斎藤由美
岬山に月沁む寒さ土竜みち　石田阿畏子
動かずにゐられぬ寒さ京都駅　福本須代子
法王と同じ寒さの中に立つ　有馬いさお
鉄塔の暮色にしづむ寒さかな　小峰松江
朝日から鳥の出てくる寒さかな　加藤かな文
風向きを変えて一気に来る寒さ　山鹿　晃
今死ねばすっからかんの寒さかな　羽原青吟
客一人泊まりて去りぬ寒き家　赤地鎮夫
ぎゆうぎゆうのエレベーターに寒さ言ふ　宇佐美ちゑ子
新築の庭赤つちの寒さかな　川本良佳
沈黙の掟に寒き修道院　高橋幸子
東京の首のあたりにゐて寒し　中里　結
姑曰（いわ）く谷原は寒く波郷亡し　星野すま子
化粧水つけて寒さのはしりけり　土井治子
ひとりずつ回転ドアにある寒気　大脇みや

凍る（こおる・こほる）　氷る（こおる）　凍つ（いつ）　冱つ（いつ）　凍む（しむ）

寒気のため物の凝結することで、気温が摂氏零度以下になると、この現象がみられる。屋外の水や土はもちろん、室内の水や鉢植えなども被害に遭うことがある。俳句では、「凍窓（いてまど）」「凍月（いてづき）」「凍空（いてぞら）」「凍雲（いてぐも）」などと、詩的飛躍を凝らした転用もみられる。

息とめてみる凍みくさきものばかり　宮坂静生
土凍てて掃いても残る浄め塩　大木さつき
そこらじゅう凍えて踝（くるぶし）がふわふわ　鎌倉佐弓
夕凍みの山彦山に残りけり　秋山ユキ子
落城の石垣黒く冱ててをり　波多野惇子
窯の火を守（も）るに匠は闇に凍つ　大西岩夫
しばれるや砕けんばかりの月のあり　大沢せい
湖よりも凍みて根場の夕餉どき　依田由基人
あかつきの群線に貨車こごえけむ　鈴木孤声
鈴懸（すずかけ）の実の凍つる空子ら発ちぬ　本間美香
鶴よりも先に己レの凍ててをり　菅原章風
凍きびしおはぐろ色に夜の雲　中村好位

考への中まで凍てできさうな日　岡田順子
山の端を離れ満月すぐ凍る　吉野トシ子
凍らむと烈風の湖きしむなり　新井英子
疫神の水をこぼして凍りけり　麻生あかり

冴ゆ（さゆ）

寒さの澄んだ、透き徹るような感じをあらわす言葉。光・音・色などの澄みきった状態をもいうように、表現者の内心にかかる深みのある季語であり、「月冴ゆる」「声冴ゆる」「風冴ゆる」「鐘冴ゆる」「星冴ゆる」「影冴ゆる」などとも用いられる。↓冴返る（春）

月冴えし三条麩屋町あられ蕎麦　徳田千鶴子
深々と冴ゆひとり寝の耳二つ　佐々木珠美

寒波（かんぱ）　寒波来る（く）

冬季、高緯度にある冷えきった空気が温帯地方などの低緯度にかたまって流れ、きびしい寒さに襲われることがある。波のように周期的に押し寄せることから「寒波」と呼ばれる。

寒波くる鳥のかたちに鳥の群　益田　清
ブローチに鋭き針のあり寒波来る　朝日勝子
寒波来るきのふのぶんも今日晴れて　いのうえかつこ
寒波来て燻（くすぶ）つてゐるたばこの火　大江まり江
上弦の月やや傾ぎ寒波来る　大貫正子
寒波来る丘に宇宙の観測所　遠藤和彦

三寒四温（さんかんしおん）　三寒（さんかん）　四温（しをん）　四温日和

中国東北部や朝鮮北部では、冬季、寒い日が三日続くと、そのあとの四日は暖かい日が続く。シベリア高気圧の勢力の周期が三日間強くなり、四日間弱くなる、その影響によるもので、日本では、北海道などの太平洋側にこの傾向がみられるが、それほどはっきりしたものではない。

土塀の日向の記憶四温光　深谷雄大
売り犬が通りへ出さる四温かな　斎藤由美
人見知りする子かくれて四温かな　横山利子
ブロンズの鷹女に会へる四温かな　関根悦子
赤ん坊の笑顔に笑窪ある四温　篠崎みや子
三寒の灯台怒涛を従がへて　藤野艶子
一喜一憂してゐる三寒四温かな　竹中しげる
三寒にわれちぢまりて四温待つ　貝森ひで
三寒の四温の看護日記かな　阿部正調
三寒の四温紺屋の藍がたつ　青山久女

厳寒　極寒　酷寒　厳冬

冬のきびしい寒さをいう。「極寒」「酷寒」も一般的には同義と捉えているが、字義通りに解釈するならば、「厳寒」は逃場のないきびしい寒さ、「極寒」は極限の寒さ、「酷寒」は残酷な寒さであって、季語として用いるときのイメージはかなりの違いがある。↓大寒

極寒のちりもとどめず巌ふすま　飯田蛇笏
酷寒の月を刃と見て眠る　深谷雄大
帰国して極寒といふ枷のあり　児島倫子
確と来し厳冬へ靴揃へ置く　朔多恭

冬深し　冬深む　暮の冬　真冬

従来の歳時記は、おおかたが「冬たけなわの意」としている。時季的にはむろん、冬たけなわのころに違いはないが、「冬深し」という断定は、取り囲む自然の息づきに対する感慨であり、呼びかけであって、心象にかかる度合いが強い。それだけに、安易に用いるべき季語ではない。

冬ふかく風吹く大地霑へり　飯田蛇笏
噴煙の伏して崩れず冬深し　米谷静二

真冬日の鼻の先より昏れにけり　成田昭男
冬深き坂の途中の岐れけり　小島良子
シェーバーの充電冬の深みけり　林　誠司
冬深しからだ全部で振り向きぬ　須川洋子
鍋の向こうに力士の手形冬深し　大山キヌ子
冬深む刻字うする支那小函　加藤三恵子

日脚伸ぶ(ひあしのぶ)

冬至を過ぎると、一日一日と日が伸びる。昔から一日に畳の目一つずつ日が伸びるといわれているが、日脚の伸びたのを感じるのは一月末ごろである。関東以南では、冬の終りを告げる季語だが、北国の冬はまだまだ続く。↓短日

雪の涯風の涯(はたて)の日脚伸ぶ　深谷雄大
縁側の母の屈折日脚延ぶ　橋本昭一
幼な児に胸嗅がれをり日脚のぶ　高橋良子
枝移る禽の賑はひ日脚伸ぶ　沖山政子
日脚伸ぶ牛飼いの目は牛に似て　三須民恵
大股に電話が歩き日脚伸ぶ　有田　文
筆立の筆の長短日脚伸ぶ　丸山比呂
日脚伸ぶ爬虫に脱皮ありしこと　実籾　繁
杖つけば杖の先より日脚伸ぶ　貝森ひで
いのち延ぶるごとく日脚の伸びにけり　加藤高秋

春待つ(はるまつ)　春を待つ　待春(たいしゅん)

年によって多少の差はあるものの、季節の変り目が大きく逸(そ)れることはない。春も時季が来ればまちがいなくやって来る。それを知っていても「待つ」というのは、北国に住む人に、きびしく長い冬からの脱出願望があるからである。冬からの脱出は、躍動の春があってこそといえるであろう。

↓春近し

林檎嗅ぎうしろの山も春待てり　新谷ひろし
春を待つ音符のやうなかいつぶり　山尾郁代
待春やこころの忌明けせぬままに　岩間光景
待春の枝の賑ひとも思ふ　友水　清
待春や卒論の娘も嫁ぐ子も　小谷敦子
待春の翡色の玉を身につけむ　泉　早苗
湯の町に春呼ぶ雨の降る日かな　大隈草生
待春の海凪ぎ青き原酒樽　坂井とみ子
春を待つ花の歳時記開きては　岩崎富久子
春を待つ絵手紙に黄を重ねつつ　板橋美智代
春まだき湖北観音あそび足　野垣　慶
待春の小匙にすくふ甘納豆　百瀬ひろし

春近し（はるちか）　春隣（はるとなり）　春信（しゅんしん）

春が間近になったことへの感慨であるが、「春を待つ」に比べると視覚に訴える部分が強く、それだけに客観性がある。「春隣」は春がすぐ近くまで来ている意。いくつかの歳時記が「はるどなり」と濁音で表記しているが、賛成できない。「春信」とは春のおとずれを告げるたよりの意。↓春待つ

春隣闇がふくらみ来るなり　柴田白葉女
春隣出るぞ出るぞと麦粒腫（ものもらい）　幡谷東吾
打ち込みしままの鉞（まさかり）春隣　宮坂静生
滝壺はよろこびあつめ春隣　村松正規
釘箱に小部屋いくつも春隣　平井さち子
港何処か鼓動し止まず春近き　手島靖一
里人の寄り合ひ多き春隣　小林景峰
鍬の柄もすげ替へられて春隣　萩原正章
駅弁の箱うつくしき春隣　小林松風
ひとり居の音にも春の近づける　川崎俊子
こんにゃくに背鰭つけよう春隣　田村みどり
鏡台に娘のもの増えて春近し　五十嵐　櫻

冬終る　冬尽く　冬の名残　冬去る

「春惜しむ」「夏惜しむ」「秋惜しむ」と、それぞれ季節の終りを惜しむ季語があるのに、冬にはそれがない。寒く陰鬱な冬は、早く終って欲しいからであろう。ウインタースポーツを楽しむ人々は別として、長い桎梏から解放される喜びにはひとしおのものがある。冬の終りはまた春のおとずれであり、他の季節とは比べられない感慨もある。

あやまたぬ季のあゆまひ冬終る　深谷雄大
蒲の絮冬の別れを急ぐなり　神山白愁

節分

立春の前日（二月三日ごろ）をいう。本来は季節の変り目の意だが、いまは立春の前日をいう。この夜、神社や寺院で邪鬼を追い払い、春を迎えるための追儺が行われる。家庭でも、それぞれ豆を撒き、戸口に柊の枝や鰯の頭を刺すなどして悪鬼や厄を祓う。↓追灘・柊挿す

節分や灰をならしてしづごこち　久保田万太郎
節分のひとかたまりの夜が動く　海輪久子
節分の月に煙草の匂ひたる　深見けん二
節分の文箱に玄のひかりかな　平松良子

天文

冬の日（ふゆのひ）　冬日（ふゆび）　冬日向（ふゆひなた）　冬日影（ふゆひかげ）

冬の日は、冬の一日であり、また冬の太陽の意味にも用いられる。冬日は冬の太陽で弱く柔かい日射しになる。その光を冬日影といい、光の届くところを冬日向という。寒さがつのると冬の太陽はありがたく、また親しく感じる。↓冬至

旗のごとなびく冬日をふと見たり　高浜虚子
大仏の冬日は山に移りけり　星野立子
土は土に隠れて深し冬日向　三橋敏雄
冬の日や縁の下まで箒の目　長谷川櫂
落葉松に没る傷まみれなる冬日　福永耕二
冬の日や臥して見あぐる琴の丈　野沢節子
露座仏の背に冬の日のありにけり　井上一灯
冬の日の柵に相寄り象と人　小間さち子
冬日差し酒蔵の黒塗りかさね　山崎和枝
タンカーの曳きずつてゆく冬日かな　下田水心子
遠くより見守るごとく冬日あり　遠藤睦子
一隅をひたと照らして冬日去る　鬼塚梵丹
影よりも淡きわれ行く冬日かな　土橋たかを
旅景色描くパレット冬日溜め　脇田絹子
つぶやきの子の英単語冬日向　島田高志
冬西日復活の主の足に傷　田口風子
冬日向待ち針といふ名もやさし　矢島房利
狼葬の草原にある冬日かな　島田　柊

冬晴（ふゆばれ）　寒晴（かんばれ）　冬日和（ふゆびより）　冬麗（とうれい）　冬うらら

冬の晴れた日のことで、春のようにおだやかで明るい。大陸高気圧が日本列島にさしかかる頃、太平洋側は冬晴がつづくが、対照的に日本海側で冬晴になることはまれである。

冬晴に応ふるはみな白きもの　後藤比奈夫
寒晴やあはれ舞妓の背の高き　飯島晴子
冬麗の鳥の足跡海に消ゆ　原　和子
埴輪の手どこへ伸びても寒日和　廣瀬直人
寒晴の切つ先にわが眉間あり　高柳克弘
冬晴や水を張りたる臼ふたつ　伊藤素広
冬晴や旧仮名ことにはひふへほ　瀧澤宏司
寒晴の日差しの中を少女行く　辻　三枝子
冬　麗（うらら）巣箱は天に近き家　一志貴美子
冬うらら背丈のそろふ六地蔵　みぞうえ綾
冬麗の視線を高くあゆみけり　笠村昌代

怠けたるわが影白し冬麗　佐藤正一
寒晴れや切子ガラスの藍深く　釘宮のぶ
冬麗の女医を信じて入院す　中島豊三
帰りにもなお立話寒日和　北田真洲美
冬うらら川音となる山の音　中里武子
冬うらら牛ゆっくりと啼きにけり　大政光子
眠剤のいらぬ幸せ冬うらら　羽立みちこ
冬晴れの自由ヶ丘に修道女　伊藤久夫
冬晴や毀誉褒貶（きよほうへん）の外にあり　三宅境川
冬日和みどり児に名の付きにけり　橋本佐智
寒日和コックが花を捨てに出づ　多田睦子

冬旱（ふゆひでり）　寒旱（かんひでり）

夏の旱と同じように、冬に雨も降らず晴れつづくのを冬旱という。湿度が低く乾燥するので咽喉を痛めやすい。寒中にこれが続くのを寒旱という。↓旱（夏）

傷なめて傷あまかりし寒旱　能村登四郎　鶏のあゆむほこりや寒旱　白岩てい子
電柱の影が田に伸び冬旱　廣瀬直人　村の辻湖底に見えて寒旱　田中俊尾

冬の空（ふゆのそら）

冬天（とうてん）　寒天（かんてん）　寒空（さむぞら）　凍空（いてぞら）　冬空（ふゆぞら）　冬青空

晴の冬空は青く冷たそうで美しい。冬天となると音感からきびしい感じがする。寒空は暗澹たる雪雲が垂れ込めている空をいう。

郵便が冬の空より来てをりぬ　波多野爽波　凍空へ尾根みち槍のごとくあり　清水青風
冬空の鋼色なす切通　大野林火　冬天に錐立つ嶺のテレビ塔　油谷和子
欅ありさびしからざる寒の空　大井雅人　寒空を穴の開くほど見てをりし　保坂伸秋
冬天の動物園や歌舞伎町　平井照敏　鳶の笛冬天汚れなかりけり　稲荷島人
鴉呼ぶ鴉に冬の空青く　岩淵喜代子　湯けむりの息吹き返す冬の空　佐藤哲一郎
冬青空鈴懸（すずかけ）の実の鳴りさうな　中村わさび　茶毘の音この凍空へ弟よ　松本草戊
工場の太き白煙寒の空　望月田鶴子　火種にも似て寒空へピラカンサ　武井与始子

冬の雲（ふゆのくも）

冬雲（ふゆぐも）　凍雲（いてぐも）　寒雲（かんうん）

冬の雲はどんよりと空を覆っている。寒雲は音感からもさむざむとしている。滞（とどこお）って動かない重たそうな雲を凍雲という。たまに晴れて美しい雲が押し渡ることもある。

ほんやりと峰より峰の冬の雲　惟然　卵黄のごとくに日あり冬の雲　阿波野青畝
寒雲や太芽かざすは朴と橡　石田波郷　伊吹嶺や風の象に冬の雲　辻恵美子

ビル巨体冬雲遠く寄らしめず　細木芒角星
冬の雲舞ひたはむれて暮れにけり　石原龍人
父の老凍雲起伏来し昭和　森　白樹
冬雲に錦帯橋のとどきけり　荘所亀子
凍雲の上を流るる雲ありき　菅原けい
夕富士に寒雲こぞる別れかな　佐藤脩一

冬の月（ふゆのつき）　寒月（かんげつ）　冬三日月　月冴ゆ　月氷る

大気がすんで寒さがきびしい冬は、秋の月と違って、凄まじく美しく大地を照らす。寒月・寒三日月などは寒中のものと限らず、寒さを伴う月と考えてもよい。月冴ゆ、月氷るも寒さを強調している。朝に夕に趣きがあって、満月も冬を冠すると冬満月とことさら鮮烈で印象が深い。森羅万象を絶して宙にその存在を示して他を寄せつけない冬満月は、寒さもきびしいが人に訴えてくるものも大きい。↓月（秋）

寒月光こぶしをひらく赤ん坊　三橋鷹女
冬満月われの匂ひの中にねむる　寺田京子
煙突と冬三日月の相寄りし　岸　風三楼
冬の月このさびしさをすてきれず　浜野節子
冬満月やっと眠らす眼鏡拭く　三田村弘子
痛みには互いに触れず寒の月　中塚芳治
大屋根の反りの指したる寒の月　大場去聖
更級（さらしな）の郡なぐさめ寒の月　渡辺重昭
寒月へのぼる靴音螺旋（らせん）階　近藤甚之助
寒月光下駄の揃へてありにけり　赤澤新子
和三盆冬満月でありしかな　早乙女　健
まんまるの厚みなかりし冬の月　藤勢津子
露座仏をなかなか越さぬ冬の月　吉田渭城
冬の月スフィンクスの尾右へ巻く　本澤晴子
鯛焼の袋のしめり冬の月　下沢とも子
見張り猿ゐる絶壁の冬の月　畑中とほる
冬の月屍は狂ふこともなし　小野冬芽
極楽中心中山寺月冴えし　中島陽華

冬(ふゆ)の星(ほし)　寒星(かんせい)　荒星(あらぼし)　凍星(いてぼし)　冬銀河(ふゆぎんが)　星冴ゆ　オリオン　寒昴(かんすばる)　シリウス　天狼(てんろう)

夜空にビーズの箱をぶち撒けたように瞬きまたたく冬の星は、更けてますます美しい。星は秋から冬に一番よく輝く。南廻りに東の空に上ってくるオリオンは都会でもよく見える。風吹き荒ぶ冬の夜は名のある大きい星座、北斗七星・白鳥座・カシオペアなどに会えるのがたのしい。荒星も冬の星の一表現である。寒昴は牡牛座で冬空のさきがけの星。銀河は秋の季語になるから、天の川だけをとくに冬銀河という。一段と大きい星が寒む空に見えると星冴ゆとなる。

寒星や神の算盤(そろばん)ただひそか　中村草田男
凍星のわれをゆるさぬ光かな　鈴木真砂女
冬銀河青春容赦なく流れ　上田五千石
帰郷して冬三つ星の粒揃ふ　福永耕二
荒星の吹きちぎらるることはなし　宇咲冬男
オリオンの平べったさも異郷なり　鎌倉佐弓
オリオンの真下に熱き稿起こす　小澤克己
冬銀河一糸ほつるることもなし　小川軽舟
ことごとく未踏なりけり冬の星　高柳克弘
イタリアへ寒星のすぐ横を飛ぶ　長谷川智弥子
寒星に見透かされたる吾が虚勢　田村一翠
寒星の一つを父の星と決め　南　桂介

さらす身の十七文字寒北斗　吉田三千子
寒昴フルートの音は続きをり　冨田弥生
寒昴病みてぞ正す仰臥の寝　駒木逸歩
戸の外に清めの塩や寒昴　中沢城子
焼く反古(ほご)に小つむじ立てり冬の星　奥谷亞津子
忘れきしものの数ほど冬の星　うえだみちこ
冬銀河息吹きかけて眼鏡拭く　平野　博
見舞ふたび母遠くなる冬の星　成田清子
看取(みと)る身の命あまさず枯木星　青山久女
美しき名の船が出る冬銀河　池田琴線女
天幕を畳むサーカス冬銀河　小田実希次
急かずともすでに顱頂(ろちょう)に冬銀河　衣川次郎

冬銀河まっすぐ届く声を持つ　二村典子
窯火守る傾ぎて大き冬北斗　日比野里江
凍星の鋲を打ち込む木地師谷　中村翠湖
ひねもすの風をさまりて星凍つる　伊藤とし子
どの木にも木霊生まるる寒昴　美野節子
胸中に布石の一語寒昴　保坂知加子
病名に炎という字寒すばる　隈元拓夫
一天の寒星つれて出航す　中村尚子

冬凪（ふゆなぎ）　寒凪（かんなぎ）

なぎという字はうまくできている。一見すぐに風が止まった、つまり風がおさまったとわかる。冬の海は波が荒ら立ちやすいが、時に風向きが変わって波が穏やかになることがある。冬凪という。寒凪は寒中の凪である。↓朝凪（夏）・夕凪（夏）

寒凪や亀甲厚き松の瘤　百合山羽公
冬凪やひたと延べあふ岬二つ　井沢正江
寒凪や伊根（いね）の舟屋は魚籠（びく）を干し　秋田安穂
冬凪の表面張力妻の恋　高橋彩子

凩（こがらし）　木枯（こがらし）

木枯は文字通り木を枯らす意で凩は国字である。春はその訪れを知らせる暖かい強風を春一番というが、北西寄りの冷たい季節風で、その年はじめての強風を気象庁では木枯し一号という。冬だと思う。↓北風

凩の果てはありけり海の音　言水
海に出て木枯帰るところなし　山口誓子
木枯に乗りて鴎となりにけり　草間時彦
凩を父流水を母の声　千代田葛彦
木枯や重さもあらず浄め塩　有働亨
風を着て木枯に声とどかせる　津根元潮

木枯や眼光ひかる人に逢う　細木芒角星
贅沢な風こがらしにありにけり　石井里風
榛の木に黒き凩来てゐたり　嶋田麻紀
凩に壁塗る足場揺れやまず　平間彌生
大佐渡の軋む凩はじまれり　渡邊千枝子
凩を連れ出す坂東太郎かな　坂本坂水
凩を海へ掃き出す子らの声　新開一哉
はじめての凩の夜や海近づく　大林清子
凩や山の終バス昼に発ち　今井真寿美
ポプラの木凩去りてマッチ棒　吉田茂子
凩の抜けて明るき雑木山　安藤まこと
凩の残すもののなく千枚田　小川　浩
凩や煮つけて魚の身の脆き　丸山靖子
遊ぶ木のなき凩の我を打つ　折井眞琴

凩や厩の窓に月のさす　吉田冬葉
凩や病む眼底の灯は淡し　中山春三
凩やしかと空也(くうや)の足の趾(ゆび)　田口風子
こがらしの水の裏ゆく魚の群　藤城茂生
木枯に吹かれて落ちる群雀　杉山青風
うす皮の天の一角木枯す　小形さとる
木枯を背に待つ人のなき家路　中島京子
木枯に身より剥がるる思ひあり　是川淑子
源流の村木枯もうすみどり　石川雷児
木枯の家誰か来て誰か去る　水上孤城
なつかぬ児なれど木枯掴み来る　梅田英子
日日無帽にて木枯しが坂の上　河村四響
木枯しの空をナイフが翔んでゆく　黒川　鉛
凩や夜襲のごとく貨車過ぎる　鈴木　映

北風(きたかぜ)

北風(ほくふう)　北風(きた)　北吹く　冬の風　朔風(さくふう)　寒風(かんぷう)

アジア大陸に高気圧が発生する冬は、太平洋方面は低気圧で、これが移ってくると冬の季節風となる。北風である。発達すると縦断する脊梁山脈を境に、日本海岸側には降雪をもたらし、太平洋側には風を吹かせ乾燥させる。

北風に腹を叩いて牛通す　長谷川かな女
やつにも注げよ北風が吹きあぐ縄のれん　古沢太穂
寒風に顔ちぢまりて吾子戻る　中嶋秀子

家に入りまだ寒風の足取なり　富田直治
朔風やわら一本を噛む兎　五味真穂
北風のふわりと甘くパン工場　木谷はるか

空風（からかぜ）

空っ風（からっかぜ）　北下し（きたおろし）　北颪（きたおろし）

冬、山越しに吹きすさぶ乾いた風。快晴がつづくときに多い。上州では「かかあ天下に空っ風」と俗に言う。日中に多く、つむじ風となって眼もあけていれらない。

竹藪の日を踊らせて空っ風　福田千栄子

八束（やつか）亡く憂き世仮の世空っ風　小出秋光

隙間風（すきまかぜ）

この頃の密な造りの建物ではこの季語は使えない。戸障子の建て付けのわるい建物では、わずかな隙間から冷たい風が吹き込んで震えさせる。これを防ぐため目貼をする。これは冬の季語になる。

↓目貼

隙間風さまざまのもの経て来たり　阿波野爽波
隙間風屏風の山河からも来る　鷹羽狩行
縄のれん一本挟む隙間風　黒坂紫陽子

精いっぱい身を楯にして隙間風　森川恭衣
晩年といふ家ありて隙間風　蔦　悦子
隙間風来し方見つめ直すとき　久保田静子

虎落笛（もがりぶえ）

冬、烈しい風が竹垣や柵に吹きつけて笛に似た音を発することをいう。もがりは「殯」から来ているともいわれる。貴人の死後の仮喪の場の囲いのことになる。『万葉集』の歌などにもある。城塞の矢来、紺屋の高い物干しなどに当る風にも言われてきたが、現代では物に当って鋭い音を出す風に用いる。都会でひゅうひゅうという電線を鳴らす虎落笛を聞くと、寒さがつのる。この字が読めると俳人らしくなったような気になる、そんな季語である。

樹には樹の哀しみのありもがり笛　木下夕爾
湖暮れて一戸一戸の虎落笛　山田みづえ
またたくはわが知れる星虎落笛　村越化石
虎落笛風樹の嘆のごときもの　長谷川双魚
もがり笛ひめごとめいて布を裁つ　原　尚子
旗を灯に変える刻来る虎落笛　鈴木六林男
虎落笛ひしめくものに乳房あり　岸本マチ子
電工の働く虎落笛の上　馬越冬芝
虎落笛夜は鯨を連れてくる　澤本三乗
虎落笛色とりどりの風をつれ　吉田茂子
虎落笛山より姥が子を盗りに　小川一路
もがり笛明日醒めざれば寂光土　植村通草
忌日なき遊女の墓や虎落笛　正岡照世
掘れば出る籠城の米虎落笛　久保田雅代
叡山は虎落笛さへ仏陀めく　堀　無沙詩
漂（ひょう）とちち渺（びょう）とはは飛ぶ虎落笛　飯田綾子
座礁船北の挽歌や虎落笛　林　青峰
朽舟の嗚咽の如し虎落笛　三上美津女
奥能登の百日止まぬ虎落笛　松本伸一
漁具小屋の影うずくまる虎落笛　石川博司

鎌鼬（かまいたち）　鎌風（かまかぜ）

冬、突如として人の皮膚、頬や脛など露出しているところが、鋭い鎌で切ったように損傷して出血する。鎌を持った怪しいけもののしわざだとカマイタチと言った。大気に真空の部分が生ずるような気温の変動に、たまたま人体が触れると、体温のある人間の方がにわかに平衡を保とうとして、ぱっと皮膚が裂け、鋭い鎌で切られたようになる。東北に多くあると言われているが、実際に見たという人は少ない。だが越後の七不思議の一つだという風聞もある。あるいは架空のことかも知れないが、「狐火」や「雪女郎」などと共に俳句的な想像力を刺激し、そんなことがあるかもしれないと思わせるところが面白い。

鎌鼬菅負ふ人の倒れけり　水原秋櫻子

広重の富士は三角鎌鼬　成瀬櫻桃子

貌(かお)見せぬ夜叉(やしゃ)払ひたる鎌鼬　中村順子

信濃には昔ありけりかまいたち　村松紅花

初時雨(はつしぐれ)

その冬になってはじめて降る時雨をいう。立冬以後ということになるが、暦通りでなく冬近くでもいいと思う。心は冬になったという寂びさびとした感じである。↓時雨

旅人とわが名よばれん初しぐれ　芭蕉

初時雨赤子に肩を叩かれて　岸田稚魚

鶏の眼の金環冴えて初時雨　北原志滿子

初しぐれ野道はすぐに山の道　落合水尾

箒目をしめらす程の初時雨　飯村周子

再会は駅の北口初時雨　岡部名保子

小買物いつか暮れゐし初時雨　福永みち子

初時雨吐息にも似て時計鳴る　中村喜美子

少年の白き襟首初しぐれ　宮本みさ子

巨船より小舟の迅し初時雨　倉橋美智子

武蔵野の端に蕎麦食む初時雨　田中治夢

番傘の油の匂ふ初しぐれ　内田白花

時雨(しぐれ)

時雨(しぐ)る　朝時雨　夕時雨　小夜(さよ)時雨　村時雨　片時雨

十一、十二月頃、急にはらはら雨が降り出し、じきに通り過ぎて晴れて日が射す。古来、「降りみ降

らずみ時雨もたえず」などと言われてきたのが時雨であり、風情のある季語である。時刻によって朝時雨・夕時雨・小夜時雨という。動詞として用いると「時雨る」となる。一しきり降るのが村時雨。強いて言えば斑らの意だろうか、村に降るわけではない。片時雨はひとところに降る時雨。「山めぐり」は時雨の異称という。川音時雨・蝉時雨・蚕時雨などはそれぞれの音、鳴き声、桑を喰う音を時雨に喩えたものではなはだ俳句的である。時雨は四季を通じて使用頻度の高い季語である。俳聖芭蕉の忌日を時雨忌と言う。時雨は山添いや盆地に多く、京都や北陸では曇った日の外出に傘は欠かせない。↓春時雨（春）・秋時雨（秋）・初時雨

化けさうな傘をかす寺の時雨かな　蕪村
天地の間にほろと時雨かな　高浜虚子
しぐるるや僧も嗜む実母散　川端茅舎
山の音時雨わたると思ひをり　森澄雄
しぐるゝや驛に西口東口　安住敦
奥能登の旅の先き先きしぐれけり　岡田日郎
しぐるるや楸邨の観しものの底　小檜山繁子
竹寺の竹の時雨にあひ申す　松原地蔵尊
目を閉じるほかに何ある時雨鹿　伊丹三樹彦
しぐれきて時雨の海のほか見えず　加藤瑠璃子
しぐるゝやまだあたたかきにぎりめし　黒田杏子
肥前しぐれて光体となる壺の群　佐川広治
関ヶ原過ぐるいとまを時雨けり　名和未知男
僧の背に北山しぐれの一粒め　林博美
しぐるるや大工の腰の釘袋　樋口けい子
しぐるるやふと会へさうな山頭火　長戸弥知香
鎌倉の十橋十井しぐれけり　原礼子
無愛想な雲の端よりしぐれけり　吉野トシ子
萍の赤きに奈良の時雨かな　伊東慶子
しぐるるや解かれて青き稲架の竹　岸典子
マッチの絵五十三次初時雨　河野南海
空になき時雨の音の石にあり　井田すみ子
時雨きく大和すわりの御ん仏　瀧積子
外能登や海かけて来る夜叉時雨　岩坂満寿枝

時雨るるや犬のごとくに眠りたし　森松　清
居酒屋に時雨持ちこむ女傘　小池龍渓子
虚子に会ひ波郷に会はぬ時雨かな　長峰竹芳
旅二た夜一と夜時雨れてたのしくて　高橋淡路女
しぐれたる幹綿々と梓川　小野比路
鐘ついて時雨を呼んでしまひけり　小田まこと
荒行の一喝山はしぐれけり　安藤葉子
しぐれ来てはさみ忙しや蟹の市　山本一糸
唐傘の裏に音してしぐれかな　玉井瑛子
片時雨紅葉の山を消しゆけり　島谷磨紗子

一の橋しぐれ二の橋まで走る　神谷翠泉
ゴーストタウンすぐ残照の片時雨　入江勉人
竹林の径ゆづり合ふしぐれ傘　鹿毛み月
時雨にはあらず枯葉の走り音　西岡一郎
山は晴れ谷は時雨るる塩の道　加藤よし子
嵐山のみやげ屋で買ふ時雨傘　清水志郎
吊橋の端より時雨来たりけり　大庭楠夫
山中の風が風呼ぶ時雨宿　中川結子
しぐるるや語り始めし石人像　立木節子
紅をひき出かけずにいる時雨かな　田中基白

冬の雨（ふゆのあめ）　寒の雨　凍雨（とうう）

同じ冬の雨でも、初冬から寒中に向かっての雨は冷たく重たく陰鬱な降り方で身も心も冷え切るが、寒の雨は一雨ごとに春に近づく雨のような気がしてくるから不思議。寒に入ってから四日目の雨が寒四郎、九日目の雨を寒九の雨といい、豊作の兆だという。↓時雨

冬の雨鳥居をくぐると道曲り　新谷ひろし
湯ぼてりの人とゆきあふ寒の雨　桂　信子
口開けて笑う羅漢に冬の雨　宇咲冬男

真暗な海を見てゐる冬の雨　塚田正子
寒の雨ぬらす軍馬の忠霊塔　成重昭女
冬の雨メトロの駅を出でにけり　栃木絵津子

霰（あられ）　玉霰（たまあられ）　夕霰（ゆう）　初霰（はつ）

夏に急な気温の変化で雹（ひょう）が降ることがあるが、霰は雹のように堅くはない。球状・白色で、大気中の水蒸気が冷えて氷粒になったもの。朝夕に多く降る。日本海側の霰、太平洋側の雹と分かれる感じがある。「降るものは雪、霰」と『枕草子』にも書かれている。↓雹（夏）

日一日障子の外の霰かな　森　鷗外　　熊笹に野麦峠の霰かな　沢部幹雄

玉霰ふたつならびにふゆるなり　三橋敏雄　　よろこびて地に一刷（は）けの初霰　斎藤俊子

霙（みぞれ）　霙る（みぞ）

雪と雨が入り交り半透明になって降るものをいう。水霰、みずあられがミゾレになったともいう。冷たく白く、みぞれから雪になることが多い。東京などでたまに霙になると風情があると喜ぶが、冷たく寒そうで歓迎はできない。

しばらくの霙にぬれし林かな　中村汀女　　霙るる田鳶や鼠を鷲掴み　家田小風

磨崖仏みぞれと少女白く過ぐ　角川照子　　長浜を過ぎて湖北はみぞれなり　岩本和雄

みぞるるや地辷りつのる千枚田　堀田正久　　再手術霙れは雪に癌病棟　飯野蓮歩

霙るるや野兎薮に息ひそめ　沢　聰　　霙打つ天心の墓供華もなし　鈴木トシ子

霧（む）**氷**（ひょう）　樹霜（じゅそう）　樹氷（じゅひょう）　粗氷（そひょう）　霧氷林（りん）

湿った大気や冷却した霧が樹や枝葉に触れて凍りつき、半透明または白色の氷ができる。霧氷である。美しい結晶が、風向きで霧の動きの中に白く見えかくれするのは美しい。夢幻の趣きで、信州では木花、雲仙あたりでは花ぼろという。樹霜は直接樹枝に凍りつく針状の結晶であるが、早朝でないと見られない。朝日の上って来た草津の山で、はりはりと音をたてて散りこぼれるのに出会い感動したことがある。

旭光に枝張る霧氷白珊瑚　福田蓼汀
暮れなんとして雁坂の霧氷光　宇咲冬男
夕映に一禽去らず霧氷林　大森三保子
霧氷林鳴らす尾越の風の鞭　渡会昌広
ひと夜さを咲耶(さくや)姫来て霧氷山　松本千鶴子
風向きに霧氷の育つ道標　加藤ひろみ

樹氷(じゅひょう)　木華(きばな)　霧の花　樹氷林

小型の歳時記で、霧氷とは別に樹氷を季語に建てるものは少ない。氷点下の冷たい風が細かい氷を樹々に吹きつけ、蔽って樹形などわからなくしてしまう。樹氷である。その景観・造形は、創造者・自然の偉大さを思わせるに充分である。特に山形蔵王の樹氷は有名で畏怖(いふ)すら感ずる。大自然の素晴らしい樹氷原は冬の美の極致である。

風鳴れば樹氷日を追ひ日をこぼす　石橋辰之助
樹氷林青き天路に出てしまふ　平畑静塔
大いなる金星いでし樹氷かな　加藤三七子
樹氷林黙せり吹雪天に鳴り　中島斌雄
敲(たた)くべき扉はなくて樹氷界　平畑静塔
樹氷林白を豪華な彩と知る　福田小夜
烈風に影をみじかく樹氷立つ　望月たかし
人といふこの小さきもの樹氷原　森田桃村
身を出づる息ひとすぢや樹氷林　岡田貞峰
よぎりゆく影の固さや樹氷林　石田阿畏子
樹氷林生きて出てくる愚か者　水谷仁志子
樹氷今雫となりぬ雀たち　丸山比呂

ダイヤモンドダスト　細氷

極めて小さい氷の結晶が降ってきて空中に浮かんでいるように見える現象。寒冷地、大陸内部や高山などで見られる。視界が一km未満の場合を氷霧、一km以上の場合を細氷という。

まなじりに細氷塵の泪なす　深谷雄大
細氷の太古の空となりて降る　相澤乙代

初霜（はつしも）

その年の冬、はじめておりた霜のこと。初霜のニュースは日本列島をかけ下る形で東北、北海道は十月中、鹿児島は十一月末となり、海辺より内陸地方が早いのは毎年のことである。↓霜

人影す堆の初霜あたたかに　西島麦南
初霜のありし纜（ともづな）解きにけり　秋山英子
初霜やむらさきがちの佐久の鯉　皆川盤水
初霜の降りて暦日過（あやま）たず　浜渦美好
初霜の坂口の竹明りかな　梶　千秋
初霜や矮鶏（ちゃぼ）諍ふ神の庭　牧野暁行
初霜のデッキ味噌汁匂ひ来し　鴨下秀峰
初霜や片脚立ちに神の鶏　鈴木花重

霜（しも）

霜の花　大霜（おおしも）　深霜（ふかしも）　朝霜（あさしも）　夜霜（よしも）　強霜（つよしも）　霜晴（しもばれ）　霜凪（しもなぎ）　霜雫（しもしずく）　霜解（しもどけ）　霜の声　青女（せいじょ）

晴れた冬の夜の翌朝は霜となりやすい。気温が氷点下になって、大気中の水蒸気が地面や物についてできる、白い薄い氷の層。柱状に結晶したものは霜柱といわれる。「青女」は異名。霜の状態によって大霜・強霜などと呼ぶ。霜の声は霜を結ぶ物音の意味で、しんしんとした夜に聞こえるような気がする、という感覚的なものである。↓霜柱

霜つよし蓮華と開く八ヶ嶽　前田普羅
おく霜を照る日しづかに忘れけり　飯田蛇笏
霜晴の聖堂に坂立てりけり　下村ひろし
霜旦の鶏鳴悲鳴にも似たり　宮津昭彦
死や霜の六尺の土あれば足る　加藤楸邨
通夜更けて身内ばかりや霜の声　滝川名末
強霜の草踏めば草呻(な)きにけり　藤田利夫
切株は神の円座よ霜の花　武智忠子
義民碑に憚りもなき霜の縛　堀　無沙詩
強霜に光をゆづり朝の月　甲斐すず江

霜の土昭和無辜(むこ)の死詰めて逝く　古沢太穂
強霜の富士や力を裾までも　飯田龍太
磨きたる靴にて踏みし初の霜　吉岡葉家子
大霜や手代の如く手を擦る　内山泉子
霜の花一気に拭ふ方位盤　丸山美奈子
月曜を大股に霜深ければ　中川純一
強霜の飛騨の一番電車かな　木川夕鳥
棒の如き身を抱きしむる霜の夜　郡山とし子
霜踏んでぴりりと闘志湧きにけり　多良間典男
強霜に何の撃たれし火薬臭　澤田一餘

雪催(ゆきもよい)　ゆきもよひ

雨催と同じように、いまにも雪が降り出しそうに冷え込み、暗い空模様をいう。雪模様ともいう。雪空・雪曇・雪暗などすべて雪催の表現になる。神経痛の人は、梅雨時と同じように雪の降る前兆がわかるという。しんしんと冷え込むから弱いところにひびくからである。

雪平の底の火あかし雪催ひ　石田波郷
湯帰りや灯ともしころの雪もよひ　永井東門居
鯉跳んで雪の匂ひす雪催ひ　殿村菟絲子
稲滓火(いなしび)の関東平野雪もよひ　角川春樹

丸二つ描きて乳房や雪もよひ　折井眞琴
明日分の薬はありて雪催　佐野笑子
干魚の眼の抜けてゐる雪催ひ　福井　登
檜皮剥ぐ音の緊まれる雪もよひ　西村梛子

雪催ふ琴になる木となれぬ木と　神尾久美子
嘘つきのバス時刻表雪もよひ　丸田余志子
封すでに切られし手紙雪催ひ　益永孝元
火渡りを待つはつきりと雪催ひ　竹中弘明
雪催ひ村のよろづ屋混みあひて　小沢梅鶯
高野隠して雪雲の通過中　有馬いさお

初雪（はつゆき）　新雪（しんせつ）

その冬にはじめて降る雪。ちらと降ってやむときもあり、うっすらと積もるときもある。年が明けてから降ることもある。正月三が日までの雪は御降りといって別の季語。↓雪・御降り（新年）

うしろより初雪降れり夜の町　前田普羅
はじめての雪闇に降り闇にやむ　野沢節子
新雪を踏みしめて山高きかな　小林百合子
初雪のどか雪となりあたたかし　朔多恭
初雪の報ありし日の猫を抱く　押川亜紀
新雪をくぐりて蒼し谷の水　杉山青風
新雪を踏み新雪をかがやかす　栗山恵子
新雪をまぶしむ朝の厨窓　杉本則江
にぎりしむ茂吉の国の新雪を　坂井たづ子
新雪は言葉なきまま指を過ぐ　能美澄江

雪（ゆき）

六花（むつのはな）　小雪（こゆき）　大雪（おおゆき）　深雪（みゆき）　粉雪（こなゆき）　粉雪（こゆき）　綿雪（わたゆき）　細雪（ささめゆき）　小米雪（こごめゆき）　根雪（ねゆき）　飛雪（ひせつ）　雪明り　雪の声　夜の雪　暮雪（ぼせつ）　雪の宿　雪国（ゆきぐに）

六角状に結晶する雪は六花とも言われる。気温が低いと細かく乾いたさらさらの粉雪が多い。積雪がどさりとあって消えずに春まで残る雪を根雪といい、冬中、この上に新雪が降り積ってゆく。日常が雪という雪国では、水雪・斑ら雪、細め雪、餅雪、衾雪、しずり雪、堅雪、凍雪などいろいろな呼び方をする。雪が降ると、しんしんと音もなくというが、物音のしない真夜中、耳を澄ますと

雪の音が聞こえるように思われる。雪は豊年の兆とも言って喜ばれることが多い。↓初雪・吹雪・雪掻・雪見

降る雪や明治は遠くなりにけり　中村草田男
地の涯（はて）に倖（しあわ）せありと来しが雪　細谷源二
うつはりに鶏の鳴く深雪かな　吉田冬葉
細雪妻に言葉を待たれをり　石田波郷
雪はしづかにゆたかにはやし屍室　石田波郷
窓の雪女体にて湯をあふれしむ　桂　信子
山鳩よみればまはりに雪が降る　高屋窓秋
ふるさとの雪に我ある大爐かな　飯田蛇笏
雪の日暮はいくたびも読む文のごとし　飯田龍太
海にも降り良寛母の墓粉雪（こゆき）　古沢太穂
街に雪この純白のいづくより　橋本榮治
雪の上まろびて熱き女の身　井上　雪
音絶えしこの音が雪降る音か　有働　亨
一姫に二太郎三は雪の夜に　木内彰志
雪深きくらがり馬の目がふたつ　本宮哲郎
円空さま飛騨に又降るたびら雪　伊東百々栄
見舞客銀座の雪をしたたらす　卯之木智子

雪に睡り　真夜　野兎の来るホテル　伊丹公子
雪櫟（くぬぎ）夜の奈落に妻子ねて　森　澄雄
行衣われ羽黒の雪にまぎれけり　角川照子
韋駄天（いだてん）に日輪はなほ雪の宙　丸山海道
竹はねて一瞬金の雪舞へり　中嶋秀子
すがたなき船ぼうぼうと雪のなか　藤田初巳
みどり児の心音聴けり外は雪　水原春郎
勾玉（まがたま）は初めのかたち雪降れり　野見山ひふみ
陰雪に世帯の塵をはばからず　行方克巳
俳人は死に顔佳けれ雪の家　たむらちせい
千曲川雪入れて紺発色す　矢島昭子
一炊の夢のくさぐさ雪霞　深谷雄大
雪ひそと降れば地酒の透きとおる　鈴木郁子
カマンベール東京に雪降つてをり　多田睦子
銃口の熱きを雪にねかせおく　椿　文恵
雪の日は雪の句紡ぎ血を濃くす　坂本童声子
雪こんこんこんと啼かせる指狐　岩見ちづる

漆にはうるしを重ね夜の雪　管　タメ
能面に血の通ひ出す雪の夜　吉田輝二
雪に寝て真っ直ぐ棺に入る形　白鳥　峻
火入酒いち日雪の信濃かな　曽野　綾
鏡中に飛ぶ雪激し髪染むる　加藤　紅
塩鰤の届くや飛騨の雪詰めて　今井茅草
挽きたてのこけしが匂ふ雪こんこん　若山千恵子
むささびの飛翔影曳く雪月夜　村上喜代子
これ以上淋しくなれば雪が降る　渡辺鮎太
野仏の合掌に雪舞ふばかり　前川　実
白すぎる雪降りゐたり母の墓　瀧澤宏司
枯萱にみるみる雪のつきそめし　大橋はじめ
核の世の雪見ておはす大笑面（だいしょうめん）　三嶋隆英
遅れ来し雪の夕刊濃く匂ふ　佐藤恭治
雪鳴や吾が片肺の協和音　佐藤緑芽
雪の街夢二が描きて暖かし　富沢宣子
根雪まで灯（あかり）届かず授乳室　中澤康人
雪国の雪降る音の無音なる　新谷ひろし

雪晴（ゆきばれ）　深雪晴（みゆきばれ）

一日中雪が降った翌朝、みごとに無風快晴になることがある。朝日がいっぱいに輝く白一色の銀世界になる。それが深雪晴だと、しいんと世の騒音が消されて別天地のようで素晴らしい。

雪晴や雨垂れの音みな違ふ　田村木国
雪晴の日の柔かく暖かく　星野立子
雪晴れて蒼天落つるしづくかな　前田普羅
一すぢの大雪晴となる大河　鶴田佳三
雪晴に面打つ屑の匂ひけり　中川文彦
雪晴や出船仕度に手落ちなし　榎本　翎

雪女（ゆきおんな）　雪女郎（ゆきじょろう）　雪坊主（ゆきぼうず）

雪国で雪中に現われる伝説的な妖怪。雪女は女性からの呼び名、雪女郎は男の言い捨て言葉のように感じられる。恐いけれども一度は逢ってみたい気がする幻想的な存在。

みちのくの雪深かければ雪女郎　山口青邨
雪女郎おそろし父の恋恐ろし　中村草田男
雪をんな黙つてゐれば歩が揃ふ　山田みづえ
雪をんなとならば見えぬ雪の城　長谷川秋子
雪をんなに会へさう出羽の満月　鈴木正治
なみおとを恋歌ときき雪女郎　加藤三七子
くれなゐの気配にありし雪女郎　伊藤通明
雪女郎まなこの底の蒼かりし　西村和子
良寛と遊んでしまふ雪をんな　小島　健
雪女郎いづれさみしき声ならむ　西川織子
雪女郎棺に遠く立ちにけり　高橋栄子
道ならぬ道を迷はず雪女郎　木内怜子
雪女郎の眉をもらひし程の月　山田弘子
雪女母にも見えて母恋し　高橋秋郊
ワープロの最後の文字は雪女　東　珠生
山の湯やふと囁ける雪女郎　磯　直道
灯をくぐるたび小さくなる雪女　吉岡満寿美
雪女郎美女を描くといふ掟　庄子紅子
五箇山の明り障子の雪女郎　古戸ふき子
余生には能面ほしき雪女　田中君恵
わが胸にいまもかくまふ雪女　岡本輝久
窯守の仮寝の小屋へ雪女　高野千代

風花（かざはな）　かぜはな　かざばな　吹越（ふっこし）

晴天にちらつく雪。雪の積った山脈を越えて晴天に雪片が飛ぶことを吹っ越しともいう。かざはなの語が夢のように美しい。

風花に紺のまひとぶ染場かな　石橋秀野
雪となく風花となく湖の町　岡田日郎
高野より来る風花に畑打つ　神蔵　器
風花の舞ふにつけても地震（ない）のこと　関　弥生
風花に灯のにじみけり浮御堂　細井光男
風花や魚臭はりつく糶（せり）の声　松島秋子

やんでゐし風花のまた小松原　有働　亨
風花の舞ひを乱せる救急車　佐藤晴生
子の心見えてとどかず風花す　岡田和子
風花や峡を出でゆく千曲川　小林碧郎
風花や言葉交さぬ別れあり　松田淳子

吹雪（ふぶき）　吹雪く（ふぶく）　地吹雪（じふぶき）　雪煙（ゆきけむり）　雪浪（ゆきなみ）

雪、風相交わり、視界を失いがちな雪降る様をふぶき、昔は雪吹といった。地上に積った雪が吹き飛ぶのを地吹雪、風にあおられて視野が暗く煙るのを雪煙、積雪面に波状の紋ができることを雪浪という。↓雪

燃ゆる日や雪天翔（か）くる雪煙　相馬遷子
瓦斯灯に吹雪かがやく街を見たり　北原白秋
地吹雪や灯台守の厚眼鏡　加藤憲曠
吹雪く夜は誰かがアンナカレーニナ　落合水尾
田居の灯に一夜地吹雪はばたける　佐藤国夫
吹雪く夜の牛に声かけ牛舎閉づ　西村梛子
最上川吹雪の底を流れけり　宇都木水晶花
脈々といのちぬくとし吹雪行　細木芒角星

風花や地祀りの竹かつぎだす　森　賢之助
風花や明治を誇る湯治宿　木内はるえ
風花や渾身で行く車椅子　豊場　梓
村の空澄み切つてゐて風花す　斉藤友栄
風花や耀（せ）りおとされし魚跳ねる　石井龍生

石狩孤村地吹雪の子のはぐれ星　古沢太穂
あす晴るるための地吹雪アイヌ村（コタン）　宮坂静生
陸果つるところ尻屋の吹雪かな　新谷ひろし
視界ゼロ吹雪く山頂無一物　平田青雲
地吹雪は遠く花屋に花満ちて　泉　風信子
最北のバス地吹雪に呑まれゆく　小笠原弘順
地吹雪の塞ぐ一路の風の岬　円谷よし子
比良比叡吹雪そのまま湖に落つ　中西宗徳

雪しまき　しまき

雪を伴った激しい風で、雪よりも風が主である。しまき、しまくで雪を冠する和歌も多く、単にしまくといっても雪を感ずる例が多い。

海に日の落ちて華やぐしまき雲　角川源義
知床の山容奪ふしまきかな　戸川幸夫
雪しまき港の景をうばひけり　五十嵐播水
雪しまき日輪のひた走りけり　堤　保徳

冬の雷　寒雷

雷は夏が多く冬の雷は少ない。冬の雷は日本海側の方が多い。寒雷は寒中の雷でもいいが、寒さきびしい折の短いが烈しい雷という感じがする。↓雷（夏）・雪起し・鰤起し

寒雷やびりりびりりと真夜の玻璃　加藤楸邨
寒雷のやみし頭上に梁太し　西村公鳳
寒雷やその夜にはとり一羽減り　本宮哲郎
蒟蒻の歯にもどかしく冬の雷　南　典二

雪起し　雪雷　雪の雷

天がにわかに暗くなった途端に烈しい雷鳴・雷光、続いて強い風雪となる。雪国の人の雪の予感による季語で、これから来る雪の重たさを暗示する雷の名である。↓冬の雷

雪起し仏間の暗き加賀の国　西村公鳳
軒裏に榾高く積み雪起し　吉沢卯一
雪起し障子震はし過ぎにけり　本間翠雪
くろぐろと津軽がありし雪起し　青山法破来

鰤起し（ぶりおこし）

北陸地方で十月から一月頃、鰤漁の最盛期になる雷を鰤起しと呼び、豊漁の前兆としている。不連続通過など天気図を見ていると、間もなく能登・越前へかけて鰤起しのニュースが流れたりするのである。↓冬の雷

流人墓地みな壊（つい）えをり鰤起し　石原八束
鰤起し一つとどろく佐渡泊り　高木良多
それぞれの客を迎ふる鰤起し　小川濤美子
猫の耳ぴくりぴくりと鰤起し　秋武つよし
鰤起し白山へ雨ともなひ来　新田祐久
鰤起し大佐渡小佐渡つらぬけり　皆川盤水
鰤起し軒につかへて沖高し　本多静江
一湾の気色立ちをり鰤起し　宮下翠舟

冬霞（ふゆがすみ）　冬の霞　寒霞（かんがすみ）

「霞む」は春の季語。それに対する冬霞は霧に近い感じで、広くやわらかく大きな景を抱いている言葉になる。↓霞（春）

大仏は猫背におはす冬霞　大橋越央子
冬霞茶の木畑に出てみれば　富安風生
棟上げて二三里さきの冬がすみ　鳥井信行
冬霞濃くて煤降る丸の内　菅　裸馬
勾玉（まがたま）の寝息がまじる冬霞　平松弥栄子
矢狭間（やざま）よりビルの林立冬霞　小林迪子

冬の霧（ふゆのきり）　冬霧（ふゆぎり）

冬の霧はにわかに低温となる山岳地帯に生じ易い。煙霧と書く都会のスモッグとなると環境問題も

あって、風流ともいっていられない。↓霧（秋）・冬の靄

友来る一灯を包む冬の霧　沢木欣一　　箱根路や視界一尺寒の霧　鈴木定代

月光のしみる家郷の冬の霧　飯田蛇笏　　冬霧の日輪仰ぐたび歪む　辻　帰帆

気嵐（けあらし）

冷え込みの厳しい早朝に、河口域で発生する濃霧。主に北海道で使われる漁師ことば。北陸でも「きあらし」といわれていたという。気象学的には「蒸気霧」という。

昇る旭（ひ）を待つ気嵐の船灯り　深谷雄大　　けあらしや体内の水みな動く　鈴木きみえ

冬の靄（ふゆのもや）　冬靄　寒靄（かんもや）

冬の日、立ちこめる靄のこと。靄は気象学では視界一キロ以上で、霧よりも見通しがきく状態をいう。↓冬の霧

冬の靄クレーンの鉤の巨大のみ　山口青邨　　壁の画鋲がぐらつき出した冬の靄　吉田静二

寒靄の中まぼろしの蔵王顕（た）つ　堀井春一郎　　白き布たためば槙に冬の靄　鈴木鷹夫

冬の夕焼（ふゆのゆうやけ）　冬夕焼（ふゆゆうやけ）　寒夕焼（かんゆうやけ）　冬茜（ふゆあかね）　寒茜（かんあかね）

冬の夕焼はその短さでかえって心に沁みる。時に烈しく時に冷たく、野の涯でも巷でも日没後でもその赤さ明るさが美しく印象的である。↓夕焼（夏）

寒茜屋上に旗折りた、む　林　徹　　寒夕焼じゃんけんぽんの石と紙　鷹羽狩行

寒夕焼羅漢幾百あご親し　山本一糸
ガラス屋が寒夕焼を背負ひくる　森　酒郎
野の果てに人遠ざかる寒夕焼　宮本径考
寒夕焼どつかり収め雑木山　武藤ほとり
寒夕焼富士一日の力抜く　久保田重之
家中に馬具干すにほひ寒夕焼　西野陽子
まだ知らぬ森のうらがわ冬夕焼　信濃小雪
心音のときに急きたり寒茜　吉田つよし
海と会ふ水のためらひ寒茜　峰尾保治
いつぽんの木に血のかよふ寒夕焼　岡澤康司
冬夕焼わが失ひし血のごとく　木下夕爾
冬夕焼人をあやむるごとき色　加藤三七子
こゑ出さば谺とならむ寒夕焼　松本津木雄
群なしてからす寒夕焼の中　三宮美津子
寒茜かたちあるもの濃かりけり　柴田たつ
冬夕焼繰り返し言ふさやうなら　笹本カホル
寡婦に馴れ大阪に馴れ寒夕焼　久松久子
冬夕焼君住む町へつづきけり　伊藤和子

冬(ふゆ)の虹(にじ)

暖かい冬の雨が降ったあと、虹が見えることがある。夏ほど多く見られないので冬の虹には驚きがある。↓虹（夏）

冬の虹とびもからすも地をあゆみ　金尾梅の門
冬の虹消えむとしたるとき気づく　安住　敦
走る子がゐて草そよぐ冬の虹　長谷川双魚
冬の虹今は不幸の側に立つ　水谷仁志子
簡単なり冬の虹たつ百姓家　森下草城子
人待てば文まてば立つ寒の虹　中村扇女

地　理

冬の山（ふゆのやま）

冬山（ふゆやま）　枯山（かれやま）　雪山（ゆきやま）　雪嶺（せつれい）　冬嶺（ふゆね）　冬山路（ふゆやまじ）　冬山家（ふゆやまが）

冬季の山の草木が枯れてもの寂しく、静まっている様をいう。冬山といっても、地域により、山の高低によって、景観や様相もさまざまではあるが、共通した静寂さがある。枯山は雑木が枯れ尽した蕭条（しょうじょう）たる山である。↓山眠る

冬山の倒れかかるを支え行く　松本たかし
雪山を匐（は）ひまはりゐる谺（こだま）かな　飯田蛇笏
一歩前へ出て雪山をまのあたり　齊藤美規
人は世に墓を遺して遠雪嶺　小澤克己
枯山に虹の一遊ありにけり　小枝秀穂女
雪山脈師に近づけば更に退く　松村昌弘
雪嶺や一艇湖の色分ける　中村みよ子
雪嶺を見し網膜のあたらしき　本郷をさむ
雪嶺の遠き一つの名は知りて　須田冨美子
枯山の落暉に音のありにけり　塚原いま乃
病室の懈怠（けたい）は知らず雪の山　矢崎幸枝
曼荼羅（まんだら）を見ず冬山を去りにけり　石脇みはる
火を焚いてゐる冬山の登山口　酒井裕子
犬吠ゆる冬山彦になりたくて　長谷川秋子
トンネルを抜けてトンネル冬の山　名島恵子
雪嶺は美し道祖神手をつなぐ　坂口緑志

山眠る（やまねむる）

眠る山

『林泉高致』（北宋の画論）の「冬山惨淡（さんたん）として眠るが如し」により、冬山を擬人化した俳味のある

季語である。雪のない雑木山の師走・一月の風のない穏やかな山姿が想像される。春は「山笑う」、夏は「山滴る」、秋は「山粧う」と比喩的に形容されている。↓山笑う（春）・冬の山

滅びたる狼の色山眠る　矢島渚男
山眠りいま遠き川遠き村　中村苑子
山眠る神話の星が語りだし　宇咲冬男
鬼に酒酌ませて山は眠りたる　稲生正子
なきがらをねぎらひて山眠りけり　石原次郎
山帰来（さんきらい）の実のつやつやと山眠る　近本セツ子
わたくしの前おほらかに山眠る　野末たくニ
眠る山眠らせ歌ふ子守唄　永峰久比古
三界にはみだして山眠りけり　村中燈子
眠る山起こさぬやうに骨納め　佐々木忠利
山眠るでかんしょ節で囃しても　梅原富子
眠れざる山山眠るなどといふな　川代くにを
高き山低きを抱きて眠りけり　前田圭子
山眠るガラス工房懐に　北原富美子
狛犬に乳房が六つ山眠る　仙　とよえ
火の窯を懐にして山眠る　小木曽かね子
山眠りけり眠れざる虫の翔ぶ　藤原かつ代
大和路に眠らぬ山もありにけり　山下年和
ペンションは眠りし山に扉を閉ざし　山田美知子
ロボットの犬を里子に山眠る　小平　湖

冬野（ふゆの）

冬の野　冬の原　雪野（ゆきの）　雪原（せつげん）

広涼とした冬の野原のことであるが、田畑を含め、丘陵・森・小川・散在する民家など、冬野の風景をいう。雪後の野の景観は趣があるが、冬中雪に閉ざされた雪原は、身に沁みる寂寥（せきりょう）感がある。

↓枯野

玉川の一筋光る雪野かな　内藤鳴雪
いちはやく白山覚めし冬野かな　金尾梅の門
いつの日も冬野の真中帰りくる　平井照敏
雪原の高き一樹を恃みとす　小澤克己

雪原やこの単純が好きで住む　野中久美子

枯野（かれの）

朽野（くだらの）　枯野道（かれのみち）　枯野人（かれのびと）　枯野宿（かれのやど）　枯原（かれはら）

草が枯れ果て、一面荒涼とした野である。冬野よりも、枯れ尽し蕭条たる侘しさが限定された感が強い。芭蕉の辞世句として有名な「旅に病で夢は枯野をかけ廻る」や、蕪村の「蕭条（しょうじょう）として石に日の入る枯野かな」の句も人口に膾炙（かいしゃ）されている。→冬野

遠山に日の当りたる枯野かな　高浜虚子
日当るや枯野にひびく海の音　原　石鼎
枯野ゆく葬りの使者は二人連れ　福田甲子雄
点滴は遠い枯野の中落ちる　対馬康子
遙かなる夢追ふ枯野師系とは　河野　薫
ふかぶかと空が一枚大枯野　佐賀日紗子
枯野より来て美しき箸づかひ　折原あきの
動かざるタクシーの列枯野まで　福田洽子
光り合ふ枯野と玻璃の美術館　竹田登代子
握りしむ携帯電話枯野行　篠田くみ子
大枯野戻りて嬰を抱きけり　永島理江子
枯野原閻魔の大きな口があり　関口眞佐子

雪原の暮れて暮れきつてはをらず　大竹朝子

学校が枯野に浮かび揺れており　秋元大吉郎
大枯野雲には雲の深轍　河口俊江
てのひらに枯原はあり握るべし　河内静魚
ひと雨の色を重ねし枯野かな　木内怜子
朱雀門（すざくもん）のみを色とし大枯野　松下信子
何もかも枯野にひそめ無人駅　平野謹三
貨車繋（つな）ぎ全車輛鳴る大枯野　吉田輝二
枯野から洗ひざらしの男来る　森　酒郎
大絵馬の白駒枯野へ跳り出る　宮坂秋湖
幻とならぬ記憶が大枯野　本城佐和
跫（あし）音の日暮を誘ふ枯野かな　桜木俊晃
枯野駅のこし汽車来て汽車去れり　奈須ゆう子

冬田（ふゆた）　冬の田　冬田道

秋に稲を刈り取ったあとの田は、冬になると、いっそう索莫（さくばく）とした佗しさが加わる。その冬田の中を通う道が冬田道である。冬田の寂寥（せきりょう）感を詠んだ句は多いが、富安風生の「家康公逃げ廻りたる冬田打つ」の様に、冬田を詠んだ俳諧味たっぷりの句は珍しく貴重である。

ところぐ〳〵冬田の道の欠けてなし　高浜虚子
冬田圃晴夜の村を彼方にす　岡田桂雪
冬田あり心にも皹（ひび）なしとせず　藤原たかを
冬田にも喜面渋面日矢差せる　藤原たかを
さんざんな目に会つてをる冬田かな　菅家瑞正
燈台の灯のとどくたび冬田見ゆ　倉持嘉博

枯園（かれその）　枯庭　冬の園　冬の庭

草木の枯れ果てた冬の庭園である。庶民のささやかな庭にも、豪邸や公共の広い庭園にも、それぞれに枯れた寂しさや趣がある。

枯園に向ひて硬きカラア嵌（は）む　山口誓子
枯園に入りて無言の人となる　滝　峻石

水涸る（みずかる／みづかる）　川涸る　沼涸る　滝涸る

温帯モンスーン気候のわが国においては、夏は高温多湿で降雨量も多いが、冬は空気の乾いた晴天の日が多く、降雨量も少ない。そのため、川、沼、滝などの水量も少なくなる。この現象を水涸るという。夏も水が涸れることがあるが、夏は川原や堤、水辺、山などの水を取り巻く環境に、草木の繁茂が見られるのに対し冬は草木が枯れ、それが冬の水涸れを一層わびしいものにする。

枯れ澄みて落葉もあらず黒部川　前田普羅
水涸れて天才少女とはかなし　田中裕明
水涸るるダム一村の匂いけり　相川玖美子
水涸れて暗さのひそむ禊（みそぎ）の場　松岡君枝
川枯れて石投げる気にもなれず　安済久美子
身にいつか列車のリズム川涸れて　喜舎場森日出

冬（ふゆ）の水（みず）　冬の泉（いずみ）　寒泉（かんせん）

今までは水を湛えていた沼、池、泉が、冬の水涸れによって、底が見えんばかりの少ない水量となる。浅くなった水底には落葉も沈んでいて、寒々とした眺めである。「冬の水一枝の影も欺かず　中村草田男」の句のように、水涸れした水は、我々に一種の緊張感を強うるのである。
↓寒の水

冬の水一枝（いっし）の影も欺（あざむ）かず　中村草田男
最澄の山を出てくる冬の水　伊藤通明
冬の水飲むもいろの鹿の舌　下里美恵子
月光のおとづれを待つ冬泉　館野豊
憑（つ）かれ飲む冬の泉は酒に似て　青木重行
たえまなき冬の泉の水ゐくぼ　猪瀬幸子

寒（かん）の水（みず）　寒水（かんすい）　寒九（かんく）の水

寒中（寒の入の一月五日ころから寒明け・節分の二月三日まで）の水は、冷気たっぷりで腐らず、薬になるとされてきた。そのため、この水で寒中に餅を搗いたり、酒を造ったりする。特に寒中九日目の水を寒九の水と呼び、寒中の飲み水の中で、最も身体に良いとされている。寒中の冷気が、水にも霊気をもたらすようである。↓冬の水

寒の水ありありと身体髪膚かな　山田みづえ
寒水のひと口に勘とり戻す　多田菊葉
寒水や裏ごしの糊まろやかに　三並蘭香
汲み上げし大地のぬくみ寒の水　成嶋いはほ
命あり家あり寒の水を飲む　坂田栄三
寒の水百薬の長併せ飲む　大宮良夫
汲み上げて地の温みある寒の水　松下晴耕
寒の水手入れて思ひきりひらく　新谷ひろし
呆けまじと一気に呑みし寒の水　明才地禮子
百薬の長にもまさる寒の水　福山英子
寒の水桶に汲みある庫裏庇　穴澤光江
焼入れの刃にたばしれる寒の水　山崎羅春

冬の川　冬川　冬川原

冬の渇水期の川である。ふだんは水量の豊かな川も冬になると、次第に流れが細くなり川原が広くなって、石の白さが目立ってくる。「川涸る」は、流れの細さではなく、涸れた川の様子に眼が向けられている。

孔子像みたびたしかめ冬河越ゆ　久保田慶子
冬の川一条に日を絞りきり　橋本榮治
みづからの音に暮れゆく冬の川　米山露女
寒の川近づけば透き去れば紺　南　俊郎
冬河原故人はバスからも降りず　今長谷蘭山
足裏の凍河石狩音を絶つ　西野幸三郎
金管楽器冬川に水足らざりき　吉井幸子
巨き手の影ある冬野冬の河　野崎眞理子
冬の河ふたつ渡りて旅となる　石井薔子
日の当る所ゆるびて冬の川　高井瑛子

冬の海　冬海　冬の浜

冬の海は季節風が強く、そのため波も高い。「北国の北のくらきや冬の海　小松月尚」の句のように、日本海側では雪雲が垂れて、灰青色の波が荒れ狂う。冬の浜は訪れる人も少なく、ときおり防寒具で身を固めた釣人が黙々と釣糸を海に垂らしている。小春日などの暖かな日には、波も穏やかではあるが、それでも男波という高波が立つことがある。

水枕ガバリと寒い海がある　西東三鬼
冬の海手に滴らすものもなし　小島　健
船室に身が浮き上がり冬海航く　芳野正王
弦月や冬の海音編み上ぐる　奥脇節子
凪ぐときの巨きな力冬の海　丹間美智子
あてどなき汽車乗りすてし冬の海　高橋良子
冬の海地球の裏より文届く　御崎敏江
石狩の雲逃げたがる冬の海　大郷石秋
冬の浜空瓶に砂詰まりゐて　今井三重子
母を責めひとり真冬の海にくる　江川貞代

冬の波（ふゆのなみ）

冬浪（ふゆなみ）　冬濤（ふゆなみ）　寒濤（かんとう）　冬怒涛（ふゆどとう）

冬は季節風が強く、波も高い。波の色も太平洋側では緑色に黒みがかかる。日本海側では青色に灰色がかかり、寒々と感じられる。「冬の波冬の波止場に来て返す　加藤郁乎」の句のように、波が落ち着きどころなく、もの悲しげな流浪感の漂うものとして捉えられている。

冬の波冬の波止場に来て返す　加藤郁乎
寒濤の抱き去るものの何もなし　宇咲冬男
玄海の引くを知らざる冬の浪　伊藤通明
冬波や急展開の文弥節　小島　健
冬の波軍艦岩をひと呑みす　富内英一
冬の波胸に抱く灯のおびただし　伊藤淳子
錨打ち冬濤に舳（へさき）の従ひぬ　小田尚輝
冬怒濤にうつてつけなる北の空　大牧　梢
冬濤は鬼の奏でる平家琵琶　出井哲朗
魚呑みて鵜の起ち上る寒怒濤　山田晴彦

寒潮（かんちょう）　冬の潮（ふゆのしお）　冬潮（ふゆじお）

日本列島には四つの海流が流れこむ。暖流としては黒潮（日本海流）と、その一部で日本海側へ流れる対馬暖流がある。反対に寒流としては親潮（千島海流）とリマン海流がある。寒流は文字通り、寒寒とした感じがするが、暖流といえども、冬の海は風が強く、高波や荒波になったりする。これらの高波荒波を統べて、冬の潮が流れるのである。

寒潮の濤の水音まろびけり　飯田蛇笏
釘を打つ寒潮走る窓枠に　林　徹
寒潮の一つの色に湛（たた）へたる　高野素十
寒潮に向かいおとこの青拳　松田ひろむ

霜柱（しもばしら）

厳寒、地中の水分が凍って柱状の氷の結晶体となり、群立して地表に現れる現象。湿気の多い柔かい土の上によく見かける。寒さが続くと霜柱が重なってでき、一〇～二〇センチ位まで成長する。朝日を受けると美しい光を放つ。細くてもろいため、足を踏み入れるとざくざくと音をたてて、はかなくくずれる。↓霜

霜柱俳句は切字響きけり　石田波郷
霜柱馬場を持上げ朝稽古　早川典江
遺言のとほりに土葬霜柱　小室風詩
農夫なり系譜辿れば霜柱　鳥谷部康之
余震にて倒れてゐたる霜柱　上島清子
踏みてみてまた踏みしめて霜柱　渡辺茫子
筒井筒まはりの深き霜柱　平山千江
霜柱踏みてつぶるる音をきく　山中弘通
霜柱払ふて起たす忘れ鍬　河本沙美子
踏み入りて朝日はじける霜柱　上部晴子

凍土(いてつち)　凍上(とうじょう)　大地凍つ(だいちいつ)

寒冷地で土中の温度が零度以下になると、土の中の水分が凍り、土を持ちあげる現象を言う。鉄道線路や、舗装道路が凍上のため隆起したり、家屋に狂いが生じたり、思わぬいたずらをする。まれにはガス管などが破裂して惨事をもたらすこともある。

最果てに凍てし地球の皮膚呼吸　**樽谷俊彦**

大地凍つ地図と眼鏡と油顔　**古川塔子**

凍土踏む音して階下シベリア展　**鈴木映**

凍土の裏庭避けて鳥の声　**豊田北斗**

初氷(はつごおり・はつごほり)

気温が摂氏零度以下になると、水が凍って氷となる。その年の最初の水が凍った状態を初氷という。あるいは、冬になって初めて氷となった状態を見たときにも初氷という。朝日に輝く初氷は清浄無垢な光を湛えているかに思える。また登校途中の児童が初氷を見つけ、棒でつついたり、恐る恐る足で割ったりするさまはほほえましいものである。↓氷

初氷何こぼしけん石の間(あい)　**蕪村**

初氷鳩の紅脚よく動く　**川村五子**

初氷木立よそよそしくありぬ　**大久保石漱**

手際よく雨戸繰る子や初氷　**菊池志乃**

氷(こおり)　厚氷(あつごおり)　氷面鏡(ひもかがみ)　結氷(けっぴょう)　氷点下(ひょうてんか)

水は気温が零度以下になると表面が凍りはじめる。零度以下の状態を氷点下と言う。手水鉢の水や泉水のようなもの、流れている川や湖、沼、海なども凍る。氷の張る状態を結氷と言い、寒さの続

く度に氷は厚みを増し厚氷となる。氷面に物影が映り鏡のように見えるものを氷面鏡あるいは氷の鏡と言う。また、寒さのため凍るように感じられる場合、月氷る、鏡氷る、影氷るなどと感覚的に用いられることもある。↓薄氷（春）・初氷

蝶墜（お）ちて大音響の結氷期　富沢赤黄男
結氷のはじまる鳥をちりばめて　宮坂静生
悪女たらむ氷ことごとく割り歩む　山田みづえ
山河けふはればれとある氷かな　鷲谷七菜子
一隅にうつし身蒼く氷面鏡　小池万里子
氷面鏡今日のアリスはどこ行くの　鷲田　環

氷柱（つらら）　垂氷（たるひ）

軒先や、木の枝、岩などからの水滴が、氷点下になると棒のように凍って垂れ下がる。雪が溶けて氷柱になることが多く、だんだんに凍り剣状になる。北国では屋根から地上に届くような長いものができ、それが何本も並んでいる様は壮観である。山の断崖などでは砦のように垂れ下がることもある。垂氷とも言う。

後の世に逢はば二本の氷柱かな　大木あまり
晩年の倖（しあわ）せあるか痩せ氷柱　室岡純子
戛々（かつかつ）と過ぎる風あり草氷柱　藤木倶子
山宿のみな吹き曲りゐる垂氷　岩佐こん
軒氷柱ホルスタインに楽流れ　白澤よし子
御手洗（みたらい）の氷柱吐きだす竜の口　杉山青風
軒氷柱手折り光を手折りけり　葛原俊子
リズムもつ雫（しずく）に解けてゆく氷柱　植木千鶴子
軒つらら夢より長くならざりき　堤　保徳
山の音封じ込めたる大氷柱　淺倉寒月
山小屋のオンザロックの氷柱かな　成澤　零
掴まって水休みをり草氷柱　中嶋鬼谷
草一条氷柱の中に生きてをり　二川茂徳
愛されてをり夜の氷柱輝けり　松本淳子

凍滝（いてたき）　冬滝（ふゆだき）　滝氷る（たきこおる）　氷瀑（ひょうばく）

冬の滝が落下の状態のまま凍れば凍滝となり、そのまま巨大な氷柱となる。その氷の柱は時には水の蒼さを重ねて凄絶な美しさを見せるものもある。一般的に滝は渇水期のため水量は細くなり、しぶきに濡れた断崖は氷壁となり、荒涼として淋しさを感じさせる。

冬瀧のきけば相つぐこだまかな　飯田蛇笏

全山にこゑ掛け瀧の凍て始む　小澤克己

凍滝の音なき音を聞かむとす　池田琴線女

滝枯るる一枚岩にある窪み　佐々木いつき

凍滝の自ら音を絶ちにけり　今関幸代

凍滝のなかを貫く青きもの　江井芳朗

凍滝の一水走り意志通す　高橋良子

山の背を越えがたく滝凍てており　駒　志津子

凍滝に生きてゐるなり水一縷　椎名康之

凍瀧の内や垂水（たるみ）の音やさし　佐藤希世

凍瀧に倚（よ）れば上り来地の韻き　火村卓造

信心の声もどさるる寒の瀧　及川檐溜

滝凍てて微塵の音のなかりけり　西岡フサ子

一鳥の影もゆるさず滝凍る　平子公一

氷湖（ひょうこ）　湖氷る（うみこおる）　冬の湖（ふゆのうみ）　冬の沼

氷の張りつめた湖沼のこと。湖岸より凍りはじめ、次第に湖心に移り結氷湖となる。氷が厚くなると天然のスケート場にもなり、氷に穴をあけて釣をすることもできる。また、湖畔の人々の対岸への近道として利用もされ、結氷前とは異なる湖の一面を見せる。

月一輪凍湖一輪光りあふ　橋本多佳子

棲（す）めるもの藻に眠らしめ冬の沼　青木暁雲

漁具はみな裏返されて冬の湖　日比野　悟

日輪のほか何もなき氷湖かな　深谷岳彦

氷海（ひょうかい）　海凍る　凍港（とうこう）　氷原（ひょうげん）　氷江（ひょうこう）

厳冬期に北海が全面結氷し氷海となる。見渡す限り凍りついた海面を氷原と言い、港が氷に閉ざされれば凍港であり、入江が閉ざされれば氷江である。氷海になると一切の航行は途絶えて、凄じいまでの静けさが拡がり、大自然の偉大さをまざまざと感じさせる。↓流氷（春）

氷海の涯しらしらと今日の雁　**古沢太穂**

凍港に人の匂ひの無い酒場　**能城檀**

波の花（なみのはな）　浪の華（なみのはな）　潮花（しおばな）

もともとは塩を表わす女房詞であるが、「波の花沖から咲きて散りくめり水の春とは風やなるらむ　伊勢」（古今集巻十　物名）と詠まれたように、風により波の白く泡立つさまを花にたとえていう。岩礁で打ち砕かれた磯波が泡状になるもので、プランクトンの粘性によるものと考えられている。「顔ほどの波の花とぶ能登荒磯　中川雅雪」の句のように、かなり大きな泡の塊にもなる。

能登荒磯（ありそ）曽々木（そそぎ）の空の波の花　**石原八束**

疎に密に礁（いくり）を翔（た）てる浪の花　**鶴田佳三**

波の花昨日のバスの運転手　**小林こみち**

浪の花もまれゐるうち吹き飛びぬ　**加藤絹子**

狐火（きつねび）　鬼火（おにび）　狐の提灯（ちょうちん）

冬の夜、山野に見える原因が解らない青白い光をいい、狐がともすと信じられていた。燐光を発する獣の骨を狐がくわえて歩いたとも、光線の異常屈折によって生ずるともいわれる。列なる光を「狐の提灯」とか、「狐の嫁入」などと呼んだ。

狐火や髑髏（どくろ）に雨のたまる夜に　蕪　村
提灯の王子狐火おごそかに　阿部朝子
狐火やしんと越野の遠列車　斎藤由美
狐火や戸毎に老を抱へつつ　平賀扶人
切れ長の目して狐火見しといふ　野中亮介
狐火を見て来しといふ真顔かな　山中弘通
指させば動きはじめむ狐火や　木内彰志
狐火も交るや山の仏の灯　伊藤てい子
狐火の消えたるあとの銀杏の木　小山森生
狐火を見てきしという髪じめり　佐藤きみこ
狐火の消えし方より人が来る　豊田蕗花
狐火を語れば消ゆるコンロの火　細谷てる子

御神渡り（おみわたり）　御渡り（みわたり）

長野県の諏訪湖が全面結氷し、氷の厚さが十センチ前後になった厳冬の夜半、突然に大音響とともに氷面に亀裂が生じる。その亀裂（幅一メートル前後）の両側に氷が高く盛りあがる現象。氷の隆起は、諏訪大社上社のある湖南から、対岸の諏訪大社下社の方向に向うことが多く、上社の男神が、下社の女神の元へ通う道であると伝承されている。古来より氷の隆起や方向によって農作物の豊凶が占われるが、暖冬の年には見ることができない。

国引の嶺々に雲飛び神渡し　金森柑子
大杉の梢もみあふ神渡し　平山忠子
御神渡鷲の雌雄の空を占め　増澤正冬
御神渡り湖にうまるる力瘤　林　浩子
神渡かも海鳴りの夜もすがら　河野石嶺
一湾の潮曇りや神渡　由木みのる

生　活

年末賞与（ねんまつしょうよ／ねんまつしやうよ）　ボーナス　年末手当

月給生活者に支給される年末手当（ボーナス）のこと。求人広告では昇給年一回、賞与年二回と記してあるのが普通であるが、年末の賞与を季語とする。年収の内の歩合給的な要素と定めている会社もあり、金額の多寡（たか）はかなりの差がある。

ふところにあるボーナスや吊し章魚（たこ）　野村喜舟
ボーナスを貰へば教師他愛なし　三村純也

年用意（としようい）　春支度（はるじたく）

新年を迎えるための用意をいう。煤掃、餅搗、おせち料理づくりなどもさることながら買物や美容院へ行くなど精神的なものも大きな要素だろう。「春支度」「年設（としもうけ）」などともいう。

須磨（すま）の浦の年取ものや柴一把　芭蕉
竹青く縄白くあり年用意　青木まさ子
年用意蔵より洩るる母の音　西村梛子
金的を貼り替え矢場の年用意　浅井仁水
年用意掛け替へゐる潮暦　水野露草
年用意曲がってしまう釘ばかり　山田金栄

年の市（としのいち）

正月の飾りや新年のための品を売る市である。東京の浅草観音、深川八幡の境内に立つ市が有名。

注連飾りを売る業者間では「がさ市」と呼び、「節季市」「暮の市」などともいう。近頃では量販店やデパートの賑わいの方が目立つようだが、やはり境内に立つ大市の方が見る者の心をわくわくさせる。伝統が築いた年の行事その中でもひときわ明るい素材である。

裏住の底をくぐるや暮の市　丈　草
伊勢海老の髭につつかる年の市　那須野房子
年の市裸電球ひとつ足す　山川雅舟
年の市ミネラルウオーター求めけり　遠藤比呂志

ぼろ市　世田谷襤褸市

十二月十五・十六日、また一月十五・十六日に東京都世田谷区の元世田谷代官屋敷前に世田谷襤褸市が立つ。農具・古着・日用品や骨董・食品・花等も並べられたいへんな賑いをみせる。毎年通うごとにたのしくなる、そんな市である。

襤褸市は曇りて雨の甲斐秩父　尾崎紅葉
ぼろ市やねんねこを着て何売れる　今井つる女
ボロ市に来て遊びをり昼芸者　村山古郷
ぼろ市の鳴らして売れる蓄音機　塩川雄三
ぼろ市の茣蓙の何でも生みだして　笹尾照子
ぼろ市や塀に拡げし紺絣　渡辺育子
盗掘の異神おぼろやぼろの市　津波古江津
ぼろ市の絣を攫ふごとく買ふ　小倉つね子
ボロ市や湯気の中より笹粽　小林実美
ぼろ市やちちはは在りし日の歩み　上原多香子
ボロ市や風に吹かれて長着売る　中村泰子
顎マスクしてぼろ市の骨董屋　福神規子

飾売

歳末風景のひとつに「飾売」がある。注連飾や、楪や歯朶などの新たな年を祝う小物を扱うのである。神社の境内、街角、道端などに葭簀張りの小屋がけをして売る。「飾売」が立つといよいよ暮れだなと思うものである。最近はデパートやスーパーでも売られるようになった。↓飾（新年）

音立てて街を吹く風飾り売り　豊田八重子
飾売常に補充をおこたらず　高道　章

煤払（すすはらい）

煤掃（すすはき）　煤竹　煤籠（すすごもり）　煤湯（すすゆ）　煤逃（すすにげ）

年末に家屋調度、または施設設備などを掃き清める風習。今日では晦日近くに行うところが多いが、年中行事の扱いでは十二月十三日としている。煤掃を避けて別の部屋に籠もることを「煤籠」、外出することを「煤逃げ」という。「煤払」が済んで入る風呂が「煤湯」である。

旅寝して見しやうき世の煤払ひ　芭　蕉
独り暮らしに煤逃げなどはなかりけり　北村香朗
しののめの煤ふる中や下の関　芥川龍之介
煤掃の済みたる寺と見て通る　塩田章子
煤払ふ巫女に重たき竹の竿　森田君子
煤掃きのバケツの並ぶ日本丸　脇本千鶴子
真つ先に煤拭はれし不動の眼　川澄祐勝
煤逃げのために碁会所ありにけり　赤木利子
仏顔の金箔畏（おそ）れ煤払う　邑上キヨノ
煤逃げの一歩を猫に嗅がれけり　落合水尾
煤逃や映画三まはり半も見て　杉山とし
煤逃げの小田急電車混み合へり　佐川広治
煤逃やコーヒー店に僧の居て　大橋正子
煤逃げをするにネクタイ締めにけり　森田公司

門松立つ（かどまつたつ）

松飾る

新年を迎える準備として家々の門に門松を立てる。松は年神の依代とされており、長寿を願う意も含まれている。商店やオフィス街のビルの入口にも門松を立てる。一般の家庭では門に小さな松の

一枚を打ちつけたり、門松のプリントされた紙を貼ったりする。↓門松（新年）

年々に松うつ柱古りにけり　高浜虚子

女てふさびしさに松立てにけり　渡辺桂子

社会鍋（しゃかいなべ／しゃくわいなべ）　慈善鍋（じぜんなべ）

キリスト教救世軍等の歳末行事。街頭に鉄鍋を吊ってその中へ喜捨を呼びかける。この鍋を「社会鍋」または「慈善鍋」という。中には新興宗教系の類似行為もあり、金を入れる側の適時判断が求められよう。

慈善鍋昼が夜となる人通り　中村汀女

デパートの灯が濃くなりぬ社会鍋　加藤高秋

最初から重さうな鍋社会鍋　名村早智子

かばかりの喜捨（きしゃ）に音たて社会鍋　下元和子

社会鍋人彼人を呑む銀座　指澤紀子

街騒に底の明るき社会鍋　大江かずこ

小さき鍵かけられてをり社会鍋　田口風子

幼な子に腰低うしぬ慈善鍋　兼安昭子

年木樵（としきこり）　節木樵（せちきこり）　年木積む　年木売

年木とは正月に使う薪、また神祭りのために飾る木のこと。それを年内に山へ行って伐るのが「年木樵」である。年木は江戸時代には正月用の薪を指し、俗に節料木、あるいは餅木柴などといったが、後、次第に神への供物と変わってきた。門松の根元に立てる割り木を年木と呼ぶ地方もあるし、小正月の粥杖や鳥追い棒、削り掛け、餅花などの材料に用いるところもある。十二月十三日を年木の取初め、年切りなどといい、この日から年木樵を行なうところが多い。年木を用意できない家のため山村で薪を売るのが「年木売」である。↓年木（新年）

年木樵木の香に染みて飯食へり　前田普羅
空洞木に生かしおく火や年木樵　芝　不器男

餅搗（もちつき）

餅米洗う　餅搗唄　賃餅（ちんもち）　餅筵（もちむしろ）　餅配（もちくばり）

正月のために十二月二十七日ごろから餅を搗く。ただし二十九日は数字の九が苦に通じるところから「苦餅（くもち）」と言って忌み嫌われる。近頃では年中出回っている真空パックの餅を利用したり、米屋などに注文して搗いてもらう「賃餅」が一般的だろう。また家庭用の小型餅搗機もあり、臼と杵を使って餅を搗く風景を見ることは希になってしまった。糯米（もちごめ）は搗く前日に洗って浸けておく。それをせいろで蒸して搗く（つく）。「餅搗唄」が残っている地方もある。搗き上げた餅は熱いうちに板の上にのばし「熨斗餅（のしもち）」にしたり、丸めて鏡餅にしたりする。形を整えた餅は「餅筵」に並べておく。また、餅がまだやわらかいうちにからみ餅・あんころ餅・きなこ餅などにして近所や親戚に配ることを「餅配」という。餅搗の日は朝早くから一家総出でにぎやかで楽しげな声が響く。

↓餅（冬）

有明も三十日（みそか）に近し餅の音　芭　蕉
お返しは小燐寸（マッチ）一つ餅配　池田世津子
餅搗の音にしばらく耳応ふ　廣瀬直人
餅を搗く町長選挙投票後　山本照雪
もちつきの初めは地軸すこし振る　坂本ひろし
搗きあげし餅嬰（やや）のごと手から手へ　菅野一狼
とほくより夜が明けてくる餅の音　横瀬弘山
餅搗きや路地っ子一人けんけんぱ　姉崎蕗子

注連飾（しめかざ）る

新年を迎えるために、門松を立て注連飾りを門につける。注連を飾るのは正月の神（年神）を迎えるための神聖な区域を示すためである。注連は「年縄」とも言い、年男または一家の主がつける。大晦日に飾ることは「一夜飾」といって忌まれている。注連は海老・橙などをあしらった豪華なものから、裏白などのシダ類に紙四手をはさんで下げた「輪飾り」といった簡単なものまである。自動車やバイクなどにもつける。↓注連飾（新年）

宵ひそと一夜飾りの幣断ちぬ　富田木歩

単身の古りし官舎に注連飾る　桜田和夫

御用納　仕事納

官公署では十二月二十八日でその年の業務を終える。「御用納」の日は残務整理をし、机上を片づけ、年末の挨拶をして帰宅する。「御用終」ともいう。民間企業も官公署にならうところが多いが、近頃では銀行・商社・通信関連の会社など大晦日まで忙しい所は、形だけ「仕事納」の終礼や軽い飲食（納会）をして、再び仕事に戻る姿も見える。↓御用始（新年）

何もかも御用納めの風邪ぐすり　有働亨

白湯呑んで仕事納めの筆硯　佐藤素人

投函の音もて仕事納とす　山崎ひさを

一年を一表にして事務納　野田ゆたか

年忘　忘年会

年末に友人、会社の同僚、親戚同士が集まり一年の労苦を忘れ、無病息災を祝って小宴を開くこと。「年忘」の語は室町時代から見られ、年末年始にかけて連歌の興行が行なわれていた。また民間の慣行である「年忘れの宴」は江戸時代に始まった。十二月に入ると忘年会ラッシュだ。飲食店は忘年会メニューを設け、オフィス街などは夜遅くまで忘年会帰りのグループで賑わう。ドイツや北欧などでは「ジルベスター」といって大晦日に徹夜で酒を飲み唄い踊る年忘れもある。

さそはれて浄瑠璃聞くも年わすれ　水原秋櫻子
月まぶし忘年会を脱れ出て　相馬遷子
うやむやのどぶ汁囲み年忘れ　山田雅子
忘年会果てて運河の灯影かな　小川濤美子
主客転倒もとより許せ年忘れ　寺岡情雨
忘年やワインにゆるる海のいろ　山崎悦子
海賊鍋をどりづめなる年忘　工藤義夫
忘年や真赤な薔薇の束を抱き　吉田トヨ
笑顔見て笑顔となりぬ年忘れ　宮本和代
忘年や本物は見ぬ己の顔　出井一雨

掃納（はきをさめ）　掃納（はきおさめ）

元旦は福を掃き出すといって一日じゅう掃除をしない風習なので、大晦日も更けてからその年最後の掃除をする。これを「掃納」という。「年の塵」や「年の埃」をぬぐって気持ちよく新年を迎えるのである。↓掃初（新年）

起き臥しの一と間どころを掃納め　富安風生
触れて響く馬橇の鈴や掃納　鳥羽とほる

年守る（としまもる）　年守る（としもる）　守歳（しゅさい）

大晦日の夜眠らずに元旦を迎えることで、「守歳」ともいう。これは、大晦日に眠ると白髪になるという禁忌から、大年の夜に神社や村の鎮守・氏神などの社頭に参籠する「年籠」の名残から来ており、一年の無事を喜び、行く年を惜しむこころである。現代の「年守る」はもっぱら年越しのテレビ番組を見て、除夜の鐘を聞くという形だろう。年越しのコンサートやライブに出かけて、欧米風のカウントダウンで元旦を迎えることも新しい「守歳」の形といえるだろう。

年守るや乾鮭の太刀鱈の棒　蕪　村

倖か死に果てたるも年守るも　石田波郷

物忘れひどくなりたる年を守る　村上三良

夜に入りてとんと音なき年守る　勝又一透

晦日蕎麦（みそかそば）

年越蕎麦（としこしそば）　つごもり蕎麦

大晦日の夜、年越しの蕎麦を食べる。この風習は江戸元禄以後、商家から起った。大晦日の多忙に耐えるための腹ごしらえのため、掛け取りの身体の保温のために食べたようだ。「晦日蕎麦」は蕎麦の長く細くという縁起をかついだもので、関西では「つごもり蕎麦」、東北では「運気蕎麦」「運蕎麦」「福蕎麦」「寿命蕎麦」とも言う。

口元の母に似てきし晦日蕎麦　岩切恭子

母の世の栃の捏ね鉢晦日蕎麦　西岡千鶴子

冬休み（ふゆやすみ）

冬季に仕事や学校の授業を休むこと。学校は十二月二十五日頃から一月七日頃まで、会社や官公庁では二十九日頃から三日頃まで休暇となる。まとまった日数を利用して旅行に出掛ける人も多い。小中学生などにとっては楽しみな時である。↓夏休み（夏）

黒板と黒板拭と冬休　三橋敏雄

校庭にしゅろの葉鳴れり冬休　佐藤脩一

鳥影の大きくなりし冬休み　岩淵喜代子

九時からは宿題タイム冬休　筏　愛子

寒施行（かんせぎょう／かんせぎやう）

野施行（のせぎょう）　穴施行（あなせぎょう）

寒中、狐や狸などの野性の小動物は餌が少なくなるので苦労する。そこで、人間の側としてこれら小動物に餌を施すという習俗がある。油揚などを野原や巣穴に置くので野施行、穴施行とも言うのである。地方によっては寒施行を連呼して歩くということである。

畜生の肉も交へつ寒施行　草間時彦

宇津の谷に落ち合ふ灯あり寒施行　平賀扶人

寒稽古　寒中稽古　寒復習

寒中の期間の早朝または夜間に、武芸、音曲、スポーツ等の修練をすることである。とくに寒の三十日間の稽古のことを言い、講道館の年中行事である寒稽古は有名である。江戸期には、剣術、馬術の稽古、そして諸遊芸では寒復習とも言われる。

小つづみの血に染まりゆく寒稽古　武原はん

門弟の一人きりなる寒稽古　折井眞琴

寒声

寒中に発声練習をすると声音がよくなると言われ、歌を学ぶ者や僧侶などが、とりわけ寒気の厳しい早朝や夜中に喉を鍛えることに励むのである。とくに、声曲を業とする者にとってはこの時期とこそ鍛練に励むのである。

寒声やあはれ親ある白拍子　几董

裏声といふ寒声を出してをり　後藤比奈夫

寒弾

寒中、毎日、早朝などに三味線の稽古をすることである。戸外の寒気をしのいで師匠のもとで行うものの、長唄、義太夫、清元などの稽古に師弟ともども厳しい時を過すのである。また、楽しみに三味線を弾く人がこの時期に稽古をする場合にも言うのである。

寒弾の瞽女二の糸を切るまでに　西本一都

寒弾の細りきる音をくりかへす　林　翔

寒中水泳　寒泳

寒中に川や海で、主に心身の鍛練と泳法の修練のために、ある形式に則って行う行事のことである。およそ明治期の末から整えられたかたちとなったとも言われる。現代では、各地の海や川において単に体力増進的な冬のイベントとして行なわれることもあるようである。

寒泳のかたまり泳ぐ日の真下　細川加賀

寒泳や水着になれば齢なし　高田里江

寒紅　丑紅

寒中に作られた紅のことである。他の季節に作られたものよりも色が鮮やかで美しいと言われ、また、口中の病に効能があるとも言われたようである。また、さらに、丑の日に買い求めたものは丑紅と言われて、子供の疱瘡に対する薬効があると言われているのである。

笑み解けて寒紅つきし前歯かな　杉田久女

寒紅をひきつつ言葉探しけり　鳥山米子

寒紅や雲欲すれば雲生れて　知久芳子

喪にこもる日々寒紅はうすく刷く　黒瀬静江

職を得て寒紅を濃く引きにけり　桑原美津子

封印のごとく寒紅引きにけり　小林知佳

入念に引くキヤスターの寒の紅　南　冨美子

寒紅や老いさまざまに三姉妹　三好昭美

寒灸（かんきゅう／かんきう）

寒やいと

灸は漢方療法のひとつで「もぐさ」を肌の局部、経穴等にのせてこれに火を点けて燃やして、その熱気によって病を治療することであるが、寒中に行う灸については医学的な根拠はなく、俗説であるようだ。「寒いと悪い症状が出る」といった西洋医学に乏しかった江戸時代の頃から習慣性や気分一新的なものとして用いられ、いらいら感を取り除いて気持ちを引き締めたり、血流を促進するなどの効果を求めて行われた。灸には焼き切って痕を残す「焼灼灸」と熱くなるまでもやして痕を残さない「無痕灸」がある。暑気に行うものを「土用灸」という。

風の子や裸で逃げる寒の灸　一茶

寺詣りせし夜の更けて寒灸　大野信子

寒灸や悪女の頸（くび）のにほはしき　飯田蛇笏

寒灸に耐へゐる母の背の震へ　船橋一歩

寒見舞（かんみまい／かんみまひ）

寒中見舞

寒中の寒さ厳しきときに安否を気遣って手紙を出したり贈答をしたり、また、場合によっては直接訪ねたりすることをいう。現代では「暑中見舞」の方が普遍性があるようだ。→暑中見舞（夏）

伏見より京の長さや寒見舞　中村其外

寒見舞とろろ一本提げて来し　会田良

冬服（ふゆふく）

冬着（ふゆぎ）　冬シャツ

冬用の衣服のこと。洋服、和服、コートなどを含めていう。色は黒、グレー、茶色などが主流だが、若者を中心に明るい色も好まれるようになった。素材もより軽く薄いものが好まれ、次々に開発されている。現在、ペットボトルのリサイクルから作られるフリースという素材が軽くてあたたかく、洗濯機で洗え、価格も安いことから注目され急速に普及している。暖房器具の発達により、冬といえど着るものも軽く明るくなってきている。

悪評や垂れて冬着の前開き　秋元不死男

母死ねば今着給へる冬着欲し　永田耕衣

綿入（わたいれ）　布子（ぬのこ）　綿子（わたこ）

中に綿を入れて縫い合わせた防寒用の衣服のこと。綿入羽織などともいわれた。最近では綿よりも薄くて軽い素材のものにとってかわられ、これを着て外出する人はほとんど見られなくなった。現代では部屋着としての利便性が高い。

綿入の内側よごれ婆ねむる　中山純子

綿入や妬心（としん）もなくて妻哀れ　村上鬼城

夜着（よぎ）　掻巻（かいまき）　小夜着（こよぎ）

ふつうの着物のような形で大型のものに厚く綿をいれた夜具に、袖と襟をつけたもの。夜寝る時に身体がすっぽり入って肩が冷えずあたたかい。冬の夜の寒さを防ぐための工夫である。主に掻巻といわれている。これも暖房器具の発達により、最近あまり見られなくなったもののひとつである。

ひとり寝や幾度夜着の襟をかむ　来　山

眠り欲る小鳥のごとく夜着かむり　岡本　眸

衾（ふすま）　紙衾（かみふすま）

現代の掛蒲団にあたる寝具のことを古く衾と呼んだ。漢字を用いる場合は、被・衾・裯の三種があり、衾は大型のものを指すと解釈されている。もとは麻袋に真綿などを入れて閉じただけのものであった。紙衾は紙を外被とし、中に藁を入れたものである。

降る雪に老母の衾うごきけり　永田耕衣

虚実なく臥す冬衾さびしむも　野沢節子

蒲団（ふとん）　干蒲団（ほしぶとん）

綿、羽毛、羊毛などを布地で包んで仕立てた寝具。防寒の意をこめて冬とされた。近世に寝具としての蒲団が出現して以来、蒲団とは敷蒲団に限られ、掛布団は現れてこなかった。「夜着・蒲団」と対で呼ばれ、夜着は上掛の夜具、蒲団は敷夜具と決まっていたものであったが、現在ではふつうに掛蒲団、敷蒲団といわれている。天気のよい日には干してふっくらと暖かくさせておく。「布団」は当て字。↓夏蒲団（夏）

蒲団着て寝たる姿や東山　嵐雪

他所者（よそ）のきれいな布団干してある　行方克巳

幸せの嵩に脹らみ干布団　檜紀代

法窟といひて煎餅蒲団干す　竹中弘明

喧嘩して布団離せど遠からず　福永直子

干布団綿の謀議のふくれゆく　金丸敬子

脚のみが見えて畦ゆく布団売　工藤義夫

布団干し親子の絆膨らます　竹村幸四郎

布団干す人と目の合う日和かな　守田実

布団をかけてやれば蹴とばす反抗期　白川順子

布団干す少し湿りし魂も　中村仿湖

学僧ら眠り短き布団干す　塩谷はつ枝

ちゃんちゃんこ　袖無

袖のない羽織で、綿が入っているもの。袖が無いため重ね着に便利で動作が楽になるので、子供や老人向きの防寒用衣料であったが、これも暖房器具の発達や衣料品の洋風化、多様化などにより、最近はあまり見られなくなった。ちゃんちゃんこという名前は、古来中国人の服に似ていたことからそう呼ばれたといわれている。→重ね着

沈金の手のふるへをりちゃんちゃんこ　阿波野青畝
父祖親しもぬけのからのちゃんちゃんこ　清水基吉
ちゃんちゃんこ着て存念にかげりなし　高木喬一
紬縞仕立あがりしちゃんちゃんこ　岩田余志
父母の何になれとやちゃんちゃんこ　善積ひろし
農を継ぐ子に着せたしとちゃんちゃんこ　竹内てる子
水車守粉まみれなるちゃんちゃんこ　大下秀子
看護婦に病名を聞くちゃんちゃんこ　東浦津也子
拾ひたる命大事にちゃんちゃんこ　太田蔵之助
内仕事肩になじんでちゃんちゃんこ　神坂光生
浅草寺さまに賜ひしちゃんちゃんこ　多田納君城
あらくれを舟ごと叱るちゃんちゃんこ　岸本長一郎

背蒲団　肩蒲団　腰蒲団　負真綿

胴着、ちゃんちゃんこに似た防寒具のこと。紐をつけて、防寒のために背中に負う小さい蒲団で、負真綿とも呼ばれる。暖房が発達していなかった頃の防寒のために工夫したもので、真綿が使われている。主に冷え性の女性に用いられてきたが、今はすっかり影をひそめた。

たびごころほのかに寝まる肩蒲団　石原舟月
峡の日や干してはなやぐ肩布団　松井恭子

ねんねこ　ねんねこ半纏（ばんてん）

赤ん坊を背負うときに、寒さを防ぐために背からすっぽり羽織る半纏ふうの綿入れである。現在はあまり見かけないが、寒い地方では重宝されている。「ねんねこ」は幼児語で、猫、懐子（ふところご）（ふところに抱くほどの幼な子）や寝ることからきている。

赤子の頬ねんねこ黒襟母へつづき　中村草田男

ねんねこの衿は天鵞絨（びろうど）夕日の野　岡本まち子

赤子見んとねんねこの衿おしひろげ　佐藤直子

ねんねこの下は磯着の安乗海女　出口一点

厚司（あつし）

アイヌ語のアツシに漢字をあて、音読みにしたもの。オヒヨウ（ニレ科アキニレ属の落葉喬木）の樹皮から採った糸で織った防寒衣。また、大阪地方で製造される厚くて丈夫な平地の木綿織物をもいい、近代では、紺無地か大名縞の手ざわりがごつごつした、厚手の織物を厚司といっている。

たたかれて挨のたちし厚司かな　上田春水子

厚司着て熊牧場を采配す　平間眞木子

重ね着（かさねぎ）　厚着（あつぎ）

寒さを防ぐために、下着などの衣服を重ねて着ること。また、その衣服。重ね着する衣服一枚のあるなしが、寒さの度合いを異にするのである。厚着するなどの動詞にも使われる。↓ちゃんちゃんこ・着ぶくれ

月の浦厚着童女のうなづくのみ　佐藤鬼房
厚着して灯台守の湿布薬　加藤憲曠

着ぶくれ

衣服を重ね着して体がふくれたさまをいう。冬は寒気を防ぐため、何枚も着込んでいるうちに、体形が丸くふくらんでくる。重ね着というと品の良さが、着ぶくれというと体裁をかまわぬおかしみがある。↓重ね着

着ぶくれて明日信じていると言えり　寺井谷子
着ぶくれてをりて母恋ふことばかり　塩川雄三
着ぶくれて受く警策の鈍き音　尼崎たか
着ぶくれて市の采配ふるつてる　明石洋子
顔役は頷きで足り着膨るる　佐藤晴生
着膨れて入れたり出したり旅支度　増田豊子
着膨れてただおろおろと老いてゆく　田中湖葉
着ぶくれて恐るるもののなかりけり　多賀谷榮一
絶盤のダミアを探す着ぶくれて　大西やすし
着ぶくれて鏡の中の月日かな　鈴木栄子
着ぶくれて喉に小骨の刺さりけり　原光栄
着ぶくれて震災砂漠歩きけり　本橋節
着ぶくれてゐて著こなしの粋な人　高橋幸子
着ぶくれて試験監督つつがなく　磯直道
着ぶくれて千代女の国を徒歩く　須永かず子
着ぶくれて探鳥レンズにとらえらる　甚上澤美
着ぶくれて聞き上手を通しけり　田村やゑ
着ぶくれて否応なしの外階段　加藤正尚
エプロンの紐のよじれて着ぶくれし　高橋うめ子
定位置に着ぶくれ宝くじを売る　三木夏雄

褞袍（どてら）　丹前（たんぜん）

普通の着物よりやや長く、大きく仕立て、綿を入れた広袖の着物。現在は、普段着としては、あま

り用いられていないが、旅館などでは、冬に客用として浴衣と重ねて防寒用として使われている。関西では丹前と呼んでいる。

据膳に褞袍崩る、ばかりかな　清水基吉

晩年のなき源義の褞袍かな　増成栗人

紙子（かみこ）　紙衣（かみこ）

紙子の衣服。厚紙に柿渋を引き、乾かしたものを揉みやわらげ、露にさらして渋の臭みをとって、作った保温用の衣服。もとは律宗の僧が用いたが、後には一般にも用いられるようになった。奈良東大寺二月堂修二会の練行衆の行衣として着用されている。

満願の十一僧に紙衣古る　磯野充伯

しわしわの紙衣のぬくさ師のぬくさ　白鳥　峻

革衣（かわごろも／かはごろも）　裘（かわごろも）　革ジャンパー　革ジャン　毛衣（けごろも）

獣類の毛皮をなめして作った防寒着である。革の防寒着は風を通さないことや、極寒に耐えられること、また、その高級感から昔から重宝されてきた。革ジャンが一種の憧れであった時代もあった。女性用のミンクや黒貂のコートもある。かつては仕事着として寒冷地の猟師などが身に着けていた。革衣はこれらを総称したもの。現在はレザーブルゾンともいう。また革や毛皮に模した合成皮革のものも増えている。

毛衣に腹黒き名を雪めけり　其　角

裘一番星と呟けり　飯島晴子

どん底の舞台稽古の革ジャンパー　橋本美代子

すれ違いし革ジャケットは緒形拳　中原徳子

理由なき反抗黒革のブルゾン　松田ひろむ

革ジャンやぶからぼうにやつが来た　荒井　類

革ジャンのどぶ板通り青い空　宮　沢子
革ジャンとポマード香るリーゼント　田辺波菜
革ジャンに抱きつく娘風を切る　磯部薫子
無造作に革ジャンの胸開け放つ　信岡さすけ
革衣を着れば吠えます九十九里　小平　湖
カレー屋に革ジャンパーの御一行　久下晴美
撫で肩の親子三代革ジャンパー　石口　榮
革ジャンの傷の勲章まだ米寿　吉村きら
革ジャンに残る父の名弾痕碑　牧野桂一
ひとことで別れたひとよ革ジャンパー　栗田希代子
革ジャンも爪もイエスの血の真っ赤　高矢実來
くれたのは革ジャンパーと時計だけ　川崎果連
革ジャンの裏地の冨嶽古着市　栗原かつ代
ポケットに拳一発革ジャンパー　川目　紫
革ジャンの肩に重たき昭和かな　石黒宏志
革ジャンの記憶の匂い臍ピアス　磯部薫子

毛皮（けがわ）（けがは）

毛皮売　毛皮店（けがわてん）

毛のついたままなめした獣皮。防寒具として、衣服、襟巻、敷物などに利用される。有史以前から使用されており、『古事記』『万葉集』などの古典にも、鹿や黒貂（てん）の毛皮の記述が見える。暖房設備が普及した現在では、装飾用衣料や室内調度品として利用されることが多くなっている。

毛皮着て人間といふ不思議なもの　轡田　進
毛皮夫人ときをり卑語をのたまへり　松岡洋太
毛皮着て毛皮夫人になりきれず　大森三保子
毛皮被（き）て女盛りを過ぎゐたり　本居三太
毛皮着し女その時けものの目　滝沢幸助
毛皮被て稲荷詣での渦の中　鈴木フミ子
毛皮着て手足短くなる思ひ　志摩陽子
毛皮着て女豹のごとく擦り抜ける　渋谷光枝

毛布（もうふ）　ケット　電気毛布

羊や駱駝（らくだ）の毛、化学繊維で作られた防寒用の織物。平織、綾織、二重織などしたものを、フェルト加工し起毛処理する。軽くて暖かく肌触りもよいので、寝具のほか肩掛、膝掛、こたつ掛などに常用される。色や模様は単色から花柄まで多種多様。昨今では電気毛布も普及している。ケットは英語のブランケットの略。

犬無聊（ぶりょう）噛んで小さくなる毛布　杉山鶴子

あくびせる日展ガール膝毛布　衣川砂生

角巻（かくまき）

雪国の婦人用防寒外出衣料。大形の四角い毛布を三角に折り、マントのように肩から掛けて前で合わせ、膝近くまでの上半身を包み込む。頭から被って同様に使用したり、乳児を背負いねんねこばんてんのようにも使う。最近では雪国でもほとんど見かけない。

角巻や一人だけなら匿（かくま）へる　緋乃道子

角巻のうちに杖つく手の動く　田畑比呂

セーター　カーディガン

毛糸、化学繊維などで編まれた上半身に着る防寒衣料。手編と機械編がある。「汗をかかせるもの」という語源が示すように、暖かく軽く動きやすいので、冬場の常用着としてよく見かける。日本では一般に、被って着るプルオーバー型のものをセーター、前開き型のものをカーディガンと呼ぶ。襟形には丸首、V首、とっくり形などがある。最近では夏用のサマーセーターも普及している。

石庭とセーターの胸と対峙せり　加藤三七子
セーターの黒い弾力親不孝　中嶋秀子
包みから赤いセーター赤くなる　伊関葉子
口下手で引込み思案で赤セーター　室岡純子
子のセーターイニシアルのK太く編む　渡辺真帆
波風を立てて帰りし黒セーター　諸田登美子
カーディガン青し看護婦と患者われ　黒崎治夫
赤セーター一日たってなじみけり　阿部佑介
セーターを着て風狂に遠くをり　後藤兼志
セーターに乳頭尖らせて少女　河本勝利

ジャケット　ジャケッツ　ジャンパー　ブルゾン

英語のジャケットが略訛したもの。洋服の上に着る短い上衣。羊毛、羽毛、化繊、皮革などで作られ、長袖、前開きでボタンやファスナーが付いているものが一般的。もともとは男性用のコートから変遷したものだが、現在では男女とも用いる。

ジャケツ着て出て椋鳥をふり仰ぎ　野沢節子
まっすぐに日射すジャケツの妻の胸　藤田湘子

外套（がいとう・ぐわいたう）　オーバー　コート

洋服の上に着る防寒具である。単にコートという場合は和服の上に着る婦人用の外套をいうが、オーバーコートには性別による言い回しはない。防寒防雨のために洋服の上に着る衣類のことで、「オーバー」ともいう。

外套の裏は緋なりき明治の雪　山口青邨
外套の襟立てて世に容れられず　加藤楸邨
流木に赤きコートの掛けてゐる　中野貴美子
コート脱ぎ法身窟へ身を入るる　小川かん紅

外套に考えし皺残りけり　恒藤滋生　　豹紋の忘れコートがカフェテラス　増田治子

約束の赤きコートの駈けて来る　阿部王一　　オーバーの奥の奥なるふさぎ虫　今泉陽子

マント

二重廻し（にじゅうまわし）　トンビ　インバネス

「マント」はフランス語でゆったりとした袖のない外套のこと。幕末に軍隊用として取り入れられ一般に広く用いられるようになった。昭和の初め頃までは高下駄を履いてマントを着るのが流行ったが現代ではファッションとして一部の人が着用するのみである。「トンビ」はその形が羽を広げた鳶に似ていたことからついた名称であり、「インバネス」はスコットランド北部の地名からとったもので、幕末から明治初年にかけて輸入され和装用コートとして流行った。これを長くしたものを「二重廻し」という。いずれも同じ機能のものである。

とんび着て影があるので歩き出す　加倉井秋を　　鎌倉を知り尽くしたるインバネス　吉本和子

ヤッケ

アノラック　ウインドヤッケ　パーカー

ヤッケはドイツ語でフードの付いた防寒・防風用のウィンドヤッケのことである。主に冬の登山やスキー用に使う。

村を発つ幼女は花のアノラック　成田千空　　肉体の枯れ色のヤッケ吊るさるる　松田ひろむ

雪合羽（ゆきがっぱ）

雪蓑（ゆきみの）

合羽とはポルトガル語で雨天の外出に用いる外套の一種をいい、衣服の上からそっくり覆うようにできている。元来は袖なしのものを言っていた。「雪合羽」は雪の日に用いることから呼ばれた。茅や萱などの茎葉を編んで作った蓑を雪の日に着ることを「雪蓑」という。

山寺へ帰る子ひとり雪合羽　塩原佐和子

雪蓑の藁のどこからでも出る手　後藤比奈夫

頭巾（ずきん）

布を袋形に縫い頭に被るようにしたもので、防寒、防災、埃よけまた人目を避けるためなどに使われる。婦人用の御高祖頭巾、俳人などが被る宗匠頭巾、他に大黒頭巾、角頭巾、丸頭巾など種類は多く、時代劇の武士が被る覆面様のものもある。江戸時代一般にまで普及した。現在では還暦の祝に赤い頭巾を被ったりする風習はあるが、通常着用されることはまずない。

みどり子の頭巾眉深きいとほしみ　蕪村

み仏にはべり果報の白頭巾　高岡智照尼

冬帽子（ふゆぼうし）　冬帽（ふゆぼう）

冬に被る厚手の帽子。以前はソフトと称する中折帽（なかおれ）は男性が日常的に被り、鳥打帽（とりうち）、ベレー帽などもよく見かけられたが、最近では少くなった。警官や鉄道員などの職業上の冬用の帽子は今でも見かける。もとより防寒用だが、最近では老若男女を問わず、毛糸や化繊、皮革のスポーツタイプのものを、おしゃれを兼ねて被っているのをよく見かける。俳句では帽子そのものに加え、その持主の人生、生活を想起させるように詠むことも多い。夏帽子、春帽子とはいうが、秋帽子とはあまり言わない。↓夏帽子（夏）

くらがりに歳月を負ふ冬帽子　石原八束

冬帽子向うの世より投げて来よ　佐怒賀正美

冬帽子老年の海うねりやまず　中台春嶺
無頓着な人で冬帽よく似合ふ　飯塚美智子
冬帽子会へばいい顔してしまうふ　小原澄江
少し重さう妃殿下の冬帽子　恒川絢子
剥落のみほとけに脱ぐ冬帽子　平野みよ子
冬帽を巷に消ゆるために被る　木村淳一郎
水槽の鮫が見ており冬帽子　久保砂潮
福耳を包んでしまふ冬帽子　広畑美千代
冬帽に切符をはさみ父と同じ　田村千勢
冬帽子ひざにおかれて所在なく　竹内節子
憂国を論じて深く冬帽子　黒木胖
冬帽子工事半ばの橋にたつ　山戸みえ子

雪眼鏡（ゆきめがね）　ゴーグル

雪山や雪原で、雪の反射光による雪眼を防ぐためにかける眼鏡。夏のサングラスに相当する。玉はガラスや合成樹脂製で紫外線を遮るように着色されている。最近では偏光ガラスのものや、視力に応じた度付のものもある。スキー用のゴーグルもこの一種。↓サングラス（夏）

雪眼鏡みづいろに嶺（ね）を沈ます　大野林火
雪眼鏡山のさびしさ見て佇（た）てり　村山古郷

頰被（ほおかむり）　ほおかぶり

寒さを防ぐために頭から頰へかけて、手拭などをかぶること。地方によっては、頰かぶりともいうが、戸外の仕事や、ちょっと外に出かけるときなどにする。帽子がわりに用いることもある。また、冬期に関係なく、顔を覆うために用いる場合もある。

頰かむりして父に似しさびしさよ　青柳志解樹
流木をひよいと担（かつ）ぎし頰被　山岡麥舟
頰被犬に吠えたてられてをり　関根照子
野菜曳く村の小町の頰被り　松浦釉

耳袋（みみぶくろ）　耳掛（みみかけ）

寒風により、耳を凍傷から防ぐために用いる袋。兎の毛皮で作ったものや、毛皮で編んだものが多い。すっぽりと耳だけ被せるものと、耳、頬、顎（あご）まで覆うものとがある。

聞くまじきことを聞かじと耳袋　富安風生
おもかげの大きな耳の耳袋　細川加賀

襟巻（えりまき）　首巻（くびまき）　マフラー

厳冬期は厚着をしていても襟まわりが寒いものである。首に巻きつける防寒具が襟巻である。毛糸で編んだものが多かったが、近時は絹製のもの、カシミア製のものなどが一般化してきている。色彩や模様も多彩で、冬のファッションのひとつでもある。マフラーとも呼ぶ。

襟巻の狐の顔は別に在（あ）り　高浜虚子
外泊の首マフラーの中にあり　金子秀子
マフラーに星の匂ひをつけて来し　小川軽舟
マフラーの色のいろいろ下校の子　瀬谷博子
襟巻の貂（てん）我が庭で獲りしもの　植松千英子
マフラーを落とし童女に呼ばれけり　亀割　潔
風の夜の憎の襟巻借りて出づ　川村皓一郎
モコモコのマフラーにある応援歌　二村典子

ショール　肩掛（かたかけ）　ストール

ペルシャ語からきた言葉。和服の女性が外出するときに、防寒用に肩に掛けるもの。洋装のときに用いるマフラーなどよりも幅が広く長い。素材は絹、毛糸、毛織物などあり、意匠もさまざまである。

肩かけやどこまでも野にまぎれずに　橋本多佳子

かくれ逢ふことかさなりしショールなれ　安住　敦

手袋（てぶくろ）　革手袋　マフ　手套（しゅとう）

手の保温に用いるもので、素材は繊維製品では毛糸で編んだものが多い。高級品ではカシミア製もある。皮革製品では、羊、山羊、鹿の皮などが柔らかい。形は五指に分かれているのが普通だが、ミトンといって親指だけが別になったものがある。落し易いものなので、幼児が二つの手袋を紐でつないで首から懸けていたりするのは可愛いものである。マフは筒状のもので両側から手を入れて保温する。

手袋の左許（ばか）りになりにける　正岡子規

手袋をはづす脱皮の安堵あり　河野　薫

手袋の五指なげうって五指のこる　行方克巳

手袋の片手穂高（ほたか）に忘れけり　冨村みと

手袋の忘れてありし懺悔（ざんげ）台　三枝正子

亡き妻の手袋五指を入れてみる　杉浦範昌

手袋や或（あ）る楽章のうつくしく　山西雅子

ふわふわの手袋が持つ通信簿　井上康明

足袋（たび）　白足袋　色足袋

防寒用の履き物。江戸時代に木綿製のものができ、男性用は紺足袋、女性用は白足袋であった。親指と他の指の二つに分かれていて、雪駄や下駄の鼻緒に合わせた。明治以後、洋装が定着してからは靴下を履くことが一般化し、足袋は忘れられていく存在である。↓夏足袋（夏）

足袋つぐやノラともならず教師妻　杉田久女

かたくなに定（き）めて白襟白足袋と　きくちつねこ

未婚一生洗ひし足袋が合掌す　寺田京子

足袋に指きつちり家庭内別居　稲井優樹

足袋にあり男の白といふ色も　山崎みのる

神楽舞ひ砂利踏む足袋の白きこと　城間芙美子

マスク

風邪・インフルエンザなどの予防のため医療・医学等で用いられるマスクは、人体のうち顔の一部または全体に被るもの。ガーゼまたは不織布がもちいられる。新型コロナウイルス感染症（COVID-19）の流行のため、一年中着用が推奨されるようになったため季節感は薄くなった。他の季語と併用されることも増えた。原義は仮面から。顔・容貌のこともいう。産業用の防塵マスクなどもあるが、これらは季語ではない。

マスクして我を見る目の遠くより　高浜虚子

世渡りの細心いつもマスクして　瀧　春一

マスクして大東京に立ち向かふ　今瀬剛一

困惑をマスクに秘めてすれ違ふ　長嶺千晶

手作りのマスク毎日女性知事　白石みずき

テレワーク手縫いマスクのほめ言葉　増田萌子

マスクよりそろそろ寒紅の準備　小高沙羅

あごマスク他人の癖は気に障る　川崎果連

マスクして北風を目にうけてゆく　篠原　梵

マスクしてマスクしている人にあう　細井啓司

ときのけのマスクの含み笑ひかな　行方克巳

立体マスク烏天狗に笑われて　松田ひろむ

手づくりのマスクに宿る付喪神　鈴木砂紅

ありがたい太陽マスクしていても　行成佳代子

生きているマスクから顔はみ出して　小平　湖

マスク無し三年振りの深呼吸　水島かよ子

毛糸編む（けいとあむ）

毛糸　毛糸玉

毛糸を、二本の編棒を使って編むこと。最近では手編みの風景を目にすることは稀だが、以前は電車やバスの中、家の中でよく見かけたものである。毛糸玉からするすると糸が伸びて、竹の編棒の下にセーターやマフラーができていく様子は、子供には魔法のように見えたものである。今は編機が発達したが、妻、恋人の手編みのものは温もりがあった。

啄木の歌が大好き毛糸編む　富安風生　毛糸編む夫象つてゆきつつあり　鈴木貞雄
編みかけの毛糸を棚に海女の小屋　近藤巨松　毛糸玉秘密を芯に巻かれけり　小澤克己
毛糸玉ころり余生を多忙にす　中村恭子　眠ること忘れて編みし日の毛糸　高田よし子
毛糸編みつづけ津軽の海渡る　木村八重　小指にも役割のあり毛糸編　大西比呂

餅（もち）

糯（もちごめ）を蒸籠で蒸して杵で搗き上げたもの。「もち」は、よく粘るという意味の言葉で、餅飯（もちいい）の省略である。古来、神への供え物や正月の祝いに用いられた。形により、鏡餅、熨斗餅、海鼠餅、菱餅、丸餅などがある。青海苔、豆、粟、黍、橡（とち）の実などを搗き混ぜた餅もある。↓餅搗

餅膨れつつ美しき虚空かな　永田耕衣　搔餅を並べる役を賜りぬ　倉橋尚子
楸邨門たる栄光餅が焦げており　藤村多加夫　あたたかき息のごとくに餅置かる　中根美保
純白にこころをのせて餅を切る　岡田和子　餅を切る昨日と今日を切り離す　宮川由美子
勤行（ごんぎょう）のあと百僧の百の餅　西川織子　助六で絵馬を杵屋で餅を買ひ　土屋花峰

水餅（みずもち）

餅は黴（かび）が生え易く、また干割れもするので、水に漬けて保存をしたものである。舌ざわりが良くな

ることから、好んで水餅にすることもあるが、普通は正月用の餅、寒餅の残りを黴から守るために水を張った甕に浸けて水餅にするのである。

水餅の水深くなるばかりかな　阿波野青畝
水餅の消えてなくなる濁りかな　市堀玉宗
水餅の水たつぷりと替へて寝る　杉浦小冬
水餅に然るべき手を入れにけり　菅家瑞正

寒餅

一月五、六日ころが寒の入りで、節分までの約三十日間が寒の内と呼ばれ、一年の内で最も寒い時期である。この寒の内に搗いた餅は黴が生えにくく、保存が効くと言われている。昔は欠餅や霰餅にして冬場の菓子にもしたものである。

寒の餅切る日あたりの古畳　松村蒼石
身をかけし刃のしづみゆく寒の餅　野沢節子

熱燗　燗酒　寝酒

日本酒は、常温においたそのままのものが冷酒、温めたものが燗酒である。燗酒にも、ぬる燗、人肌などあるが、思い切り熱くしたものが熱燗。突っ風の吹く夜のおでん屋台で、舌を焼くほどの熱燗を頼むのは酒飲みの冬の楽しみ。

燗熱し獄を罵る口ひらく　秋元不死男
熱燗や心の内を赤絵皿　星野紗一
熱燗に少し気弱になりし父　吉田きよ子
熱燗や弱気の虫のまだ酔はず　松本幹雄
熱燗や耳にとびつく指の先　近衛節子
熱燗や口先で妻褒めあげて　谷口稠子
熱燗が来て縒りもどす主義主張　亀山幽石
熱燗を夫の催促咳一つ　杉田英子

熱燗や生涯さかな売るあぐら　尾村馬人
熱燗やこの人優しく頼りなく　川合憲子
燗酒や言ってしまへばこともなし　橋本真砂子
世話女房タイプと言はれ燗熱し　関澄ちとせ

鰭酒（ひれざけ）　身酒（みざけ）

虎河豚（とらふぐ）の鰭（ひれ）を干して、焦目の付くほどに焙り、筒茶碗に入れて熱燗をたっぷり注いで蓋をする。しばらく置いて火を点じてアルコール分を飛ばす。養分が琥珀色に溶出し、独特の甘味と香気が立ち、酒客を喜ばせる。鰭の替りに河豚の身を削いで入れたものを身酒という。

而（しこう）して鰭酒の酔発しけり　藤田湘子
鰭酒の髪膚（はっぷ）のほてりさめざるよ　篠田重好
鰭酒に青き炎の関の宿　広瀬邦弘
鰭酒にいささか威儀を崩したる　山田弘子

玉子酒（たまござけ）　卵酒（たまござけ）

高蛋白質の鶏卵と熱い日本酒を合わせた飲み物で、風邪に罹ったとき、あるいはその予防に効果があるとされる。作り方は、清酒一合を鍋で熱して沸騰させる。アルコールを飛ばしたら、すぐ加熱を止めて、溶き玉子一個を入れてよく攪拌（かくはん）する。味付けに砂糖を少し加えて熱いうちに飲む。下戸（げこ）にも飲みやすい。

かりに着る女の羽織玉子酒　高浜虚子
出来得れば飲みたくはなし玉子酒　竹中しげる
玉子酒すすめて君を帰さじな　石原初子
おん僧も老人世帯玉子酒　安達光宏

葛湯（くずゆ）

葛の根から採った葛粉と砂糖を少量の水でよく溶き、そこに熱湯を注いで丁寧に練ると、次第に粘りが出て、透明の葛湯ができあがる。寒さしのぎの飲み物で、身体が温まるので体力の落ちたときによい。吉野土産の葛粉は有名である。

うすめても花の匂ひの葛湯かな　原　石鼎

佗び住みの尼のふるまふ葛湯かな　小路智壽子

ものなべて淡きがよけれ葛湯また　轡田　進

断層の上に住みゐて葛湯吹く　中村ふみ

蕎麦掻（そばがき）

蕎麦粉に熱湯を注いで箸で素早く捏（こ）ね上げる。これを適当な大きさにちぎり、刻み葱を薬味にして生醤油かだし汁につけて食べる。もともと蕎麦切りが発生する前からの素朴な救荒食（きゅうこうしょく）である。搔餅（かいもち）と呼ぶ地方もある。今では蕎麦屋の一品料理となり、極上の粉を用いて漆塗りの桶などに入れられて供される。

そばがきにツルゲーネフの物語　甚上澤美

山二つ谷一つ越え蕎麦湯かな　柳澤和子

湯豆腐（ゆどうふ）

土鍋などの熱伝導の遅い厚手の鍋に、昆布一枚を敷いて水を張り、湯が煮立ったところで切った豆腐を入れる。豆腐がゆらりと浮き上った瞬間が食べ頃である。葱や塩鱈を入れるのもよい。だし汁、あるいは生醤油につけ、刻み葱、七味唐辛子、揉み海苔、削り鰹などの薬味を添えて食べる。京都は水質が良く、寺も多く、豆腐にかけてはやかましかったので、湯豆腐が名物料理となっている。嵯峨野や南禅寺界隈などが有名である。

湯豆腐やいのちのはてのうすあかり　久保田万太郎
湯豆腐の湯気しづまりて老後なり　渡辺照子
湯豆腐や父の知らざる五十年　永峰久比古
湯豆腐や淡交なりし悔少し　鈴木昭一

寒卵（かんたまご）

鶏卵は完全食品であるが、寒中に生んだものは特に滋養に富み、また保存が効くといわれて珍重される。そういわれると、黄味がつねよりも盛りあがり、全体に力が張っているように見えてくる。かつては卵は貴重品で、病気見舞に折箱に入れて水引や熨斗（のし）をつけて贈ったものである。

大つぶの寒卵おく襤褸（ぼろ）の上　飯田蛇笏
息災を願う朝餉（あさげ）や寒卵　中井敏子
自画像のその前にあり寒卵　加藤三七子
寒卵ころがしてをり人嫌ひ　玉城一香
籠青し翳かさねたる寒卵　草間時彦
内からも殻割るちから寒卵　多摩　茜
寒卵二つ置きたり相寄らず　細見綾子
寒卵割る殻よりも大きな黄身　三輪閑蛙
寒卵コツンと母の恙（つつが）なし　柿内芳子
寒卵割れば器に躍（おど）り出で　西岡正保
寒卵嘸（の）み遙かなる貌（かお）をせり　橋本草郎
寒卵今日の予定の何もなし　嶋澤喜八郎
寒卵煙も見えず雲もなく　知久芳子
自販機の母より生まれ寒卵　木谷はるか

薬喰（くすりぐい）　紅葉鍋（もみじなべ）

江戸時代は一般的には獣肉は食べない習慣であったが、養生のために猪や鹿、馬の肉を薬喰と称して食べていた。猪・鹿は「しし」と呼ばれ、猪は「牡丹に唐獅子竹に虎」の文句にちなんで「牡丹」の隠語で、鹿は「奥山に紅葉踏み分け鳴く鹿の声聞く時ぞ秋はかなしき」の古歌から「紅葉」の隠語で呼ばれた。

行く人を皿でまねくや薬喰ひ　一茶
蘭学の書生なりけり薬喰　正岡子規
薬喰峡の荒星ともりけり　石野冬青
くらがりに幹犇きて薬喰　鈴木渥志
薬喰囲炉裏框を膳として　野原春醪
叡山の風の尖るや薬喰　江口柳太

雑炊　おじや

貴重であった穀類の増量を目的に、粒のままたっぷりの水で炊いた「増水」がその名のはじまりである。さらに種々の具を入れるようになって、雑炊の字が当てられるようになった。味付けは塩味、味噌味が古く、醤油味はずっとあとのことである。現在は増水の意味合いはまったく薄れて高級化し、料理店でも立派な料理として扱われ、牡蠣、河豚、鴨、鰻、鯛、すっぽん、水雲雑炊などがある。また鍋もののあとの残り汁で作る雑炊も喜ばれる。東京では雑炊のことをおじやと呼ぶが、もともとは京都の女房言葉である。

雑炊や庇あらはに潮の風　石橋秀野
雑炊や頬かゞやきて病家族　石田波郷

焼藷　焼芋　石焼芋

日本に薩摩芋が伝来したのは江戸初期といわれる。関東に普及したのはそれからほぼ一世紀後。江戸の町で焼藷が名物になってくるのは江戸後期の文化年間のようである。当時は自身番の番太郎の内職として売られ、看板に八里半と書いて売り出したという。そのこころは栗（九里）に限りなく近いというもの。さらに十三里という看板も出たが、それは栗より（四里）うまいという謎めいた洒落である。現在も都会をリヤカーの石焼藷屋が曳き売りをしていて食欲をそそる。↓

甘藷（秋）

焼藷や月の叡山如意ケ嶽　日野草城

石焼芋母恋しくて買ひにけり　松永登志

ゆつくりと売声曳きて焼藷屋　立野もと子

焼藷を英字新聞もて包む　久米恵子

鯛焼　今川焼

鯛を形どった鉄製の金型に、鶏卵や砂糖を混ぜた小麦粉の溶き汁を流し込み、その上に小豆餡を乗せる。更に溶き汁をかけ、上にも金型を被せて包み込んで焼き上げる。頭や鰭の部分にも餡が詰まっているのは嬉しいものだ。適度に焦目のあるのも香ばしく、餡が舌を焼くほど熱いうちに食べるのがよい。今川焼は江戸時代に神田今川橋辺の店で売り出したところからその名があり、円形の金型に流し込んで焼く。

前へ進む眼して鯛焼三尾並ぶ　中村草田男

鯛焼を割つて五臓を吹きにけり　中原道夫

夜鷹蕎麦　夜鳴蕎麦　夜鳴饂飩　夜鳴ラーメン

夜間、町中を担ぎ売りをして歩いた夜鷹蕎麦は江戸の風物のひとつ。その名称は街娼である夜鷹を上得意としたこと、同様に夜の商いであったことによるという。江戸中期にはじまったものと見られる。二八蕎麦の呼びかたは、二・八の十六文という値段からという説と、蕎麦粉八割につなぎのうどん粉二割という配合の意味だという説があるが、後説の方が正しいようである。現代では蕎麦屋は高級化して固定した店構えとなり、替って屋台のラーメン店が夜更の町を流している。

みちのくの雪降る町の夜鷹蕎麦　山口青邨

女患らの夜泣きうどんにさざめくも　石田波郷

鍋焼（なべやき）　鍋焼饂飩（うどん）

本来は土鍋で魚肉を煮たもので、土手焼、せり焼といったが、今は鍋焼うどんを指す。一人用の土鍋にうどんを入れ、葱、鳴戸巻、鶏肉、海老の天麩羅などをのせて汁を張り煮込む。仕上げに卵を一つ落とし、芹を添える。味噌仕立てもよい。うどんがくたくたになるほど煮込んだものがうまい。鍋からじかに食すが、土鍋の保温力でいつまでも熱く、ふうふう吹きながら食べるのが醍醐味。

逢ふことの鍋焼うどん食べつつよ　草間時彦

雪ふつて鍋焼好きになりにけり　中谷五秋

河豚汁（ふぐじる）　ふぐと汁　ふぐ鍋　ちり鍋　てっちり

「河豚は喰いたし命は惜しし」という諺（ことわざ）があるとおり、一部の種類を除いて、肝臓と卵巣にテトロドトキシンという強力な毒を持つ。特に産卵期の三、四月は「菜種河豚」と呼ばれて恐ろしがられる。もともとは下魚であったが、現在は資格を持った料理人が捌き、冬の味覚を代表する高級料理である。昔は味噌汁にしたようだが、今は昆布だしで白煮をしてポン酢と紅葉おろしで食べることが主流である。てっちりともいうが、「てつ」は河豚の異称で、毒に当たるに懸けた「鉄砲」の「鉄」である。九州では棺桶から転じて「がんば」と呼ぶ。↓河豚

河豚鍋や愛憎の憎煮えたぎり　西東三鬼

河豚鍋でも何でもついて来る女　森田　峠

狸汁（たぬきじる）

江戸初期の「料理物語」に「狸汁之口伝」として「身をつくり候て、松の葉、にんにく、柚を入れ、古酒にて煎り上げ、その後水にて洗ひ上げ、塩酒かけ候て汁に入れてよし」とある。ただし肉食を禁忌した時代のことでもあり、また狸は肉食性で特に異臭が強い獣なので、一般的な食べ物であったとは考えにくい。むしろ動物名を冠した精進料理の、例えば豆腐を使った雉焼、茄子を使った鴨焼などのように、蒟蒻の汁物を狸に見立てたとするのが難がないようだ。蒟蒻の汁物は、よく叩いてちぎった蒟蒻を油で炒り、味噌汁を加えて牛蒡の笹がきや椎茸を入れ、吸口に粉山椒を添える。

↓狸

狸汁花札の月空真赤　福田蓼汀

狸汁もう一杯と言はせたる　泉田秋硯

色欲の僅かを恃（たの）む狸汁　鈴木鷹夫

心電図とられしあとの狸汁　星野秀則

納豆汁（なっとじる）

糸ひき納豆そのものは、関東から東北にかけての食べ物だが、納豆汁は寺院料理などを通して関西でも食した。山形県が本場である。作り方は、納豆を包丁のみねでよく叩きつぶし、昆布や椎茸のだし汁で溶き、具に豆腐、油揚、蒟蒻（こんにゃく）、青菜などを加え、味噌を入れて煮立たせる。大豆の加工食品の中では、納豆の体内吸収率が一番高いといわれており、滋養に富む。

納豆汁杓子に障（さわ）る物もなし　石井露月

ふるさとに忌を修しけり納豆汁　新井悠二

板の間に敷く座布団や納豆汁　草間時彦

言ひ澱むには都合よき納豆汁　折原あきの

のっぺい汁（じる）　のっぺ

新潟県や島根県津和野などに伝わる郷土料理。大根、人参、里芋、椎茸、蒟蒻、焼豆腐、油揚などを賽（さい）の目に刻み、煮干しのだし汁で煮て醤油で味を整える。仕上げに片栗粉でとろ味をつける。能平、濃餅などとも書く。新潟ではこれに餅や鮭の卵を入れて正月の雑煮にするという。

萩料理のつぺい汁もその一つ　伊藤柏翠

のつぺ汁昔ぜいたく憎みけり　宮田静江

根深汁（ねぶかじる）　葱汁

白葱のぶつ切りを入れた味噌汁。ぐらぐらと煮立てた熱いものを賞味する。関西は青葱、関東は白葱（根深）と好みが分かれているが、違いは耕地の土の厚さからきているようだ。関東ローム層は土寄せが楽なため、白い部分を長く育成する一本葱系の深谷葱、下仁田葱、千住葱が作られた。根深汁は煮干しのだしと塩のきつい味噌が合うようである。↓葱

九十九の母の命へねぶか汁　橋本夢道

根深汁子はせつかちの血を引かず　佐野笑子

根深汁いつかおとなに成りて居し　倉橋尚子

あらためて妻のあること根深汁　市橋一男

母作る少し甘めの根深汁　永川絢子

気張らずに素直に生きて根深汁　神坂光生

猫舌は我のみならず根深汁　佐藤清香

葱汁を模範囚人のごと啜（すす）る　石村与志

蕪汁（かぶらじる）

霜に当った蕪は甘味と柔らかさを増す。関東は小蕪が多いが、関西には聖護院蕪や天王寺蕪など大きなものがある。小口切りにした蕪の味噌汁であるが、地方によっては酒粕を溶く。透明になった蕪は美味で身体が温まる。↓蕪

炉話に煮こぼれてゐる蕪汁　高浜虚子

白河に風がうがうと蕪汁　福原十王

干菜汁（ほしなじる）

沢庵漬などに使った大根の葉や蕪の葉を茹でて、あるいはそのまま軒先に吊るすと、飴色に干し上がる。野菜のない時期の保存食で、これを味噌汁の実にする。貧困な時代を思い出させて、一抹のわびしさがあるが、捨て難い味わいでもある。

冷腹を暖め了す干菜汁　高浜虚子

夜ふかしを妻に叱られ干菜汁　沢木欣一

干菜汁妻との会話そつけなし　清水基吉

干し菜汁鴨居隠しに鯨尺　宮沢子

粕汁（かすじる）　酒の粕

酒粕を溶いた味噌汁。塩鮭や塩鰤の頭や粗（あら）などと、大根、里芋、芋茎などの野菜を入れる。寒い地方の防寒食で、酒粕の酒精の効果で身体が温まる。酒を飲めない人も食べられる。酒粕を直火で焼いて食べる地方もある。

粕汁にぶち斬る鮭の肋（あばら）かな　石塚友二

粕汁や朝からのこと夢のごと　細川加賀

闇汁（やみじる）　闇夜汁（やみよじる）　闇鍋（やみなべ）

仲間うちで各自思いつくままの材料を持ち寄り、暗くした部屋の中で鍋の中に投じ、煮あがったら手さぐりで箸に触れたものを引き上げて食べる。くらやみの中で意表を突いた具を投入して興じ合うのである。九州諸藩の若侍たちの間で始まったものだという。

闇汁の杓子（しゃくし）を逃げしものは何　高浜虚子
闇汁に入れたる箸を掴むがあり　柴田佐知子
事件あり記者闇汁の席外す　宮武章之
闇汁の箸が大きなものつかむ　長浜　勤
閑話休題闇汁に薄き膜　横山千夏
闇汁のただならぬものつかみけり　柴田ミユキ

鯨汁（くじらじる）　鯨鍋

紀州から四国、九州にかけては鯨を捕獲したので、その生肉を鍋に仕立てたり、味噌汁や澄し汁にした。京都をはじめとした内陸部や関東地方では、黒皮の付いた脂肪層の塩蔵品を汁に用いた。かつては一二月一三日の煤払いの行事には欠かせない食べ物であったが、世界的に捕鯨が禁止されている現在では手に入れることが困難となった。

おの〳〵の喰過がほや鯨汁　几董
ひとしやもじ加へし味噌やくぢら鍋　草間時彦

鋤焼（すきやき）　牛鍋（ぎゅうなべ）　馬肉鍋（ばにくなべ）　桜鍋（さくらなべ）

鋤焼の名称は、文化元年刊行の「料理談合集」によれば、唐鋤を火にかけて、醤油に浸した魚や野鳥などを焼きながら食べた料理を指した。明治初年に文明開化の象徴として肉食が導入され、東京、横浜、神戸に牛肉料理店が開店した。これを牛鍋、書生鍋などと呼んでいたが、昭和十年代頃から鋤焼という名で定着したようである。現在では海外でも「スキヤキ」の名前で親しまれる日本を代表する料理となっている。鉄鍋に油をひいて牛肉の薄切りを焼き、砂糖と醤油で味付けをするが、関東では割下で調理をする。焼豆腐、白滝、葱などを添えて溶き卵で食する。馬肉を使ったものを桜鍋という。

鋤焼や誼とい ふも今日はじめて　下村槐太　ぶちぬきの部屋の敷居や桜鍋　綾部仁喜

牛鍋や同級生の二割欠け　武田伸一　ネクタイの結び目重し桜鍋　五十嵐唐辛子

牡丹鍋

猪鍋　山鯨　猪肉

牡丹、あるいは山鯨という名は、獣肉を禁忌した時代の隠語で、猪肉を「しし」と呼んだので「牡丹に唐獅子竹に虎」の文句に懸けた名称である。薄切りの猪肉を大根や芹などと鍋で煮るが、臭味を消すために味噌仕立てにすることが多いようである。丹波篠山、岐阜郡上などが盛んで、山国の料理である。

猪鍋やとなりの部屋のまくらがり　細川加賀　猪喰ひに校長山へ戻りけり　勝井良雄

隠し湯はなほこの奥や牡丹鍋　小路紫峡　賤ヶ岳暮れて煮えだす牡丹鍋　榊原順子

長靴の狭めし土間や牡丹鍋　大東晶子　牡丹鍋青い物から煮えにけり　真砂卓三

鮟鱇鍋

鮟鱇は柔かくぬめりのある魚で捌き難いので、口に鉤を引っかけて吊し、胃に水を注ぎ込んで重心を落として「吊し切り」にする。鮟鱇の七つ道具とは、肝・ぬの（卵巣）・水袋（胃）・鰓・鰭・柳肉・皮を指す。東京の専門店では江戸風の濃厚な醤油味で仕立てるが、水揚げの本場である茨城県では、妙った肝を摺りつぶした味噌汁仕立てで「どぶ汁」と呼ぶ。↓鮟鱇

鮟鱇を煮て面白き話せむ　清水基吉

デカルトを説き饒舌の鮟鱇鍋　新関一杜

寄鍋

鶏肉、海老、白味魚、蛤などの魚貝、百合根、銀杏、椎茸、白菜などを下ごしらえする。鰹節と昆布のだし汁に淡口醤油、塩、味醂などで味付けした土鍋の中で煮ながら食する。材料は特にこだわることなく、寄せ集めたもので賞味するところからその名がある。湯気の立つ大鍋を仲間で囲むのは冬の楽しみである。

又例の寄鍋にてもいたすべし　高浜虚子

寄せ鍋や盗聴されてゐるごとし　田中良次

おでん　関東煮

おでんの名称は、田楽の略称に発する。白袴の田楽法師が一本の棒に乗って跳ねる田楽舞の様子を、うしろから見ると、人間を串ざしにしたように見え、豆腐の串ざしを焼いて味噌を塗ったものと似ていたことから、これを田楽と呼ぶようになった。この味噌田楽から、湯の中で煮る田楽、さらに味を付けた汁で煮込む田楽へとすすみ、これをおでんと称するようになった。当初は豆腐、蒟蒻に限られていたが、今では練製品をはじめ様々に工夫された種揃えとなっている。関西では関東煮と呼んでいたが、最近では薄口醤油を使った関西風おでんも登場してきた。本来は寒風の中で屋台の

のれんに首を突込んで食べたものである。

提灯の三つに一字づつおでん　下田実花
おでん買ふ谷中寺町ほたる坂　和田幸八
相鎚も打ちやうがありおでん鍋　浜名礼次郎
役者絵に睨まれてゐるおでんかな　吉岡翠生
歩き初めし子が目についておでん鍋　米山佳子
倖せが誰でも似合ふおでん酒　高井敏江

煮凝　煮凍　凝鮒

鮫、鮃、鰈、鮟鱇、寒鮒など、膠質（ゼラチン質）の多い魚の煮付けを、寒夜そのまま放置すると、寒気によりこごり固まる。これが煮凝で独特な舌ざわりと風味を持つ。料理店などでは寒天を加え、鮫の皮などを混ぜて金型に流し込み冷蔵庫で冷して固め、酒客に供する。

煮凝やしかと見届く古俳諧　村山古郷
煮凝てふ日暮たのしむにも似たり　神尾久美子
煮凝や還暦といふ昭和の子　宮岡計次
煮凝やゆうべけだるき土不踏　渡辺祥子
煮凝や木曾の水車の止むころか　山田春夫
煮凝りの中なる雑魚の確かな瞳　逆井和夫
凝鮒淡海の夜風荒びくる　長谷川史郊
煮凝の眼らしきものを飲みくだす　大沢玲子
煮凝のつかみどころをさがしをり　西村純吉
煮凍りや飴色の汁ころころと　浅田シゲノ
煮凝の忽ち溶ける飯の上　大畑利一
煮凝りやたしなむ酒も処世術　服部八重女
煮凝の好きてふ人と見合さす　宮地れい子
煮凝や父の濃き血を想ふとき　宮田和子
煮凝や女房も同じ浜育ち　彦井きみお
鯛の目の澄みきるまでに煮凝りぬ　太田蘆青
煮凝や歯のなき祖母のおかめ顔　藤森小枝
煮凝や月夜のどこも葡萄棚　三森鉄治

風呂吹（ふろふき）　風呂吹大根

塗師職人が冬期の空気が乾燥している時、大根の茹で汁を風呂（仕事場兼貯蔵室）へ吹き込んで、湿度を保ったという説が有力だが、真偽のほどは確かではない。作り方の一例を示すと、皮を剥いた大根を厚目に切って蒸し、水に漬けてあくを抜く。薄いだし汁に酒を加えた中で大根を茹で上げ、熱々を器に盛って柚子味噌をかける。熱いのを吹きながら食するところが大切。

風呂吹に機嫌の箸ののびにけり　石田波郷
風呂吹やすっと消えたる大首絵　延広禎一

茎漬（くきづけ）　菜漬　茎（くき）の石

信州の野沢菜、京都の壬生（みぶ）菜、広島菜、九州の高菜など、茎のついたままの葉広菜を塩漬にしたものの総称である。おおむね長い冬の間の保存食として作られたものである。漬ける桶を茎の桶、漬けるための重石を茎の石、重石により湧きあがる水を茎の水という。

漬菜踏む赤子の首のぐらぐらと　宮坂静生
野沢菜を咬んで論ずることが好き　小滝浩子
ほのとある月日の塵の漬菜石　池谷花城
茎の石よりふるさとのことに触れ　新津静香

酢茎（すぐき）

京都、上賀茂神社周辺で作られる漬物で四百年ほどの歴史をもつ。すぐき菜という蕪を葉は付けたままで皮を剥き、塩を振って粗漬けをしたあと、さらに挺子（てこ）の原理を応用した天秤の重力で重しをかける。そのあと自然発酵により特有の酸味と甘味が醸しだされる。もともとは春の暖気を利用して発酵させ、五月頃漬けあがったものだが、現在は正月用に合わせるため、室を使って人工発酵をさせる。酢茎売りは京の町角の風物詩である。

どっと塩くはす酢茎のころし桶　阿波野青畝
酢茎計る婆の皺の掌くれなゐに　春名耕作
いくたびも山遠く見て酢茎売り　飯田龍太
曇りぐせつきし北上酢茎漬　安福春水

乾鮭（からざけ）　干鮭（ほしざけ）

アイヌの人々は魚肉を塩蔵しないで、素干しにして保存することが多かったようである。乾鮭もその名残りで、北海道、青森、秋田などで作られた。鮭の内臓を除いて、開くか、そのままで天日と風で干し上げたのである。現在では塩引きが主流となり、乾燥物はほとんど見かけることがない。↓鮭（秋）

雪の朝独り干鮭を噛み得たり　芭蕉
乾鮭の鱗も枯れて月日かな　日野草城

塩鮭（しおざけ・しほざけ）　新巻（あらまき）

鮭の塩蔵品。新巻は内臓を取って塩を詰め、菰（こも）に包み縄を巻きつけたもの。塩鮭は塩を振って積み重ね、途中上下を積み替えて約二〇日間で仕上げる。古くから歳暮の贈答品として用いられることが多く、関東以北では正月の肴として珍重されたものである。↓鮭（秋）

塩鮭の塩きびしきを好みけり　水原秋櫻子
新巻を吊し火宅にすまひせり　高橋将夫

海鼠腸（このわた）

海鼠（なまこ）の腸（はらわた）を指す。寒中に獲った海鼠の腸を丁寧に洗って塩辛にする。手間がかかるうえに微量しか取れないので、酒客にとっては天下の珍味として、垂涎（すいぜん）の酒肴である。能登半島が産地として名高く、青竹の筒に入って売られている。

海鼠腸を啜る霞を食ふ心地　宮本美津江
海鼠腸をすり失礼つかまつる　助田素水

新海苔（しんのり）　寒海苔

年末から年始にかけて東京日本橋界隈（かいわい）の老舗（しにせ）の海苔店に新海苔の幟（のぼり）が上がる。海苔は十一月から十二月に採取したものが最も柔らかく、色も鮮やかで香りも高いといわれる。これが新海苔で、歳暮や年始の贈答品などに用いられる。↓海苔（春）

新海苔の干場は稲架を払ひたる　皆吉爽雨
新海苔の黒髪に似て匂ひけり　荻野千枝
新海苔をかじりて山本周五郎　加藤冬人
新海苔の帯封解かれて発光す　石村与志

寒造（かんづくり）

酒造りには暖気が大敵なので、十一月から三月にかけての冬期に集中して造られる。なかでも寒の内に寒の水を使って醸造した酒は、品質が優れ、長期の保存にも耐えられるといわれる。清酒は、蒸した白米に麴、水、酒母を加えて発酵させて醪（もろみ）を造り、粕を搾って製する。↓新酒（秋）

寒造はじまる水の生きて来し　後藤比奈夫
寒造終えて杜氏（とうじ）も背広かな　奥田一夫

寒晒（かんざらし）　寒曝（かんざらし）

穀類を粉砕して寒の水で何度も洗い、水分を切ってから寒中の日に晒して乾したもの。糯（もちごめ）を原料に製したものが白玉粉で、和菓子や団子の素材となる。寒の水と寒の日に晒すことで脂肪分が抜けて保存が効くのである。

手足まで寒晒したる下部（しもべ）かな　一茶

水で責め水で宥（ゆる）めて寒曝　右城暮石

凍豆腐（しみどうふ）　氷豆腐　寒豆腐　高野（こうや）豆腐　凍豆腐造る

寒い屋外で凍らせた薄切りの豆腐を藁で編んで吊り下げると、日中は溶けて水分が蒸発し、夜はまた凍る。これを繰り返すとカサカサに乾いた保存食となる。水に戻して煮含めると豆腐とは違った独得の味わいである。長野県の諏訪・佐久地方、和歌山県の高野山、大阪府の千早などが産地。もともとは保存食であったが、栄養面からも優れた健康食品として見直され、近時は工場で大量生産されるようになった。

凍豆腐からから骨の音をたて　宮坂静生

安達太良（あだたら）の風に吹かるる凍み豆腐　松本正一

沢庵（たくあん）　沢庵漬　沢庵漬製す　大根漬く

名の由来には、江戸初期の臨済宗の僧、沢庵和尚の墓石が漬物石のように丸いからという説、備蓄目的の「たくわえ漬」から転訛したという説がある。大根の糠漬は沢庵和尚より前の時代から存在しているので、たくわえ漬説が有力である。糠（かす）漬を作るためには大量の米糠が必要であり、白米の大消費地が背景になければならない。したがって大都市江戸で普及した漬物である。今では全国各地に、その風土を生かした個性のある沢庵漬が作られている。

沢庵や家の掟の塩加減　高浜虚子
夫と我沢庵五十ばかりかな　島田五空

切干（きりぼし）

大根を千切りにして一週間ほど干した保存食品。料理するときは水で戻して、油揚と煮たり、汁の実、酢の物にする。天日を浴びることにより、生の大根にない旨味と歯応えが出る。また無機質、糖度、熱量も増加して栄養学的にも優れた食品である。千切りが一番多いが、角切り、輪切り、花切り、割り干しなどもある。愛知県、宮崎県、長崎県が主産地。

切干の仕上げの凍ての来たるかな　山根和子
切干やこのまま逝けば下品（げぼん）とも　羽原青吟
切干も筵（むしろ）も甘き香に乾く　江口良子
切干の縄抜けさうに干上りし　安澤飛浪

冬構（ふゆがまえ）　冬囲（ふゆがこい）

北国で、冬を迎える準備として、町や家屋、庭などを風雪から守るために行う用意の一切のことを指す。雪囲・雁木・北窓塞ぐ・目貼・菰巻・藪巻・霜除・風除・風囲・風垣・墓囲ふ・雪吊、あるいは軒先に薪を積むことなども含まれる。

ふんだんに荒縄使ひ冬構　森田公司
支那甕（かめ）をつつみ金魚の冬構　福田芳子

冬籠（ふゆごもり）　雪籠（ゆきごもり）

もともとは動植物を含めて、自然界の生き物が、冬期に活動を停止して巣籠りをすることを指した。俳諧ではもっぱら人間が、寒さを避けて家に籠居（こきょ）することをいう。外出をせず、ひと間に籠って、炬燵やストーブで暖をとって静かに暮すことである。

冬籠りまたよりそはん此（こ）の柱　芭　蕉
水槽にどぜうばかりや冬ごもり　蓮見勝朗
人間の海鼠（なまこ）となりて冬籠る　寺田寅彦
一生を勤勉に生き冬籠　黑川花鳩
組紐の低きへら音冬籠　山下美典
卵にも生年月日冬ごもり　風間史子
心病めば身も病むものか冬籠　東浦佳子
妻と吾同時に欠伸（あくび）冬ごもり　澤井山帰来

冬館（ふゆやかた）　冬の家　冬の宿

日本家屋の場合には冬座敷の季語が合う。冬館からは西洋建築が想像されるようである。それも現在の建物ではなく、明治から昭和初期にかけての木造ないしは石造の洋風家屋で、中の暖炉の火や揺り椅子、葉巻の香りなどが連想されてくるのである。↓夏館（夏）

冬館古いピアノが木に返り　西村葉子
弓なりに風の来てゐる冬の家　吉野裕之

北窓塞ぐ（きたまどふさぐ）　北塞ぐ

冬構のひとつ。冬の日本列島の気圧配置は西高東低となり、シベリアの高気圧から冷たい北風が流れ込む。日本海側は吹雪となり、太平洋側は空っ風が吹く。その風雪を防ぐため、家の北側の窓を

閉じ、目貼などをして、北風の侵入を遮断するのである。↓北窓開く（春）
母の家の見ゆる北窓塞ぎけり　升本栄子　安曇野のガラス工房北塞ぐ　米澤慶子

目貼（めばり）　隙間貼る

寒い地方では窓や戸の隙間に細い紙を貼って、風や雪の吹きこむのを防ぐ。またそれによって室内の暖かい空気が逃げるのを防ぐ。冬構の一つ。↓目貼剥ぐ（春）
文机のところをかへぬ目貼して　景山筍吉　出番待つ大樽味噌の目貼かな　早川節子

霜除（しもよけ）　霜覆（しもおおい）　霜囲（しもがこい）

寒さに弱い果樹や野菜・庭木などを霜から守るために、薦（こも）や藁・筵（むしろ）などで囲うこと。菜畑などでは笹竹を斜めに立てて霜を防ぐ。

霜よけのたしかに引ぱる小藪かな　一茶　霜除や月より冴ゆるオリオン座　渡辺水巴

風除（かぜよけ）　風垣（かぜがき）　風囲（かぜがこい）

日本海沿岸の北陸・東北・北海道などの農漁村で、北西の寒風を防ぐため家の北側・西側に、板・丸太棒を並べ藁や芦・竹などで塀のように作ったもの。

郵便夫を待つ風除に顔出して　加藤知世子　風垣や海見るのみの窓残す　前原千代子

雪囲（ゆきがこい／ゆきがこひ）　雪垣（ゆきがき）　雪構（ゆきがまえ）　雪除（ゆきよけ）　墓囲（はかがこい）

雪国では家のまわりや入口や板壁に、どんな大風雪にもめげぬよう、家の北側から西側にかけてぐるりと柱を立て、横木を結い、松の枝・藁・萱・葭などを一面にくくりつけて、吹雪除けの垣根とする。鉄道や道路にもいろいろの防雪設備がある。墓石を損ぜぬように囲うこともする。↓雪囲とる（春）

越後路の軒つき合す雪囲　松本たかし
みちのくや墓もとりこむ雪囲む　桜木俊晃
荒縄を男結びに雪囲　棚山波朗
雪囲う肴町（さかなまち）過ぎ日本海　石川　幸

雁木（がんぎ）　雁木市（がんぎいち）

雪国の商店街で、家の前の道路に面した側の庇（ひさし）を長く突き出し、その下を積雪時の通路として利用する。これが雁木である。積雪期以外でも夏は強い日ざしを避け、雨をよけたりするのに便利である。この通路に開かれる市が雁木市である。最近では雪国でも、地下水や温水などを道路に撒水して雪を溶かす融雪道路が普及しつつある。

灯一つともる雁木を行きぬけし　高野素十
朝市に人ら蹈めり雁木道　新井悠二
雁木みち越の灯のいろあたたかし　清水節子
陽が差して雁木の下に水たまり　長山順子

藪巻（やぶまき）　竹巻　菰巻（こもまき）

雪の多い地方で雪折れを防ぐために、竹やぶや低木などを筵でつつみ、縄でぐるぐる巻いてあるもの。雪囲(ゆきがこい)や雪吊(ゆきつり)のように丁寧なものでなく、ごく大ざっぱなものでそこにまた風情がある。

藪巻や晴を見に行く日本海　森　澄雄
ほそ幹に繃帯(ほうたい)ほどの菰巻かれ　南　典二
藪巻を解く日近づく松の晴　河合多美子
菰巻をしてことごとく傾ぎけり　藤本美和子

雪吊(ゆきつり)

庭木などの枝が雪の重みで折れるのを防ぐため、幹に添えて高く支柱を立て、それから縄や針金を垂らし、枝々を丹念に吊り上げることを言う。張りわたされた吊縄が、ちょうど傘のように見えて、美しい風情のあるものである。

仕上りし雪吊はまづ風を呼び　大西比呂
雪吊りの半ばに日差し失せにけり　梅本安則
雪吊りのひかり百本交はらず　森川光郎
雪吊りにひと撥(ばち)入れて人恋し　能美澄江

雪搔(ゆきかき)　除雪(じょせつ)　除雪車　ラッセル車

積雪を掻きよけて道をつけること。各人の家の前の道路は、それぞれの家で、シャベルや雪箒で雪を掻きよせる。大通りや鉄道では除雪車やラッセル車が出動して行う。積雪地では日課のように行わねばならぬ。雪掻というと戸別の、除雪というと大規模の感じである。

雪掻く音さくさくとまた葱切る音　古沢太穂
商(あきな)へり入口のみの雪を掻き　岡安仁義
雪掻きのショベルを贈る新所帯　宮崎美代子
まはりみな雪かいてあり雪を掻く　鳥羽田重直
近づいて来る除雪車の大き灯よ　長島衣伊子
一人居の雪を掻かぬは科(とが)に似む　橋本真砂子

雪踏（ゆきふみ）　踏俵（ふみだわら）

雪の深い地方では除雪しきれないので、雪を踏み固めて家のまわりの道をつくる。雪踏みには踏俵・樏（かんじき）・雪沓などを履いて踏み固めるが、踏俵は藁で編んだ大きな藁靴で、紐をつけて、手で交互に足をもち上げて、雪を踏む。

雪踏んで雪より低く寝まりけり　吉田鴻司
きしきしと雪踏み山の音起す　高橋沢子

雪下し（ゆきおろし）　雪卸（ゆきおろし）

雪の多い地方では雪の重みのため、家が傾いたり屋根がギシギシ鳴ったり、家の棟が下って建具の開けたてができなくなったりする。そのため屋根の雪を下さねばならない。放っておくと下からかたく凍りつくので、おろし難くなる。雪下しに要する労力と費用は並たいていではない。

飛びたつは夕山鳥かゆきおろし　白　雄
疲るれば屋根で一服雪卸す　島田キヌエ
ねぶた絵の女がひとり雪卸す　松田ひろむ
雪明りたよりに雪を卸しをり　三宅句生

冬の灯（ふゆのひ）　冬灯（ふゆび）　冬ともし　寒灯（かんとう）

寒々とした冬の灯火のこと。寒灯といっても、寒中の灯ではない。冬の灯がともっているさまは、春灯の艶、秋灯の清澄とはまたべつの趣きのあるものである。なお「灯」は旧字の「燈」を使用した方がよいといわれることもある。

寒灯や陶は磁よりもあたゝかく　日野草城
カルテにも終章のあり冬灯　橋本喜夫

寒燈の一つ一つよ国敗れ　西東三鬼
星こぼれ墜つ野寒灯まじり得ず　豊田都峰
占ひの灯も寒灯といふべしや　吉田未灰
寒灯の洩れゐるそこに日本海　大倉文笛
寒灯に一つおかれし柩かな　青木節子
冬の灯母居る如く家照らす　浅倉君子

冬座敷（ふゆざしき）

日本家屋の冬の座敷のこと。障子・襖の建具をたて、火鉢や炬燵（こたつ）あるいはストーブ・暖炉などを入れ、屏風なども立ててある。↓夏座敷（夏）

冬座敷ときぐ阿蘇へ向ふ汽車　中村汀女
寄せ描きの観山武山冬座敷　きくちつねこ
結納の品品飾る冬座敷　小野三紫
海鳴りを聞く人は聞く冬座敷　仲　寒蟬

畳替（たたみがえ）

正月が近づくと、年用意のために古くなった畳を新しいものに替えたり、畳の表だけを替えたりする。その匂いが家中にたちこめて、生活を新たにして正月を迎える気分にしてくれる。

青桐は柱のごとし畳替　阿波野青畝
今替えし畳に母が体操す　山尾玉藻

障子（しょうじ）

冬障子（ふゆ）　腰障子（こし）　明り障子（あか）　雪見障子（ゆきみ）

日本家屋特有の建具で、室の仕切や外気を防ぐ用をする。細い木を組んで骨とし、障子紙を張る。風や寒気を防ぎ、採光の用をする冬の住居になくてはならぬものである。

死の如き障子あり灯のはつと点く　松本たかし
やうやくに癒えて障子の白は白　中田てる代

目覚めての不安たかぶる白障子　田中みち代
午後の日の障子明りとなりにけり　岡安仁義
開けて見て閉めてたしかむ古障子　吉江八千代
玄界の騒立つて来し障子かな　野中亮介
障子さし合はせ明るさ行き渡る　滝川ふみ子
奥能登の単線ひびく障子かな　大木さつき
歳月の障子の疵を洗ひけり　鈴木龍生
遺されて幾たび障子貼り替える　中島登美子
水の如百齢おはす冬障子　竹内秋暮
障子洗ふには団地出て町を出て　守屋明俊
白障子人の深さを映しけり　中村正幸
仏弟子となりし思ひの白障子　神山白愁

襖（ふすま）　唐紙（からかみ）　絵襖（えぶすま）　白襖

屋内の間仕切りに用いられる建具。ふつうの障子とちがって、木組の両面を紙や布で貼ってあるので遮音効果もあり、いくぶん豪華な感じもある。白襖には凛とした清潔さがあり、絵襖には美的装飾が施される。古い絵襖には多くの芸術的傑作が残されている。

夕映の暫く倚（よ）るは冬襖　角川源義
婚礼のために襖をはずしけり　清水静子
紫の袱紗（ふくさ）をしごく冬襖　百瀬ひろし
冬襖開ければ人の匂ひして　高橋将夫

屏風（びょうぶ）　枕屏風　金屏風　金屏（きんびょう）　銀屏風　銀屏（ぎんびょう）

冬季、室内に立てて風をさえぎり、寒さを防ぐためのもの。二曲、四曲、六曲とさまざまのものがある。

銀屏に今は心も定まりぬ　星野立子
万太郎のちよぼちよぼ文字屏風かな　中村千絵
絵屏風の龍虎発止（はっし）と火花散る　邑上キヨノ
山宿の絵屏風なじむ泊りかな　新田千鶴子

絨毯（じゅうたん）　緞通（だんつう）　カーペット

敷物に用いられ、廊下や洋室に敷かれる。季節を問わず使われているが、冬は特に保温のため畳の上などにも敷くので、冬季のものとされている。

絨毯踏む氷上ながく滑りきて　橋本美代子
空を飛ぶ夢持ち絨毯の縁（ふち）反れる　岸　典子

暖房（だんぼう）　煖房（だんぼう）　スチーム　ヒーター　暖房車

室内を冬期あたためること、あるいはその装置で、いろいろのものがある。スチーム、ヒーター、石炭や石油、あるいはガスを燃やすストーブ、電気ストーブなど。現在では冷暖房を兼ねるエアコンが普及してきた。

ゆるやかに海がとまりぬ暖房車　加藤楸邨
オンドルや豚の腸（はらわた）煮立ちをり　深谷雄大

ストーブ　暖炉（だんろ）　ペチカ　オンドル

暖房装置の一種。昔は薪、その後石炭・コークスなどが使われたが、今は石油・ガス・電気が主流である。

ストーブに来て鬚（ひげ）あらき信濃人　杉山岳陽
暖炉もえ座敷わらし子居なおれり　新山郁子
ストーブにかざす手みんな油まみれ　木村緑枝
暖炉燃ゆ夜は女のいきいきと　須賀一恵
口数が減るストーブの炎（ほ）が揺れる　広畑美千代
主婦にあるひとりの自由暖炉もゆ　成嶋いはほ
ストーブを赤い調度として数ふ　吉岡翠生
ストーブの前綾取りの赤の糸　細砂絹江

炭（すみ）

備長炭（びんちょうたん）　佐倉炭（さくらずみ）　枝炭　堅炭　炭火（すみび）　尉炭火（じょうすみび）　埋火（うずみび）　消炭（けしずみ）　火消壺（ひけしつぼ）　炭斗（すみとり）　炭籠（すみかご）
炭売　炭俵　木炭（もくたん）　炭挽く（すみひく）

木炭のこと。楢（なら）・櫟（くぬぎ）・樫（かし）などの木を炭焼窯で蒸焼（むしやき）にして得られる。樹の種類・製法・用途などによってさまざまの炭があるが、黒炭と白炭、硬炭と軟炭、樹によって雑丸・雑割・楢丸・桜炭などいろいろであった。かつて木炭は家庭の炊事用あるいは暖房用として、火鉢・炬燵に使われ必需品であったが、ガス・石油の普及によりほとんど使われなくなってしまった。しかし茶道では今も用いられている。埋火はよくおこった炭火に灰をかけて、火を長もちさせたり、火種を保つようにした炭火のこと。炭斗・炭籠は炭俵から炭を小出しにして入れておく炭入れのこと。

更くる夜や炭もて炭をくだく音　蓼太
炭俵ほどきはじめの川明り　花谷和子
新しき炭斗に炭立石寺　折井眞琴
炭の香のつよき物食ひ木曽馬籠　中西夕紀
肩まるき山暮れ果てし炭火かな　村沢夏風
埋火やいのちの彩の淡きこと　中村まゆみ
埋火や夫婦異なる習い事　有山城麓
埋火の牡丹色なる近江かな　瀧澤和治

炭団（たどん）

豆炭（まめたん）　炭団干す

木炭の粉に藁灰を入れ、ふのりで練り固め、日に干して作る。豆炭は石炭の粉を使ったもの。共に今は余り使われない。

うら町や炭団手伝ふ美少年　一茶
灰までも赤き炭団の火を掘りし　高浜虚子

石炭（せきたん）　コークス

太古の植物が地下に埋まり炭化したもの。そのまま燃料としたが、公害が大きいので、今は石油にかわられ余り使われなくなった。

石炭にシャベル突つ立つ少女の死　西東三鬼
石炭を口開け見惚れ旅すゝむ　金子兜太

煉炭（れんたん）

石炭などの粉末に粘着剤を加えておし固め、縦に数個の穴をあけて燃焼をよくしたもの。火持がよいので家庭用燃料としてよく使われた。

煉炭の十二黒洞つらぬけり　西東三鬼
良寛の地や煉炭の大包み　宮坂静生

炬燵（こたつ）　切炬燵（きりごたつ）　置炬燵　掘炬燵

部屋の床を切って炉を作り、櫓（やぐら）を組んで蒲団を掛けて暖を取る切炬燵と、床を切らずに炉の中に火を入れた置炬燵と二つある。日本的な暖房だが、雪国だけでなく全国的に使われる軽便で暖かい暖房である。この頃ではテーブルを併用する実用的で便利な、電気炬燵が盛んに用いられる。↓春炬燵（春）

真夜中や炬燵際まで月の影　去来
置炬燵過ぎしこと皆ゆるさるる　松山和子
炬燵より出し足首を掴まるる　寺井谷子
提灯の手造り励み置炬燵　長屋せい子
父母の老いゐたまひし炬燵かな　吉田冬葉
譲らざることあり向かひあふ炬燵　武智徳子

炬燵置きくらし正方形となる　木村淳一郎
みな違ふことをしてをり炬燵の間　藤岡幸子

囲炉裏（いろり）　炉火（ろび）　炉明り（ろあかり）　炉話（ろばなし）

農家では床の一部を大きな炉にして、薪や榾を燃やし、暖をとるとともに、煮たきもする。そして家族の団欒の場となっている。炉にあかあかとおこった火が炉火で、その火の明るさが炉明りである。↓春の炉（春）・夏炉（夏）

飛騨山の入日横たふゐろりかな　一茶
炉火赤し檜山杉山淋しかろ　平畑静塔
大袈裟にいくさ話の囲炉裏端　吉田もりよし
囲炉裏火に浮き立つもののみな暗し　成嶋瓢雨
炉を囲み星が星生む話など　中本憲己
炉の中に火を入れたるは船大工　依光正樹
をりしともなく鳥屋の炉にをられけり　新井ひろし
更（ふ）けし夜のがくりと炉火の衰ふる　藤井松代
狼の生存説に炉火欲しき　石村与志
炉話に作者不明の継子物　上島清子
炉話の子供が座り直しけり　高尾方子
大祖のこゑのきこゆる大爐かな　水野爽径
さりげなく浄土のことも炉辺話　赤谷ちか子
祖谷の炉に座せば落人めきにけり　松岡美代子

榾（ほだ）　ほだ　榾火（ほだび）　榾明り（ほだあかり）

囲炉裏にくべる燃料で、木の枝や木の根などだが、木の根のほしたものや、ごろんとした木は火力つよく火持ちがよいので、榾の中心となる。

大津絵の鬼も汚れつ榾あかり　闌更
山唄やどさりと榾火腰くだけ　平畑静塔
乗鞍の太古の栂（つが）の榾を割る　本間さかえ
少年の匂ひを放つ榾火かな　栗原稜歩

榾を折るどの木で凪の叫ぶやら　田村　實　　爆ぜぐせの榾火に怯（おび）えつつあたる　中西以佐夫

ながらへて縁切寺に榾を焚く　砥上白峰　　神の庭人ほどの榾くべ足せり　小川辰二

火鉢（ひばち）　火桶（ひおけ）　手焙（てあぶり）　手炉（しゅろ）

炭火によって暖をとっていた時代に、必須の暖房用具であった。金属・陶・木製など素材の大きさ・形のちがいはあるが、手をあぶり暖をとるだけでなく、座敷の調度・装飾品にもなる。藁灰や石灰などを盛り上げるようにならし、炭火をいける。五徳を立てて、鉄瓶などをかけることができる。火桶は桐の木をきりぬき、真鍮などを内側に張り火鉢として用いた。手焙は手を焙るのに用いた小型の火鉢である。ただし木炭の使用がへり、ガス・石油などの暖房用具の発達により、今日ではほとんど見られなくなった。

酒五文つがせてまたぐ火鉢かな　一　茶　　置火鉢誓子青畝も居ずなんぬ　中西夕紀

死病得て爪うつくしき火桶かな　飯田蛇笏　　火桶抱く睦まじかりし五十年　桜木俊晃

火鉢には寄れぬ若さでありにけり　五十嵐哲也　　堂冷ゆる欅火鉢に身を寄せて　作田文子

行火（あんくわ）　猫火鉢（ねこひばち）

箱形に土を焼いたもので、上の方は角をとってまるみをつけ、三方には穴をあけ、他の一方は炭火を入れた火入れを出し入れする口になっている。上に蒲団などをかけて、手足をあたため、また床の中に入れて暖をとるのに使われた。近年では電気行火が用いられる。

古行火抱き足らぬ火の乏しさに　富田木歩　　太梁や行火を借りて余呉泊り　池田ちや子

懐炉（かいろ／くわいろ）　温石（おんじゃく）

ふところや背などに入れて、体を温める携帯用の小型採暖具で、老人や病弱の人が多く用いた。薄いブリキ製の容器に、点火した懐炉灰を入れる。現在は使い捨てカイロが普及している。

老妓（ろうぎ）ともいはるるはずよ懐炉負（お）ひ　下田実花

短い人生もう懐炉入れてゐる　八坂　洵

懐炉して心優しくなりて居り　小泉礼子

喝采に少しずれたる紙懐炉　吉田寿子

湯婆（たんぽ）　湯たんぽ

中に熱湯を入れて布切れで包み、寝床の中において体をあたためる。半円形・かめの子型などがあり、ブリキ製・陶製などがあった。たんぽとも言う。

湯婆や忘じてとほき医師の業　水原秋櫻子

湯婆の袋干さるる国分尼寺　浅井陽子

炉開（ろびらき）

冬になってはじめて炉を開き火を入れること。茶道では旧暦十月の初旬の亥の日に開くのが習わしであったが、今は必ずしもその日に限っていないようで、現在は十一月半ばまでに風炉を撤し、炉を開くとされている。農家などで囲炉裏を開くのも炉開で、だいたい同じ時期である。↓春の炉（春）・炉

炉開やいくさなかりし日のごとく　加藤知世子

炉開きの明日へ音たて畳拭く　秋山素子

受験の子去りがての炉を開きけり　村上光子

炉開や少しの弟子に小豆煮て　山崎不二子

口切（くちきり）

晩春ごろ精製した新茶を壺に入れ、口を封じて一夏をこさせた後、初冬の頃人を招いて席上口を切り、茶臼でひいて、自ら飲み、一同で飲む。これが一年でもっとも大切な茶会である。いまは十二月初旬ごろ行なわれる。

口切や今朝（けさ）はつ花のかへり咲く　風　虎

口切の封も奉書もまつたき白　佐野美智

敷松葉（しきまつば）

庭の霜除けのために松の枯葉を敷きつめること。霜柱を防ぎ、苔などを保護する。茶席の庭では初冬から春にかけて炉の期間これを敷く。また名苑、寺社の庭、料亭の庭などでも行なわれる。

おとなりの一中節（いっちゅうぶし）や敷松葉　永井荷風

むこうの戸開けし人あり敷松葉　星野立子

湯気立て（ゆげたて）　加湿器

日本の冬は湿度が低く、そのうえ室内を暖めるので余計に空気が乾き、のどを痛めたり風邪をひく原因になるので、火鉢やストーブの上に、鉄瓶ややかんを掛けたり、洗面器に水を入れて乗せたりして、湯気を立たせる。今はほとんど行なわれず、代って電気加熱による加湿器が用いられる。

湯気立ちつ舞ひつ産後の髪撫でやる　中村草田男

湯気立てて男無言の轆轤の座　森　えみ

賀状書く（がじょうかく）

賀状とだけならば新年の季題だが、年末にその賀状を書く。短歌・俳句を書き、版画をおし、印刷を工夫し、あるいは家族・子供の写真を入れるなど、たのしいものが多い。また相手の人にいろいろの思い出や思いがこめられて、なつかしく心のこもった作業となる。↓賀状（新年）

みささぎの梢の見ゆる賀状書く　波多野爽波

賀状書く痴呆かなしき友ひとり　細見しゅこう

賀状書く先づ印泥を練りあげて　岩坂満寿枝

踏み場なき程にならべて賀状書き　安藤志津子

日記買う（にっきかう）　古日記（ふるにっき）

年末の書店・文房具店には来年度の日記が、多種多様のものが新しい装いをこらしてどっと出まわる。その一つを選んで買うとき、改まった心構えになる。↓初日記（新年）

実朝（さねとも）の歌ちらと見ゆ日記買ふ　山口青邨

身辺紅きものばかり日記買ふ　鈴木有紗

十年を生きるつもりの日記買ふ　大森三保子

和紙の雪はさみてありし古日記　中西しげ子

生きてゐる限り戦後史日記買ふ　広谷一風亭

日記果てのしかかりくる四方の黙　児玉俊子

暦売（こよみうり）

年末になると、来年の新しい暦が売り出される。現在では暦もいろいろあって、干支九星を記す古いものから、名所風景やスターのカラー写真で飾ったカレンダーなど、多様である。↓古暦・初暦（新年）

暦売夢判断も取揃へ　高浜虚子
山の田のみな舟形や暦売　小林貴子

古暦（ふるごよみ）

暦の果　暦の終り　暦果つ

年末になって来年用の新しい暦が来ても、まだ今年一杯は用のある暦のこと。残り少なくなった暦である。昔の暦は軸物で、右から次第に巻いていく。十二月の終りは軸の最も奥で、軸元になり暦の果である。ここに一年の果てんとする感慨がこめられている。↓初暦（新年）

わづらはぬ日をかぞへけり古暦　一　茶
古暦ふり返るのもまた楽し　三宅李佳
メモ書きのそれが絶筆古暦　小林牧羊
書き込みのふと捨てがたく古暦　梅本安則
入院のその日のままや古暦　飯村周子
基督（キリスト）も仏陀も暦果てしかな　土橋たかを

焚火（たきび）

朝焚火　夕焚火　夜焚火　落葉焚

寒い日、戸外で暖をとるため、落葉や小枝などを集めて焚く火のこと。大工や土方や樵夫、漁夫など寒い時でも外で働かねばならぬ人たちが、暖をとるための朝夕の焚火、社寺の境内や、庭での落葉焚、山野での野性的な大焚火。焚火は庶民にとってなつかしい団欒の場でもある。

焚火かなし消えんとすれば育てられ　高浜虚子
色々のてのひらのある焚火かな　塩田博久
焚火跡役解かれたる釘のこる　中嶋秀子
浜焚火連絡舟の着くところ　猿渡ます
法師子の故郷かたる焚火かな　伊藤虚舟
夜焚火に束ねし手紙焚き加ふ　大木さつき
焚火して仏頂面を通しをり　熊倉はるる
毎朝の焚火の今日の始まれる　大木格次郎
ふりむけば父のきてゐる焚火かな　伊藤伊那男
弁当を寄せて大工の焚火かな　矢本　明

焚火守する犬のゐて京の寺　窪田英治

棟梁の段取りも聞く焚火かな　一宮しおり

焚火する事よりはじむ庭仕事　桜木俊晃

焚火の輪子の加はれば子の話　熊切三千丸

火に学ぶごとく焚火を囲みけり　木村淳一郎

弓神事待つ境内の大焚火　赤谷ちか子

火の番（ひのばん）　夜番（よばん）　夜廻（よまわり）　夜警（やけい）　寒柝（かんたく）

冬の夜、火の用心や夜番のため、町内を拍子木や太鼓を打ってまわった。昔は火事装束で金棒を引き、拍子木を叩いて歩く常設のものであった。少し前まで町内などで行われた。夜廻の寒い夜の拍子木の音を寒柝という。

颪の夜の火の番近しすぐ遠し　猪俣千代子

寒柝や父失ひし悔またも　上野照風

寒柝のつぎの一打の遙かなる　黛　執

夜回りに犬の鳴き声続きけり　野間泰子

寒柝や話のこして帰る友　金指まもる

いづかたの雑木も高き夜番かな　依光正樹

火事（かじ）　大火（たいか）　小火（ぼや）　類焼　半焼　近火（きんか）　遠火事　昼火事　火事見舞

火事は空気が乾燥して風の強い冬季に多い。また火に親しむ関係からも火事を起しやすい。昔から火事は江戸の華などと言われ、大火が多かった。日本海沿岸ではフェーン現象のとき大火が多い。

赤き火事哄笑（こうしょう）せしが今日黒し　西東三鬼

御本尊移しまゐらす近火かな　宇都木水晶花

暗黒や関東平野に火事一つ　金子兜太

かの館の壁画の火事を怖れけり　山口甲村

雪沓(ゆきぐつ)　藁沓(わらぐつ)　爪籠(つまご)

雪のときはくもので、藁でつくる。雪中のはきものは藁でつくったものが多く、一見粗雑のようだが、暖かくて丈夫である。爪籠は草履の先端を爪革のようにかくすもの。

雪沓も脱がで炉辺の話かな　正岡子規
雪沓に唐辛子入れ山の僧　河村静雲
雪沓を脱ぎ全身を解き放つ　寺井満穂
雪沓の揃えてありし木地師小屋　田口風子

樏(かんじき)　アイゼン

深い雪に沈まないように、雪沓や靴の下に履く道具。木・竹・蔓などを撓(たわ)めて、輪のように作る。凍結した雪上や氷上を歩くために、金属製の歯をつけたものを、金樏(かね)あるいはアイゼンという。冬季登山用のアイゼンは四本爪・八本爪である。

かんじきで歩き続けて口結ぶ　和知喜八
樏で行く崖下の補助灯台　浅井陽子

橇(そり)　馬橇(ばそり)　犬橇(のぞり)　手橇(てぞり)　雪車(そり)　雪舟(そり)

雪や氷の上をすべらせて、人や荷物を運搬する道具である。雪深い地方では重要な交通手段であったが、近年、遊びやスポーツとして、スノーボードやボブスレーが盛んになっている。

産神(うぶがみ)に雪の夜さりの橇の鈴　深谷雄大
月輪の右に左に橇を駆る　西田浩洋
吹きすさぶ白き闇より橇の鈴　白旗喜知子
橇の子に日射せば珠の声放つ　板持玲子

すが漏り

北海道・東北あるいは山間冷地では、屋根につもった雪が、とけたり凍ったりしているうちに、屋根の下の下積みのところで氷盤になり、それが暖かくなると融けて、小さな隙間からでも流れこみ、天井や壁や押し入れに伝わって、染みをつくる。穴がなくとも水が漏る。雪国の積雪のおそろしさの一つ。

すが漏るや夜泣き児昼を深眠り　米田一穂
海荒るる漁家のすが漏り炉の上に　加藤憲曠

冬耕

雪の来ぬ前に、春に備えて冬ざれの田畑を耕すことをいう。霜の降りた侘しい冬の野で、黙々と立ち働く農夫の姿は印象的である。↓耕（春）

冬耕の兄がうしろの山通る　飯田龍太
冬耕のつひに独りとなつてゐし　塩川雄三
冬耕の戻りくるぶし湯もて拭く　本宮哲郎
冬耕去りゆきぬ独語を地に埋め　大野せいあ
海底山脈山頂は島冬耕す　吉野義子
冬耕の天地返しと言ふ仕事　金井充
冬耕の夫婦離れてまた寄って　柏岡恵子
冬耕や古墳を島のごとく置き　新井悠二

甘蔗刈　甘蔗刈

甘蔗は砂糖黍のこと。沖縄や鹿児島県・香川県などが主産地で、十一月に刈り取られ、製糖工場で茎のしぼり汁から砂糖を取る。

甘蔗刈るや島の陽炎はずみ出す　矢野野暮
甘蔗倒す忍従の影父の背に　玉城隆悟

大根引（だいこんひき）

大根引（だいこひき）　大根引く（だいこひく）　大根馬（だいこうま）

大根を引くのは、ふつう十一月から十二月へかけてである。折れやすいので、天候のよい日を選ぶ。
↓大根

引きすすむ大根の葉のあらしかな　白　雄
俄百姓十分過ぎる大根引く　小池　溢
引きのこしたる大根に魘（うな）されて　宮坂静生
いま抜きし大根の穴法然院　安原楢子

蒟蒻掘る（こんにゃくほる）

蒟蒻玉　蒟蒻玉掘る　蒟蒻玉干す　蒟蒻干す

サトイモ科の蒟蒻薯の地下の球茎の蒟蒻玉を、十一月から十二月にかけて掘り出す。これを洗い上げて皮を除いた後、薄く切り一週間ほど干して粉末にする。これから蒟蒻を作る。

山々に照る日を貰ひこんにゃく干す　大野林火
和紙の里蒟蒻玉を道に干し　今井真寿美
蒟蒻を掘るや甘楽（かんら）の山日和　佐々木有風
ぶるぶると蒟蒻玉や村の葬　吉田さかえ

蓮根掘る（はすねほる）

蓮掘る　蓮掘（はすほり）　蓮根掘る（れんこん）

歳暮・正月用に冬収穫する。十月下旬、葉を刈り取っておき、水を張って十一月中旬に掘ると根茎の色がよくなるという。今は圧搾空気を使うが、どろどろの大変な仕事である。

蓮掘が手もておのれの脚を抜く　西東三鬼
泥の上に泥のひろごる蓮根掘　千葉皓史
尼寺の尼の総出の蓮根掘り　宮坂静生
蓮根掘たばこをつけて貰ひをり　檜尾時夫

舟押して夫に近づく蓮根掘　中里　結
古は海といふ田や蓮根掘　佐藤夫雨子
田を出れば長身なりし蓮根掘　廣末榮子
蓮掘の下りる梯子であるらしく　須田冨美子

麦蒔（むぎまき）

小麦は九月から十一月中旬まで、大麦は十月頃にまく。麦蒔が終るまでが農家の農繁期で、忙しい。小麦は水田の裏作にし、大麦の畑には畦の間に夏野菜をつくる。

虔（つつ）ましきすがたに人の麦を播く　高橋淡路女
土に生く平穏の日々麦を蒔く　衣笠みち子

藺植う（いうう）

藺代に植えておいた苗を、十二月から一月にかけて、稲を植えつけるのと同じ要領で、水田や畑に移植する。寒い中のつらい仕事である。↓藺刈（夏）

ひし〳〵と霜の田深し藺を植うる　山口草堂
感覚を失ひし指藺を植うる　平谷破葉

大根洗う（だいこんあらう）

大根はつけ物・つり干し・切り干しなどにする。そのため畑から抜いた大根は、門川などで、たわしや藁縄でこすり洗う。↓大根

夕月に大根洗ふ流れかな　正岡子規
今も尚大根洗ひの藁たはし　本多芙蓉

大根干す（だいこんほす）

懸大根（かけだいこん）　掛大根（かけだいこん）　干大根（ほしだいこん）

洗った大根を沢庵漬にするために干す。棒杭に張った丸太や竹ざおの段にかけて干す。数本の大根の葉のところを藁で結び、ふりわけにしてかける。立ち木にかけることもある。たくさんならべかけられた大根は壮観である。

遠神楽に干大根の夜の迷路　伊丹公子
懸大根霧島山に対峙せり　和田智子
大根の干されて村の縮まりぬ　小林松風
大根干し並べ大根橋と呼び　大平喜代子
大根干す家から聞こゆアベマリア　野間　裕
干大根貴船鞍馬に道岐れ　吉田松籟

百本の太さまち〳〵大根干す　尾上萩男
風と日と寄り合ふところ大根干す　佐山けさ子
風の日の指先赤く大根干す　合田涼子
北国の透きとほるまで大根干す　野原昭子
謝って済むことばかり大根干す　榛谷三枝子
大根干す声をそろえて姉弟　鈴木木鳥

干菜吊る（ほしなつる）

干菜　懸菜（かけな）　吊菜（つりな）　干葉（ひば）　干菜風呂　干菜場

大根や蕪の葉をその首のところから切り取り、軒先などに吊るして干すことである。晩秋から初冬にかけて農家によく見られる景。その干した葉である「干葉」は、味噌汁の具にしたりする。寒い冬の中、身体が温まるというので、ときには風呂に入れたりすることもある。

程あらで掛菜にむつき干す家かな　白　雄
ばばばかと書かれし壁の干菜かな　高浜虚子

寒肥（かんごえ）　寒肥（かんぴ）　寒ごやし

寒中に麦などの農作物、果樹、庭木、草花等に施す肥料のことである。土壌腐植ならびに植物の春先の生長を促進させることを目的とする。かつては、油粕や堆肥なども施されたが、現在では、主として有機質肥料が用いられている。

寒肥やひと艶増せる土の色　檜　紀代
手際よく寒肥撒かれ梨畑　沖山政子
覚ますごと幹をたたきて寒肥す　三浦千賀
穴いろいろ仲間と掘って寒ごやし　安藤今朝吉

温室（おんしつ）　フレーム　温床（おんしょう）　ビニールハウス

作物のために保温や加温の設備をもつ建物のことをいう。冬の寒さから植物を保護し、また、野菜、果物などの促成栽培を行うことを目的とする。ガラス、ビニールなどの光をよく通す材質で造る。「フレーム」は、温室より簡単なもので種類も多く、かまぼこ形にビニール布を張ったものなどもある。

温室に時が許せばなほゐたし　山口波津女
温室花を摘む温室花に身を沈め　森岡花雷
温室の中の温室食虫花　保尾胖子
温室に檄文（げきぶん）貼られ農学部　山本　源

狩（かり）　猟　猟解禁　猟期　狩猟　猟犬　猪狩（ししがり）　鹿狩（しかがり）　狩人（かりゅうど）　猟夫（さつお）　猟銃　猟座（かりぐら）　狩の宿

山野の鳥獣を銃や罠・網などを用いて捕えること。猟期は地方によって若干異なるが、十一月十五日から翌年の二月十五日までである。遊猟の場合はポインターやセッターなどの猟犬を連れたりして鴨・鴫・雉、山鳥、などを撃つ。猪狩、鹿狩などは、猟を専門とする人たちが主に行う。昔は大勢の勢子を使って喚声をあげ、鳴り物を打ち鳴らして狩場を四方から取り巻き獣を追いつめて捕える巻狩が行われた。また、昔は狩とは鷹狩のことであった。

行きずりの銃身の艶猟夫の眼　鷲谷七菜子
縄文の裔の血騒ぐ猟期かな　加藤房子
鴨撃ちのふりむかざるはやさしかり　宮坂静生
猟銃音渓をさまよふ暮色かな　石田阿畏子
鼻すこし曲りてゐたる猟師かな　肥田埜勝美
猪撃のうたげ弾帯つけしまま　手島靖一
猟夫の目して人混みに紛れ入る　川口襄
狩の犬狩の眼のまま眠りゐる　安倍日出
けものみち猟夫の刺し子紺匂ふ　鈴木竜骨
鮒鮨の熟れて湖北に猟期来る　若松徳男
猪狩の男けものの眼で走り　宮坂敏美
猟夫の目犬の目風の中を行く　畑中次郎
眉を引く鏡の中へ猟銃音　平林恵子
包まれてゐて猟銃と解る丈　野村仙水

熊突（くまつき）

穴熊狩（あなぐまかり）

かつては、穴の中で冬眠中の熊を煙でいぶしたり、犬をけしかけたりして入り口まで追い出し槍で突いて捕えた。現在は銃を使う。熊のこもる穴は毎年同じといわれる。猟師は熊が木の皮をむいたあとを目印に、その穴をさがすという。↓熊

鎖帷子着て美少女は熊突きに　星野石雀
源太村熊撃ちはみな頭のでかき　満田光生

兎狩（うさぎがり）

兎罠（うさぎわな）　兎網（うさぎあみ）

兎は食料が少ない冬、特に畑の作物を荒らしたりする。兎狩の方法は猟犬と銃を使ったり、罠を

仕掛けたり、いろいろあるが、大掛かりなのが網を使うものである。大勢の勢子（せこ）が大きな音を鳴らし喚声をあげて兎を追い出し、要所要所に張った網で捕える。↓兎

猟犬が嗅ぎていぶかる兎罠　米澤吾亦紅

少年の夜々の夢なる兎罠　石塚友二

狸罠（たぬきわな）　狸狩

狸は冬季食料が少なくなると、畑の作物を荒らす。また、毛皮の良い種類の狸もおり、捕獲の対象となる。元来、狸は同じ所に糞をするという。そしてまた、同じ道を通って行き来するという習性もある。そこで、糞のある所へ通じる道に罠を仕掛けて捕える。罠には箱罠、括り罠などがある。↓狸

狐罠狸罠あり異ならず　細川加賀

あつけなく終る月夜の狸狩　阪本　晋

狐罠（きつねわな）

狐は昔から、ずる賢い動物であるといわれ、その罠も厳重なものでないと逃げられてしまうと考えられた。したがって、他の動物の罠よりもきびしく残酷なものが多かった。鋼製で足を乗せるとばねがはずれて足や頭を挟む虎挟（とらばさみ）や、餌に爆薬を仕掛けるものもあったという。↓狐

鶏の足を呼び餌に狐罠　上村佳与

星に吹く強き風あり狐罠　黒田咲子

鼬罠（いたちわな）

鼬は特に冬季、餌が少なくなり、夜になると屋敷の鶏小屋の鶏や池の鯉などをすばやく襲う。また、

毛皮をとるためにも罠を仕掛けるのである。鼬は溝を通路とする習性があるので、その中に仕掛けることが多い。箱罠が主である。↓鼬

鼬罠掛けてどこかに鼬の眼　高橋良子

おごそかに展示されたる鼬罠　神戸周子

鷹狩（たかがり）

鷹匠（たかじょう）　放鷹（ほうよう）　鷹野（たかの）

鷹狩は飼い慣らし訓練した鷹を放って鳥獣を捕えさせる狩猟方法の一つである。すなわち、勢子が鳴り物を鳴らし、喚声をあげて獲物を追い出し、そこへ鷹を放つ。すると、鷹は一直線に獲物を捕獲する。大掛かりで勇壮な狩である。江戸時代は盛んだったが、現在は伝統古技保存目的などで行われるほか、ほとんどなされない。「鷹匠」は鷹の飼育と訓練を行い、鷹狩に従事する者。役職名でもあった。↓鷹

吹雪とは鷹の名なりし放ちけり　勝又一透

鷹匠のひとりは風を測りをり　中村翠湖

鷹匠の指さしこみし鷹の胸　橋本鶏二

鷹匠の指の撓（しな）ひし合図かな　藤田鶴之丞

急流に従うてゆく鷹野かな　藤本美和子

鷹据ゑし鷹匠の目も発つ構へ　太田昌子

網代（あじろ）

網代木（ぎ）　網代床（どこ）　網代守（もり）

冬季の日本古来の漁法。網代とは網の代わりという意味である。竹や木などを編んだものを網引くような形に立て、その端に簀（す）をあてて、魚を捕る。昔から冬の宇治川で氷魚（ひお）（鮎の稚魚）を捕るのに使われたので、冬の季語とされた。現在は、湖や入江にも仕掛け、また、氷魚に限らない。「網代木」は網代の仕掛けに川瀬に打つ杭のことをいう。

三か月と肩を並べてあじろ守り　一　茶

宇治山に残る紅葉や網代守る　高浜虚子

柴漬（ふしづけ）

冬季、川や湖沼などで行われる漁法の一つ。柴（しば）（松、うつぎ、の粗朶（そだ）など）の束を水中に漬けておくと、寒さを避けてこれに魚、エビなどが集まる。それを簀（す）で囲って中の柴を取り除き、たも網などですくって捕えるのである。

柴漬をあげて夕日によろめける　篠田悌二郎

柴漬のあたりしぐれてゐたるかな　岡田詩音

竹瓮（たっぺ）

川、湖、沼、浅海などで使われてきた漁具のことである。割り竹や細い丸竹などを筒状に簀（す）編みにし、一端は紐などで閉じ、他の端の口から魚が入ると出られない仕掛けとなっている。これに餌を入れ水中に沈め、時間が経ったら引き上げて、魚などを捕る。

楸邨の見し古利根の竹瓮竿　森田君子

朝霧を分けつつ棹さす竹瓮舟　萩原正章

藁仕事（わらしごと）

縄綯（なわな）う　筵織（むしろお）る

かつて、農家では冬の農閑期に藁を使っての仕事が盛んであった。農事に直結する俵、かます、筵、縄などから、雪国では雪沓などまで数多くのものが作られた。その工程には、木槌で藁を叩いて軟らかくしたりする作業も含まれる。

綯（な）ひ上ぐる縄を頭の上までも　高野素十

俵編む一粒の米こぼさじと　渡辺俊子

捕鯨（ほげい）　捕鯨船　勇魚取（いなさどり）

鯨を捕獲することをいう。日本では古くから捕鯨がなされ、世界有数の捕鯨国にもなった。しかし、現在、鯨資源の減少と保護から、捕鯨は世界的に厳格な制限を受けている。遠洋捕鯨は禁止され、調査捕鯨と生存捕鯨（漁民が生きるための捕鯨）が認められているにとどまる。

捕鯨船まばたきの音大きかり　小林貴子
静かなる入港調査捕鯨船　小島　健

鰤網（ぶりあみ）　鰤場（ぶりば）

冬期から早春の鰤は、脂がのって美味である。また、その季節に鰤は近海を回遊し岸に近づく。それゆえ、漁期もそこに集中する。多くは大型定置網で一度に大量に漁獲する。大きな鰤が多量に網にかかってあげられる様子は壮観である。↓鰤・鰤起し

鰤敷に八重の高浪たゝみ来る　鈴鹿野風呂
鰤に良き潮荒れとこそ漕ぎ勇み　水見句丈

泥鰌掘る（どじょうほる・どぢやうほる）

冬は沼や水田が乾きやすいから、泥鰌は濡れて湿ったところに集まろうとする。そこで、そういう場所の泥土を掘り起して泥鰌を一度につかまえるのである。冬期の泥鰌の習性を利用した原始的な捕獲方法で、自然のままの素朴なおもむきがある。

泥鰌掘眼に風の集まり来　柳澤和子
泥鰌掘肺の中まで赤らまむ　宮坂静生
かたくなに泥鰌嫌ひで嘘嫌ひ　中島豊三
掘られたる泥に泥鰌の動きあり　岡安仁義

牡蠣剥く（かきむく）　牡蠣割る　牡蠣割女（かきわりめ）　牡蠣打（かきうち）

牡蠣をむく動作のこと。殻から中身を出してしまうと鮮度が落ちてしまうため、料亭や牡蠣船では客の目の前でむくこともある。牡蠣の産地で有名な広島や松島では、「牡蠣割女」が小刀のようなものを使い、慣れた手付きですばやくむいてゆく。↓牡蠣

蠣（かき）むきや我には見えぬ水かがみ　其角
余所（よそ）者に口固かりき牡蠣割女　安東せつ
牡蠣割の女の中の男かな　相島虚吼
牡蠣割女にも確執のありにけり　的場松葉
牡蠣打女灯台やがて灯るころ　田尻牧夫
空色のゴム手袋や牡蠣を割る　松本みず代

炭焼（すみやき）　炭焼小屋　炭焼竈（すみやきがま）　炭竈（すみがま）

木を焼いて木炭を作ることをいう。また、それを生業（なりわい）とする人のことをもいう。炭焼は手間ひまのかかる作業で、山中の「炭焼小屋」に寝泊りすることも多い。「炭焼竈」から煙が空に立ち上ってゆく景色は、なかなか情趣がある。↓炭

炭焼の貌（かお）の冬ざれ岩よりも　金子兜太
復員のあと炭焼を続け来し　藤田美智子

池普請（いけぶしん）　川普請（かわぶしん）

冬期の渇水状態を利用して、池や川の底をさらってゴミや落葉を除去したり、水の出入り口などを修繕・整備したりすることである。農業用に用いる池、川などの場合は、特に念入りに共同作業でなされることが多い。

なかぞらへ鯉投げあぐる池普請　飴山　實　抱き移す三尺の鯉池普請　川澄祐勝

鯉の息泥噴き上げし池普請　北川キヨ子　遅々としてはかどりをりぬ川普請　宮武章之

注連作（しめつくり）　注連綯う（しめなう）

新年用のさまざまの注連飾を作ること。注連縄は青刈りした稲葉や青菅を乾燥させて作る。また、青い新藁も材料とする。自家用は、かつては一家の年男や家長が作るものとされた。注連飾生産地では、共同で大量に作られることが多い。↓注連飾る・注連飾（新年）

波除の上に並びて注連作り　岡田耿陽　霧はれるまで注連縄の藁を打つ　福田甲子雄

歯朶刈（しだかり）　羊歯狩（しだがり）

正月用の飾りの歯朶を年の暮れに鎌で刈ることをさす。この歯朶は裏白（うらじろ）とよばれ、その名のとおり表面は光沢のある深緑色だが、裏は白緑色をしている。すがすがしく正月を迎える気持ちが、おのずからいたんでいない艶のある大ぶりな葉の歯朶を選ばせる。↓歯朶（新年）

登り窯裏山伝ひ歯朶を刈る　松本正一　歯朶刈るや天鵞絨（ビロード）色のわたつうみ　各務耐子

味噌搗（みそつき）　味噌作る　味噌焚（みそたき）

かつては自家製の味噌を作る家が多く、大釜で蒸した大豆を臼・杵で搗いたり、さらに味噌玉にして乾燥させたものを臼で搗きほぐしたりした。味噌の作り方は、その種類や地方によって異なる。数軒の共同作業で作ることが多かった。

大山の各坊味噌を搗きにけり　山本青蔭
家康の頃の石積む味噌作り　石河義介

寒天製す（かんてんせいす）　寒天造る　寒天干す

寒天は天草を煮て溶かし凝固し、夜に戸外の寒気で凍結させ、さらに天日で乾燥し、これを繰り返して作る。長野などの寒く冷え込みの激しい地域が産地となっている。日本独自の特産品で、菓子や料理の材料となり、工業用にも供される。

冬の峡（かい）寒天干しも顔を干す　加藤楸邨
寒天干場湖ゆ羽音のいくたびも　宮坂静生
風花にたえず寒天干し返し　寺島美園
昨夜の凍てとけゆく綺羅（きら）や糸寒天　水野富美

紙漉（かみすき）　紙漉場（ば）　紙漉女（め）　楮蒸す（こうぞむす）

和紙を作るために原料を入れた水槽から漉きあげることをいう。原料には、楮（こうぞ）、三椏（みつまた）、雁皮（がんぴ）などの樹皮の繊維が使われる。紙漉きの方法には流し漉き、溜め漉きなどがある。「楮蒸す」は、楮の皮をはぐために楮の枝束を大釜で蒸すことをいう。

漉く紙のまだ紙でなく水でなく　正木ゆう子
紙を漉く音たぼたぼと暮れにけり　小倉英男
子に託す一縷（いちる）の望み紙を漉く　小川翠畝
水ぎわの光を揺らす紙漉女　武藤あい子
水の神祀（まつ）り紙漉く吉野郡　木村緑枝
一枚の紙を漉く間の照り昃り　江川虹村
一枚の雲の如くに紙を漉く　井桁白陶
湧水の楮（こうぞ）晒場幣を張る　判治遼子
楮煮る匂ひの少し母に似て　土肥あき子
五箇山は雪解のさなか紙を漉く　石原　緑

避寒(ひかん)　避寒宿(ひかんやど)

冬の寒さを避けるために、温暖な気候の地に一時移ることをいう。温泉地や暖かい海岸の別荘などが多い。「避寒宿」は、その滞在している泊まり先のことである。避寒は避暑のように一般化もしておらず、にぎやかさはなく静かである。↓避暑（夏）

佳(よ)きひとの髪を結はざる避寒かな　日野草城
鹿肉でありしカレーや避寒宿　榎本　享
風待ちの港の見ゆる避寒宿　吉田槻水
魚の身の薄桃色に避寒宿　遊佐光子

雪見(ゆきみ)　雪見舟(ゆきみぶね)　雪見酒

雪景色を見て賞することである。また、その遊びや宴をもいう。古くから貴族の遊興としてあったが、近世では雪を眺めながら座敷や船の中で宴を張り、風流を味わうようになった。江戸時代では、隅田川、上野などが雪見の名所であった。

いざさらば雪見にころぶところまで　芭　蕉
湯女乗せし円山(まるやま)川の雪見舟　阿波野青畝
障子あけよ上野の雪を一目見ん　正岡子規
地謡や雪見障子を細く開け　秋田卯子

探梅(たんばい)　梅探(うめさぐ)る　探梅行(たんばいこう)

早咲きの梅の花を探し求めて山野を見歩くことをいう。冬の末に、いち早く梅をたずね歩くところに季節に対する繊細な美意識がある。これがすなわち、風流である。春、梅林の名所で満開の花を観ることとは、おのずから趣が異なる。

探梅や天城出て来し水ゆたか　飯田龍太

探梅の夕雲色を加へそむ　綾部仁喜

すれすれに基地の金網探梅行　沢木欣一

探梅やここ梅小路一丁目　池田昭雄

どこからも見ゆる露坐仏梅探る　加藤富美子

探梅の空のつづきに洛外図　河村祐子

密談のほしいままなる探梅行　上野英一

終着は飲み屋なりけり探梅行　滝野緑雨

牡蠣船（かきぶね）　牡蠣料理　牡蠣鍋

牡蠣料理を営む屋形船。かつて、冬季、牡蠣の名産地・広島から大阪に来て船をつなぎとめ、牡蠣を専門とした料理を客に出した。その後、年間を通じて河岸に船をつなぎ、牡蠣以外の川魚料理なども出すようになった。大阪以外にもある。↓牡蠣

牡蠣船の揺るると知らず酔ひにけり　吉田冬葉

牡蠣船を揺らしてゐしは仲居らし　後藤立夫

寒釣（かんづり）　穴釣（あなづり）

寒中の魚釣りのことである。寒中は魚の動きも鈍く、深いところに集まり釣れにくい。しかし、釣の好きな人は、寒さをものともせず、困難な状況でじっと待つ。そして、釣り上げる。そこが、醍醐味だ。鮒、鯉、たなご、鯊（はぜ）などを釣る。穴釣はワカサギ釣が代表的。↓寒鮒

文王のごと寒釣の人に寄る　名和未知

きつね顔して寒釣の立ちあがる　曽根原幾子

顔見世（かおみせ・かほみせ）　顔見勢（かおみせ）

江戸時代には、毎年十月に各劇場で芝居役者の更改契約が行われた。そして、十一月には新しい顔

ぶれで御目見得興行がなされた。それを「顔見世」という。現在では、毎年十二月に京都・南座で興行する盛大な顔見世が有名である。

顔見せやおとづれ早き京の雪　久保田万太郎
顔見世や顔にかかりし紙の雪　市川右團治
顔見世へむかし女になりにゆく　山田弘子
顔見世や雨の匂ひが夜にのこり　晏梛みや子

竹馬（たけうま）

竹馬は足掛けをつけた二本の竹の棒に乗り、棒の上部を握って歩く子供の遊び道具である。バランスをとって歩くところがおもしろく、上級者は足掛けをより高い位置に上げて試みる。ことに男の子に人気があった遊びで、大人の郷愁をも誘う。鷺足と呼ぶ地方もある。

竹馬やいろはにほへとちりぐ〵に　久保田万太郎
竹馬が倒れて竹の音を出す　有馬いさお
鶏小屋の屋根より乗りぬ竹馬に　増澤和子
竹馬は青竹がよし美少年　西島輝治
往還に出て竹馬の秩父の子　森田公司
根気よき竹馬一番星奏づ　禰寝瓶史
竹馬や男まさりも年頃に　広畑美千代
竹馬の左足やも捨ててあり　吉田英子

雪遊び（ゆきあそび）

雪投げ　雪礫（ゆきつぶて）　雪丸げ（ゆきまろげ）　雪合戦（ゆきがっせん）

子供が雪を使って遊ぶこと一般をいう。小さな雪のボールを作って投げ合う「雪合戦」や雪のかたまりを積雪の上に転がして大きくしてゆく「雪丸げ」などがある。ことに、降雪の少ない地方の子供にとって雪は珍しく、大いにはしゃぎ回る。

君火をたけよきもの見せむ雪丸げ　芭蕉
雪合戦わざと転ぶも恋ならめ　高浜虚子

雪達磨（ゆきだるま）　雪仏（ゆきぼとけ）　雪兎（ゆきうさぎ）　雪釣（ゆきつり）

雪を固めてだるまの形にしたもの。すなわち、胴体と頭部の大小二つの雪玉を重ね、木炭などで目鼻をつけただるまさん。雪が降ると子供たちは大喜びで作る。「雪兎」は盆の上に兎の形を作り、「雪釣」は紐の先に木炭を結び釣のように雪を付けて大きくする遊びである。

雪だるま星のおしやべりぺちやくちやと　松本たかし
鶏鳴いてころんだままの雪だるま　五島高資
盆の上に透けてきたりし雪兎　岡部渓子
団欒（だんらん）にもすこし居たい雪兎　河合多美子
雪兎作りて婚期過ぎにけり　宮武章之
雪兎かしこきころの綴方（つづりかた）　立原修志
校庭に考へてゐる雪だるま　遠藤保資
雪だるま残し旅人宿を発つ　新田千鶴子
聡（さと）き耳持つ山の子の雪うさぎ　首藤基澄
天気図に楽しげにゐる雪だるま　青木夢子
窓に溶け園児昼寝の雪だるま　杉本弥生
分校の子供の数の雪兎　武田孝子

スキー

スキー場　スキーヤー　ゲレンデ　シャンツェ　シュプール　スキー列車
スキー宿　スキー帽　スノーボード

両足に細長い板状の道具をつけ、雪上を歩き滑る冬季の代表的なスポーツ。一般の「スキーヤー」は、山を利用した「スキー場」の整備された斜面である「ゲレンデ」で滑って楽しむ。競技としては、滑降、回転、距離競争などがあり、とりわけジャンプ競技に使われる跳躍台。「シャンツェ」はジャンプ競技に使われる跳躍台。

スキーの子嘻々と華厳（けごん）の滝の上　川端茅舎
イヤリングきらきらスキー担ぎくる　木島松穹

スケート　氷滑り（こおりすべ）　スケート場

氷上を滑走する冬季の代表的スポーツ。金属製の刃のついたスケート靴をはいて滑る。結氷している湖沼・池などが天然のスケート場となるが、人工の屋内のスケートリンクが各地に設置されている。競技としては、スピード、フィギュア、アイスホッケーがある。

スケートの濡れ刃携へ人妻よ　鷹羽狩行
鳶になり下駄スケートの子ら早し　松田ひろむ
スケートの渦うまれつつ夜明けたり　小林碧郎
スケーターワルツ氷上の傷すぐ潤ふ　中嶋秀子

アイスホッケー

氷上のスポーツで、スケートをはいて行うホッケー。一チーム六人ずつの競技者が、L字形のスティックで、硬化ゴム製の小円板（パック）を相手ゴールにシュートし、得点を競う。いかめしい防具をまとったスピード感のあるゲームは、スリルと迫力に満ちている。

アイスホッケー一列となり敗れ去る　戸川稲村
アイスホッケー眉間の傷を勲章に　守屋明俊

ラグビー

フットボール競技の一つ。発祥はイギリス。楕円形のボールを相手側の陣地に持ち込んで得点を競い合う。一般的には一チーム十五人制。キックオフから始まり、スクラムの押し合いや激しいタックルなど、冬のスポーツに相応しい。横山白虹の〈ラガー等のそのかち歌のみじかけれ〉は歴史的名句であるが、選手のことはラガーとは言わない。ラガーとはラグビーそのもののこと。

ラグビーのジャケツちぎれて闘へり　山口誓子
ラグビーの頰傷ほてる海見ては　寺山修司
凍天に笛長く鳴りノーサイド　飯島　智
ラグビーの歓声を組む風を組む　磯部薫子
ラグビーの空をつかんで五郎丸　小平　湖

ラグビーや敵の汗に触れて組む　日野草城
サッカーの汗とは違ふラグビー部　荒井　類
ラグビーの自由のかたち楕円球　川崎果連
幸綱の青の時代やラグビー歌　松田ひろむ
ラグビーの蹴り上げているカレーパン　吉村きら

風邪（かぜ）

感冒（かんぼう）　流行風邪（はやりかぜ）　流感（りゅうかん）　風邪声（かざごえ）　鼻風邪　風邪心地（かぜごこち）　風邪薬　風邪の神

冬の寒い季節に多く起る主として呼吸器系の炎症性の病気。はなみず、くしゃみ、咳、たん、頭痛、喉の痛み、発熱などの症状をともなう。インフルエンザ（流行性感冒）も含み、その種類もさまざまである。声に変調をきたし、「風邪声」になったりする。医師の治療を受け休養するのが一番だが、市販の「風邪薬」で治す人も多い。風邪をはやらせる疫病神が「風邪の神」だが、ありがたくはない。

風邪ごゑの住職が鐘撞きにゆく　廣瀬直人
辞世句の習作二、三風邪寝の床　守田椰子夫
裏山の日暮れのいろの風邪心地　白岩三郎
童話読みつづくよ風邪の子ねむるまで　郷原弘治
風邪三日雲に乗りたるごときかな　知多瑞穂
風邪の子を抱く火の玉を抱くごとし　杉浦すゞ子

娘（こ）のつくる白粥匂ひ風邪籠り　城間芙美子
薬臭を訴ふる子や風邪に臥す　東野昭子
風邪声を詫びて始まる保健学　風間和雄
言訳を考へてゐる風邪心地　竹中しげる
鶏のように走りて風邪引かず　高橋三柿楼
散歩道夜風の尖る風邪心地　米須盛祐

湯ざめ

冬季は入浴後、時間が経つと身体が冷えてきて寒く感じることがある。何だか風邪でもひきそうで嫌な気分がする。これがすなわち、「湯ざめ」。心理的な響きを含んでいる。ただ、対象が女性の場合には、どこかなまめかしい感じがしないでもない。

湯ざめする気配の帯を締めにけり　小坂順子
投句者に怨まれつづけ湯ざめせり　宮坂静生
湯ざめして酒を垂らせる李白かな　小島　健
綺羅星を仰ぎてゐたる湯ざめかな　田中春江

咳　しわぶく　咳く

冬は寒さや風邪から特に喉の部分に刺激を受けて、激しい息がおこる。これが、「咳」。喉頭や気管の異物などを除くための防御反射である。湿った咳、空咳など種類も多く、激しく咳き込む姿は、見ている方もつらくなる。「咳地獄」ともいう。

咳の子のなぞくあそびきりもなや　中村汀女
咳き込めば我火の玉のごとくなり　川端茅舎
暗転へまた裏方の咳聞こゆ　幡谷東吾
女人咳きわれ咳きつれてゆかりなし　下村槐太
咳けばうしろへとんでゆく時間　山崎政江
靴音に咳で応へて灯しけり　板橋美智代
咳けば少し抜けゆくかなしみよ　矢島　恵
竹林の藁屋へ咳の子をかへす　梶　千秋
咳しても一人のわれと旅信書く　伊藤櫻子
松王がじぶんの咳をこぼしけり　結城美津女

嚏　くしゃみ　はなひる

寒気等に鼻の粘膜が刺激されて、防御反応として生ずる急激反射的な鼻からの呼気のことをいう。

「はっくしょん！」は、なかなか人間的な親しみがあり、諧謔的である。しかし、風邪の前ぶれであることもあり、油断は禁物。

嚔して山の長者になりきれず　丸山佳子
くさめして貧乏神を吹きとばす　川島一紀
雪嶺の佐渡の吹つ飛ぶ大嚔　小島　健
嚔して夜の外出をとどめらる　白岩てい子
嚔して私学講師の休みなし　中村一維
大くさめガウディの塔揺らしたり　佐川広治

水洟（みずばな）　鼻水（はなみず）

うすい水のような鼻汁のことをいう。冬の寒い季節に、風の冷たさなどで鼻の粘膜が刺激されて出ることが多い。子供やお年寄に多く見られる。あまり格好のいいものではないが、お年寄の水洟はペーソスを感じさせる。

水洟や鼻の先だけ暮れ残る　芥川龍之介
水洟を拭き引導の声を張る　西田孤影

息白し（いきしろし）　白息（しらいき）

冬は空気が冷えて、吐く息が白くなって見える。とりわけ、早朝の寒さの厳しいときには顕著である。白い息は寒い冬の季節をまさしく五感で感じ取ることができる。そして、ときには生きていることの充実感も覚えるのである。

戦あるかと幼な言葉の息白し　佐藤鬼房
息白く太極拳に集ひ来し　谷口忠男
一列に遺跡掘る人息白し　今井真寿美
犇めきて白息競ふ子豚かな　河野　真
サツカー選手白き息より疾く走る　児玉俊子
限りなき白息母体より出づる　水谷仁志子

堂守りの法難を説く息白し　梶田ふじ子
わが息は気付かず人の息白し　滝野三枝子
献血をしてをりますと息白く　依光陽子
白き息見えゐて言葉届かざる　岡田順子
朝の陽に段々畑息白し　澤柳たか子
白息のかつかつ鬼面をどりかな　矢崎良子

木の葉髪（このはがみ）

初冬のころの頭髪が脱け落ちることを、木の葉が落ちることにたとえていう。この季節、とりわけ髪の毛が多く脱けるように感じるのは、しきりに散る落ち葉の風景をよく目にするからであろう。冬の寒さと合わさって、さびしさ、わびしさがいっそう募ってゆく。

木の葉髪文芸ながく欺き（あざむき）ぬ　中村草田男
飲食（おんじき）の淡くなりけり木の葉髪　石野冬青
きのふ書にけふ盆栽に木の葉髪　山内星水
木の葉髪過去はうしろに捨てるもの　森川光郎
長生きのうしろめたさや木の葉髪　吉田ひで女
木の葉髪生涯木偶の足使ふ　稲荷島人
君も僕も五十歩百歩木の葉髪　桜井薫
聞き流すことも覚えて木の葉髪　吉川康子

胼（ひび）　胼薬（ひびぐすり）

手足が寒気におかされ、皮膚に細かい割れ目のできることをいう。血行が悪くなり、皮膚の汗腺（かんせん）や皮脂腺（ひしせん）の働きが衰えてくるとなりやすい。ひどくなると、血がにじみ出ることもある。水仕事はだんだんとつらくなってくる。

胼の妻銀婚式のことをいふ　橋本鶏二
胼薬うぐひす色をしてをりぬ　長棟光山子
胼の手に梁塵秘抄（りょうじんひしょう）薄かりき　丸山南石
胼薬しみ入る農書開きけり　清水武を

金火箸焼きし父亡し胼薬　森　淑子
胼の手を病人に詫び足さする　鈴木早通甲

皸（あかぎれ）　あかがり

寒気におかされ、手足の角質の厚い部分が深い割れ目を生じ、赤く切れたようになる。「あかぎれ」というゆえんでもある。胼の症状が進むとなりやすく、痛々しい。以前は、農業に従事する人や水仕事をする女性に多く見られた。

皸をかくして母の夜伽（よとぎ）かな　一　茶
あかぎれの子のみ仏に合掌す　佐藤和子
あかぎれが疼くよ昭和ひとけたよ　宇咲冬男
あかぎれや左翼文学廃れたる　石村与志

霜焼（しもやけ）　凍傷（とうしょう）　霜腫（しもばれ）

手足の皮膚血管が鬱血し赤紫色となり、はれて強いかゆみや痛みが出る症状。寒く冷たい季節に多い。子供や女性がなりやすく、かゆがっている姿は不憫（ふびん）である。「凍傷」は著しい寒冷下で起る障害で、重症になると壊疽（えそ）を生じ、指・耳など切断のおそれもある。

霜焼をこすり歩きぬ古畳　長谷川かな女
海苔場あり凍傷の手の女らに　市橋一里
雨聞くや凍傷薬を耳にもぬり　秋元不死男
霜焼の耳ばかり見て聴き役に　上野章子

雪焼（ゆきやけ）

晴天の積雪による日光の紫外線の反射で顔が赤黒く焼けることをいう。スキーや雪山登山、雪上で作業する人に多い。夏の日焼けに比べ、より黒く煤けたように焼ける。目の回りにゴーグルの跡が付いた雪焼け顔は、ユーモラスである。

雪焼けの顔の加はる会議室　水田光雄

雪焼の頼もしかりし執刀医　山田弘子

雪眼（ゆきめ）　雪盲（せつもう）

積雪に太陽の強い紫外線が反射して起る眼の結膜・角膜の炎症。眼が充血し痛くて開けられず、まぶしく涙が流れ出る。医師の治療が必要である。スキー、雪山登山などで長時間、晴天の雪上にいるとなりやすく、ゴーグル等で予防する。↓雪眼鏡

雪眼して雪のさだめをうべなふや　深谷雄大

縹渺（ひょうびょう）と雪眼に沁みて白き山　沢　聰

悴（かじか）む

手足があまりの寒さでこごえて自由にきかない状態をいう。ひどくなると、身体もふるえ口もきけなくなる。寒気で身体が自由に動かないと、心もまたしぜんと鬱屈して縮まってしまう。そんな微妙な心理的面をも含んでいる。

心中に火の玉を抱き悴めり　三橋鷹女

悴みて飛ばなくなりし竹とんぼ　宮下秀昌

つと立ちて悴む我をつきはなす　岡田和子

飽食の紙袋割り悴む手　鈴木康允

懐手（ふところで）

寒さしのぎに和服の懐へ手を入れることをいう。よそから見ると、何かを頑固に拒絶する意思のようにも思え、また、ある事柄に一定の距離をとろうとする傍観者的な姿勢にも見える。そんなこと

から、心理を反映した句も見られる。

八つ口へ吹きこむ風や懐手　加藤三七子
対岸の浮子に眼がゆく懐手　加藤憲曠
決断の十指の力懐手　岩橋　勲
聞き役に徹して深き懐手　宮内キヨミ

日向ぼこ　日向ぼっこ　日向ぼこり

寒く厳しい冬は日向が恋しい。そこで、ことにお年寄は日向に出て暖まることになる。そうしていると、寒く暗く長い冬から解放され、心身がふくらんでくるように思えるのだ。しばし、浮世の嫌なことも忘れさせてくれる「日向ぼこ」である。

まなぶたは今万華鏡日向ぼこ　加藤三七子
たましひはいつも先ゆく日向ぼこ　玉城一香
稿送り骨の髄まで日向ぼこ　斉藤すず子
老境といふはいつより日向ぼこ　半田陽生
王侯の日向ぼこりに変りなし　辻本斐山
半分は死に体にゐて日向ぼこ　松山和子
目と鼻のぽかんと離れ日向ぼこ　安嶋都峯
島見える日は島を見て日向ぼこ　小田初枝

捨てがたき一句思案の懐手　津吉百合子
懐手トロ箱の魚足で買ふ　粕谷弘子
懐手してをり親父らしくをり　馬場白州
畑売りて早起き癖の懐手　白岩てい子

胎内にゐるがごとくに日向ぼこ　中野貴美子
日向ぼこひとりのときは雲を見て　熊滝逸女
日向ぼこせり火の山に大島に　村松紅花
前管猊下朱塗の下駄が日向ぼこ　結城美津女
なにもかも無になるための日向ぼこ　本郷和子
生きてゐることを忘れて日向ぼこ　水谷仁志子
ローズマリー日向ぼつこの海眺む　三宅優子
褒貶は彼方に在りて日和ぼこ　大本正貴

行事

勤労感謝の日

国民の祝日の一つで、十一月二十三日。この日は、第二次大戦終了時までは新嘗祭として国祭日であったが、昭和二十三年に「国民の祝日に関する法律」によって、「勤労をたっとび、生産を祝い、国民たがいに感謝しあう日」として定められた。この日は、各地で農業祭などが行われるが、今日では、すべての勤労と生産に感謝する日となっている。

川へ出て髪梳く勤労感謝の日　宮坂静生
万歩計腰に勤労感謝の日　寺田青香
職移り移り勤労感謝の日　宇咲冬男
未来都市歩く勤労感謝の日　金澤史浪
世に不況続き勤労感謝の日　小沢和子
楽茶碗見てゐる勤労感謝の日　今泉かの子
山の湯に首だし勤労感謝の日　鈴木一恵
墓眠るこの世は勤労感謝の日　江ほむら

亥の子

玄猪　亥の子餅　亥の子搗き

旧暦十月の亥の日の亥の刻に餅を食し、無病のまじないとする中国の言い伝えに基づいて、わが国でも平安朝以来行われている行事。餅を搗いて食べたり、稲の刈り上げ祭りをしたり、子供達が家々をまわって藁鉄砲や石で門口・庭などを掃いて歩く亥の子搗きが行われる。亥の子は西日本でとくにさかんで、行事内容からは関東北部・甲信地方で旧暦十月十日に行われる十日夜に対応した行事だといえる。

山茶花の紅つきまぜよ亥の子餅　杉田久女

椎葉とは補陀落に似て亥の子餅　森　ゆきお

亥の子餅搗いて生家に家訓なし　谷口文子

亥の子餅胸につかへて亥年われ　小松初枝

髪置（かみおき）　櫛置（くしおき）

昔は、男女ともに生後二、三年は髪を剃っていた。二、三歳で初めて頭髪をたくわえる式を行う。これを髪置といい、式日は必ずしも一定ではなかったが、三歳の十一月十五日に行うのが普通になった。頭に白粉を塗り、山橘と熨斗鮑（のしあわび）を結び添えた綿帽子を被せ、櫛で左右の髪を三度搔く。この綿帽子を白髪といい、長寿で白髪になるようにという縁起である。

髪置きや一ト花咲ける肩車　蓼太

髪置にさしたる枝の一朶かな　一茶

袴着（はかまぎ）

童児が初めて袴をはく祝い。幼児から童児になるための通過儀礼といわれるものの一つである。一族中の名望ある人が袴の紐を結び、その子の一生の庇護者となった。光源氏は三歳で行ったとあるが、近世は、男子五歳の祝いを袴着といい、女子七歳の祝いを帯解ということが多くなった。十一月に行うのが通例で、日は必ずしも十五日とは限らなかった。

袴着や吾もうからの一長者　高浜虚子

袴着の子に朝の海鏡なす　川崎俊子

帯解（おびとき）　紐解（ひもとき）

童児の着物のつけ紐を取り、帯を使用し始めるための儀式。もとは男女九歳で行ったが、後に男子は五歳、女子は七歳の年の一一月に行うように変わった。吉方に向けて童児を立たせ、新しい晴れ着と帯をつけさせた。

帯ときも花橘のむかしかな　其角
帯解や立居つさする母の顔　村上鬼城

七五三（しちごさん）　七五三祝（しめいわい）　千歳飴（ちとせあめ）

男児は三歳と五歳、女児は三歳と七歳に行う成長の祝い。古来の髪置、袴着、帯解などをひとまとめにして現在では十一月十五日がその日とされている。子供達が着飾って各地の神社に参詣する風習は、江戸時代中期に江戸で行われたのが始まりで、各地方で一般に行われるようになったのは、ごく近年のことであると言われている。

子が無くて夕空澄めり七五三　星野麥丘人
一家族車より降り七五三　三須虹秋
三人の孫みなをみな七五三　成宮紫水
七五三晴着を解きて風の子に　佐野志摩人
菊坂の路地の奥より七五三　塩谷はつ枝
宮島の鹿従えて七五三　広瀬邦弘
七五三祝ふ一位を植ゑにけり　野原春醪
野の宮は街のまん中七五三　吉田ひで女
武運長久忘れし神社七五三　辰巳比呂史
神鶏の右往左往や七五三　甲斐すず江

牡丹焚火（ぼたんたきび）　牡丹焚く　牡丹供養

十一月第三土曜日の夜、福島県須賀川市で行われる、牡丹の枯木を焚き供養する行事である。原石鼎が初めて俳句に詠み、昭和五十年代に季語として定着した。

みちのくの闇をうしろに牡丹焚く　原　裕
舞降りて天女も牡丹焚きにけり　滝沢幸助
牡丹焚く唐子（からこ）の火鉢地におろし　小松原みや子
牡丹焚火雅びを残し地に還る　道山昭爾
残り火の艶まだありし牡丹焚　大森三保子
父在らば百十歳の牡丹焚く　有馬正二
玉づさを火種とすべし牡丹焚　水野恒彦
火の芯に花の精立つ牡丹焚く　伊藤晴子

針供養（はりくよう）　針休み　針祭る（はりまつる）　針納（はりおさめ）

古針を供養して裁縫の上達や怪我のないことを願う行事。事八日（二月八日と十二月八日）の両日またはどちらかの日に行われる。この日は針の使用を休んで、古針・折れ針を豆腐・こんにゃくなどに刺し、淡島神社に納めて供養して貰ったり、川へ流したりする。個人で行うほか、針子が師匠宅に集まって行ったり、女子の学校の行事となったりしている。↓針供養（春）

蹇（あしなえ）の妻の晴着や針供養　日野草城
待針のお花畑よ針納　中村桂子

事始（ことはじめ）　正月事始

十二月十三日。新しい年を迎えるための仕事を始める日で、煤払いや松迎えもこの日に行う。また、年木を伐りに行く、注連飾りをなう、正月用の餅をつく、年の市がたつなど、正月の準備を始める日なのである。関西の人気商売の人々、ことに京の祇園の事始は名高く、事始の餅という鏡餅をつくって、主家や師匠へ一年の礼に行く。歳暮ご祝儀を始めるのもこの日からとなっている。

いささかの塵もめでたや事始　森川暁水
上がりはな畳かをれる事始　小林貴子
京なれやまして祇園の事始　水野白川
松迎滝の上にと出て来たる　式地須磨

羽子板市（はごいたいち）

年末に正月用品を売るために立つ市を年の市といい、江戸では暮になると各地に注連飾り・破魔弓・手毬・羽子板などの飾りものや縁起物を売る市が立っていた。十二月十七・十八日に立つ浅草寺の年の市は規模が大きく、江戸第一の市であった。古くから押絵羽子板も売っていたが、第二次大戦後になり、羽子板を売る店が多くなり、羽子板が年の市の主役になってしまった観がある。羽子板はもっぱら飾りものとして、その絵の図柄に関心がもたれ、今日では歌舞伎役者などの似顔絵だけではなく、若い人達に人気のある歌手やタレント、スポーツ選手などの図柄が登場するようになった。大きさも三〇センチほどのものから、一メートルを越えるものまである。値段は売り手と買い手とのかけひきによって決められ、交渉が成立すると威勢のいい「お手を拝借」で手締めが行われる。↓羽子板（新年）

中々に羽子板市を去に（い）がたく　阿部みどり女
羽子板を買はず手締めに加はれり　後藤紅郎
羽子板の写楽うつしやわれも欲し　後藤夜半
羽子板市瓜実顔（うりざね）の世に遊ぶ　岡田貞峰
羽子板の断崖なして売られけり　鳥居おさむ
羽子板市ダイアナ頭上もまれゆく　大槻和木
羽子板の石橋牡丹溢れけり　斎藤節子
羽子板の弁慶値切り倒されし　遠山陽子

柚子湯（ゆずゆ）　冬至湯（とうじゆ）　柚子風呂（ゆずぶろ）　冬至風呂（とうじぶろ）

冬至の日、風呂の湯に柚子をいれて入浴する。冬至は生命力の最も減ずるときということから、この日、南瓜やこんにゃく、土地によっては小豆粥や餅を食べるなどする風習がある。柚子湯は体が暖まり、風邪を防ぐに効果があるとされ、また柚子のような香りの高い植物に邪気をはらう効力を認めたものと考えられる。柚子は丸のまま、または輪切りにして入れるなど、とくに決まりはない。

柚子湯の煙あがるや家の内　前田普羅
赤糸も湯に漂ひぬ柚子袋　鈴木鷹夫
あたたまり浮ぶほかなき柚子湯の柚子　井上郁夫
柚子湯出てまた人の世のひとりなり　梅澤よ志子
三更の月天心に柚子湯かな　太田光子
躬（み）ひとつを入れて柚子湯を溢れしむ　平間眞木子
生き延びて柚子湯を華と溢れしむ　菱田好穂
魚のごとく啼きぬ柚子湯の柚子押せば　岡崎光魚
創痕（そうこん）の臍（へそ）にて止まる柚子湯かな　萩野をさむ
若き日の火筒（ほづつ）暮しや冬至風呂　柴田保人

熊祭（くままつり）　熊送り（くまおくり）　イオマンテ　カムイオマンテ　贄（にえ）の熊

熊神を天上に送るアイヌの儀式。イオマンテ（物送り）またはカムイオマンテ（神送り）といい、十二月ごろ行われる。アイヌの人々は熊を神の化身であると信じ、捕獲した子熊を二、三年間大切に育て、成長したところで一族知己を集め、熊を神の国へ返す儀式を行う。儀式は斎場に引き出した熊を囲み、若者たちの手によって賑やかに行われる。最後に二本の丸太棒で首を挟んで殺し、祭壇に供えて拝んだ後、その血を飲み、肉を食して三日三晩の大宴会となる。現在では簡略化され、熊を殺さない観光的な祭が多くなった。

熊送りすみし白樺の杭二本　西本一都
祀らるる熊に月の輪くつきりと　羽生大雪

追儺（ついな）　鬼やらい　なやらい

中国で古くから行われた疫神を駆逐する行事で、日本では平安時代に宮中でこれを取り入れた。大晦日に大舎人が盾と矛をもち、群臣が桃の弓、葦の矢をもって鬼を追い払うということを行った。その後宮中の儀式は廃れたが、鬼追いの式は寺院の修正会・修二会に取り入れられたり、神社で節分祭として行われるようになった。

山国の闇恐ろしき追儺かな　原　石鼎
足よりも筆の衰へ鬼やらひ　清水基吉
身籠りし妻のこゑなり鬼やらひ　小島　健
身の内の鬼やらひまづ豆を食ぶ　林　えり子
蔵々の鬼一声に遣らひけり　折井眞琴
追儺寺骨董市も加はりて　妻藤玲子
なやらひのこゑ樫の木へ樟の木へ　清水伊都子
鬼やらふインドカレーの息を以て　泉田秋硯
追儺鬼逃れし方へ山動く　岩崎憲二
魚耀（せ）りし闇に追儺の豆を撒く　鈴木夢亭
鬼やらひ肉屋の肉に灯のともり　円城寺　龍
父母の幼に見ゆる鬼やらひ　大槻一郎
思ひきり腰痛の鬼やらひけり　本杉勢都子
節分の鬼まぎれゐる人の渦　香坂恵依

豆撒（まめまき）　豆打（まめうち）　鬼の豆　鬼打豆　年の豆　年男（としおとこ）　鬼は外　福は内

災いを象徴する鬼を豆で打って追い払う、節分の行事。炒った大豆を枡に入れて神棚に供えた後、一家の主が「鬼は外、福は内」と大声で唱えながら家の出入り口や部屋の中に撒いてゆく。撒く人は年男と呼ばれる。撒き終わると、家人はそれぞれ自分の年齢の数だけの豆を食べる。節分の豆撒きは、室町時代の京都で行われていたことが文献にみえ、「鬼は外、福は内」の言葉もあった。近年は、各地の社寺で有名人を年男に招き豆撒きを盛大に行うことがはやり、多くの善男善女を集めている。

病む妻のすそに豆撒く四粒ほど　秋元不死男
鬼打ちし闇に吾が貌見てしまふ　小川廣男
病室に豆撒きて妻帰りけり　石田波郷
節分の鬼の出てゆく換気扇　長内道子
豆撒く子心に鬼をまだ持たず　山田みづえ
節分の豆は槐へ祓ひけり　小林喜一郎
豆撒く闇鬼美しく育ちきし　豊田都峰
節分の豆が山河をこぼれ落つ　渡辺誠一郎
暗闇の谷へ豆撒く吉野建　山口貴志子
年の豆噛みてよくよく父のこと　長谷川陽子
部屋の灯を余さず灯し豆を撒く　中山富子
仲見世の裏にこぼれし年の豆　鈴木トシ子
豆を撒く鬼まだ棲まぬ嬰のほとり　野木徑草
遠くへは飛ばぬ力士の年の豆　立野もと子
鬼は外父よまぶたを開けられよ　葉狩淳子
絵手紙の鬼はみ出せり年の豆　阪井貞子

柊挿す　焼嗅し

節分の晩に、鰯の頭を焼いて柊の枝に刺し、家の戸口に挿す行事。焼き嗅がしの意で、臭気で鬼（邪気）を追い払おうとするものだが、焼畑の害獣除けに起源をもつとする説もある。

柊を挿すや築地の崩れまで　蝶夢
柊を挿して早寝の母なりけり　藤谷令子
門にさしてをがまるるなり赤いわし　一茶
柊挿す娘は嫁にゆくものか　樋口ただし

厄払（やくはらい）　厄落とし　厄の薪（たきぎ）　ふぐり落し

厄年の者が災厄を免れるために行う儀礼。正月か節分に行われることが多い。節分の晩に自分の年齢の数の豆や銭を辻や村境いに落としてくる。人を招いて宴を張る。餅を配る。厄参りと称して社寺参拝をする。などいろいろの方法がある。近世の江戸や京阪には、節分の晩に厄落としの祝い言を唱えて歩く門付けの者があった。

夜嵐や吹きちらされて厄払ひ　馬　光

厄落す火の粉とび散る雪の上　福田甲子雄

神の旅（かみのたび）　神の旅立

古くから十月には神事を憚（はばか）るものだとの俗信が一般にあったが、その理由として、神々が伊勢大神宮に参集するからだとする神の旅信仰があった。それが、近世になってから神々の参集は出雲（いずも）ということになった。神は九月晦日ないし十月一日に発ち、十月晦日ないし十一月一日に帰るというのが一般的で、神々が出雲に行くのは男女の縁結びの評定をするためというのが最も知られた伝承である。もともとは田の神が山へ還るという信仰であった。

鳶ひよろひよろ神の御立ちげな　一　茶

神の旅亀ゆるやかに泳ぐなり　一志貴美子

山風に鈴の空鳴り神の旅　芝田教子

へっつひの神もそろそろ旅用意　荻原朋子

神送り（かみおくり）　神立ち　神渡し　神のお飛び

神無月（旧暦十月）に諸国の神が出雲に集まるという伝承に伴い、その月の一日または前月の末に、家の神や村の神を送り出す儀礼。神主や村人たちが神社に籠る。村人が隊列を組み、太鼓を打って神を浜まで見送る、神の乗り物として絵馬を上げる、などその行事は地方により様々である。

神を送る峰又峰の尽るなき　石井露月
ダムとなる村より神を送り出す　天岡宇津彦
炊きたての飯立ちあがる神送　岡本芳子
玄海の浪を見おろす神送り　後藤昭女

神の留守（かみのるす）　留守の宮　留守詣

神が出雲に出かけている間の神社に詣でても、おりから落葉の時期でもあり、寂寞（せきばく）の感がただよう。そのため、留守を守る神の存在が考え出された。全国的に知られているのが恵比寿様であり、関東ではお竈様、また地方によって道祖神、弁天、今比羅などを留守神としている。

神の留守縁談一つ握りをり　文挟夫佐恵
神の留守あんぱんの臍つまみけり　木島斗川
酒を止めずに転生願う神の留守　原子公平
火伏札貼り足すことも神の留守　及川秋美
万歩計すこし怠ける神の留守　高橋青矢
神の留守煮込まれている何やかや　庄子真青海
神の留守手術前の風呂に入る　石井敏夫
拝殿に雀もつるる神の留守　酒井英子
懈怠日々わが俳諧の神の留守　木部八千代
ワープロで引く直線や神の留守　西田安子
身の内の黒点ふとる神の留守　猪股洋子
点滴につながれてゐる神の留守　佐野農人
魚籠（びく）提げて禰宜（ねぎ）戻りくる神の留守　井水貞子
立つ石も横たふ石も神の留守　上井正司
潮ざれの坂を櫂とし神の留守　斎藤梅子
律儀さを持て余しをり神の留守　長崎洋子

神在祭（かみありまつり）　神在（かみあり）　神集（かみつど）い

諸国の神無月は出雲では神在月である。出雲大社をはじめ鹿島町の佐太（さだ）神社、松江市の神魂（かもす）神社、出雲市の朝山（あさやま）神社など、神々が集まる（あるいは立ち寄る）とされる神社では、神在祭とかお忌みと呼ばれる厳重な物忌みを伴う祭りが行われる。

大山に雲集えるは神集ふ　宮下翠舟

神在りのはうばうにうつくしき夜道　飯島晴子

神迎（かみむかえ／かみむかへ）　神戻し

出雲に行っていた神が、家や村に帰って来るのを迎える行事。村の氏神に集まり、夜通し火を焚いて宮籠りをしたり、神楽を催したり、団子や赤飯を竈神に供えたりする。

はらはらと走る雑仕（ぞうし）や神迎　阿波野青畝

したたかに降り清めけり神迎　藤田八郎

神等去出の神事（からさでのしんじ）　神羅佐手（からさで）　からさで祭（さい）

出雲に集まっていた神々の国元への帰還を送る神事。からさでの神事は神在祭の最後の日に行われる。佐太神社では十一月二十五日の夜、山の神池に丸木舟に見立てた割枝に神々を乗せて流し出す神事が厳かに行われる。この夜、カラサデ婆と呼ばれる妖怪が各家にやってきて、便所に行くと、この婆に尻を撫でられると伝えているところもある。

袈裟がけに神等去出の雷海を裂く　石原八束

神等去出の雲の明りを追ふ鳥　勝部仇名草

恵比寿講（えびすこう）　夷講（えびすこう）　蛭子市（えびすいち）　恵比寿切（えびすぎれ）

室町時代に七福神のひとつに数えられるようになって、恵比寿は田の神、漁業の神、商売繁盛の神として広く信仰された。西日本では十日夷と言って一月十日に行う例が多いが、東日本では一月と十一月（旧暦では十月）二十日をえびす講の日としている。この日、商家では家内で恵比寿を祭り、親類・取引先を招いて饗応し、座敷などの器具に千両万両と縁起のよい値をつけて売買の真似事をし、手を打って祝ったりする。

振売の雁（がん）あはれ也えびす講　芭　蕉

奥白根晴れてとどろく夷講　福田甲子雄

御火焚（おほたき）　御火焼（おひたき）

京都地方などで、旧暦十一月に行われる火祭の行事。松薪を積み上げ中央に笹を立て、これに供物を供え、神楽・祝詞を奏し、神火を笹に移し、燃え上がったところへ神酒を注いで、爆竹を鳴らして終わる。火が燃え上がると神官が「たーけーたーけー」と音頭をとり、子供達が「おひたーけ、のーのー、おひたーけ、のーのー」と掛け合いに唱える。

お火焚や霜うつくしき京の町　蕪　村

お火焚やねんねこの子もじつと見て　畑崎果實

鞴祭（ふいごまつり）　踏鞴祭（たたらまつり）　ほど祭（まつり）　鍛冶祭（かじまつり）

旧暦十一月八日、京都伏見稲荷のお火焚の日に、諸国の鍛冶屋も仕事を休み、鞴を清めて祝う。鍛冶屋の他、鋳物師、飾り師、風呂屋、のり屋など火を焚く商売ではこの日を祝って餅や蜜柑を撒く。

行きずりの鞴祭にしばらくは　小原澄江

鞴祭砂鉄の山に塩を撒く　藤井艸眉子

相鎚の火花はげしき鞴祭　塚本美恵子

相槌の子の逞しや鍛冶祭　河内きよし

酉の市（とりのいち）

お酉さま　酉の町詣　一の酉　二の酉　三の酉　熊手市　おかめ市　熊手

十一月酉の日に鷲（おおとり）神社で開かれる市。初酉を一の酉、つぎを二の酉という。鷲神社は堺市の大鳥神社が本社とされるが、酉の市は東京各地の大鳥神社で盛んになり、特に浅草のお酉様は数十万の参詣者を集めることで有名になった。もっぱら開運の神として信仰され、神社から数百メートルの間には縁起物の熊手を売る店がびっしりと立ち並ぶ。飾り熊手が売れると、売り手と客とでシャンシャンと手締めを打つ。これも酉の市ならではの風情であり、年末の風物詩となっている。

人波に高く漂ふ熊手かな　嶋田青峰

行きつけの医者が昇（か）きゆく大熊手　田中俊尾

担ぎたる熊手見較べすれ違ふ　高橋千枝子

病む夫をひとりにしたる三の酉　江口綾子

お多福の一人笑や酉の市　酒井土子

二の酉をはずれて点り飛不動　松田ひろむ

神農祭（しんのうさい）

神農の虎

十一月二十二・二十三日。製薬会社が軒を連ねている大阪市道修町の少彦名（すくなひこな）神社の例祭。昔の漢方医は医薬の創製者といわれる古代中国の伝説上の人物神農氏を冬至の日に祭る風があった。これに基づき、日本では薬の神とされる少彦名神を「神農さん」として祭るようになったのである。この祭では疫病除けとして虎頭殺鬼雄黄円という丸薬と、五枚笹を付けた張り子の虎を参詣人に分かっていたが、現在は盗賊除け、腰痛のお守りになるという張り子の虎だけになった。

神農を祭り晴耕雨読の徒　山口青邨
神農の虎ほうほうと愛でらるる　後藤夜半

秩父夜祭（ちちぶよまつり）

十二月二日・三日。埼玉県秩父市の秩父神社の例大祭。貞観四（八六二）年、秩父国造の知知夫彦命（ちちぶひこのみこと）がその祖神八意思兼命（やごころおもいかねのみこと）を祀ったといわれる古い神社である。三日午後七時頃、御旅所への御輿のお渡りが始まる。行列に先立ち、回り舞台の仕掛けられた絢爛たる四基の屋台や笠鉾・連台が、約百基の高張り提灯とともに、秩父囃子も賑やかに団子坂にかかると、祭は最高潮。怒声、太鼓の轟き、木製車輪の軋み音とともに屋台は御旅所に曳き上げられる。この夜、勇仕・華麗な夜祭を見ようと集まった群衆で、秩父の街は身動きもできぬほど埋め尽くされる。

秩父夜祭門灯うすき猪鍋屋　町　淑子
秩父夜祭冬星のどれ撃ちおとす　林　誠司

春日若宮御祭（かすがわかみやおんまつり）　御祭（おんまつり）

奈良市の春日大社の摂津若宮の祭礼。十二月十五日から四日間かけて行われる。十七日には行列が御旅所に入ると、神前の芝舞台で神楽・田楽・細男・舞楽・猿楽・倭舞など古芸能の集大成ともいうべき諸芸能が、大篝火の光の中で深更まで演じ続けられる。十八日には御旅所前で後宴の能が金一座によって演じられる。芸能史的に価値の高い祭礼として、またその豪華な絵巻物的美しさによって有名な行事である。

おん祭馬行列をはみだして　塩川雄三
馬啼て本降りとなるおん祭　谿　昭哉

神楽（かぐら）　神遊び（かみあそび）　神楽歌（かぐらうた）　御神楽（みかぐら）　庭燎（にわび）

古代以来伝えられたわが国の神事芸能。天の岩戸の前で行われた舞が起源といわれ、芸能として様式を確立したのは平安時代以後のことである。毎年十二月吉日、宮中の天照大神を祭る賢所（かしどころ）の前庭で催される御神楽が最も本格的な神楽で、笏拍子（しゃくびょうし）、和琴（わごん）、笛、篳篥（ひちりき）などの楽器を用いて奏される。

闇に出て神楽狐の貌（かお）冷やす　宮坂静生
暖かや神楽の大蛇絡む舞ひ　柚木治子
夜神楽の一戸へ雪の筧（かけい）ひく　神尾季羊
およびより鬼となりゆく神楽姫　伊藤孟峰
色恋の所作して出雲神楽かな　津田昭子
谺（こだま）して山川草木神楽の季　大久保たけし

里神楽（さとかぐら）　宮（みや）神楽　夜（よ）神楽　湯立（ゆだて）神楽　遠山祭（とおやままつり）　神楽面（かぐらめん）

宮中の御神楽に対して、それ以外の諸社で行われる神楽のこと。江戸中期以後、能や歌舞伎などの要素を加えて現在のような舞踊劇になった。笛や太鼓で囃し、仮面をつけて踊る。多くの地方で、収穫祭から年末にかけてを神楽の時期としている。

誰と誰が縁組すんでさと神楽　其　角
面つけて猿になりたる里神楽　加藤高秋
笛方は一人にて足る里神楽　松井恭子
天駆けし鬼が息継ぐ里神楽　山本　允
里神楽出を待つ鬼が子をあやす　橋本五月
須佐之男命（すさのおのみこと）も老いし里神楽　長山芳子
どろどろと大蛇のたうつ里神楽　安達梅子
神となり幕引きとなり里神楽　常重　繁

奥三河花祭（おくみかわはなまつり）　花祭　花神楽　榊鬼（さかきおに）

愛知県北設楽郡の山村で十二月から一月にかけて行われる湯立神楽（ゆだてかぐら）。社の庭などに湯竈を築き、その回りで夜を徹して神楽舞を行い、五穀豊饒と悪鬼退散を祈る。こうして二日にわたってさまざまな芸能が続き、最後に湯沫であたりを清め、獅子舞によって終わる。現在、国の重要無形民俗文化財となっている。

花（はな）祭踊る設楽（しだら）の真闇雪降らす　村上冬燕

猪の肝食つて舞ふ榊鬼　辻　恵美子

札納（ふだおさめ）　納札（おさめふだ）

歳末には新しいお札を受けるので、古いお札を社寺に納め、浄火で焼いて貰う。

伸び上り高く抛（ほう）りぬ札納　高浜虚子

妻に蹤（つ）き俄か詣てや札納め　村上鬼城

和布刈神事（めかりのしんじ）　和布刈禰宜（めかりねぎ）　和布刈　和布刈桶

下関市の住吉神社、北九州市の和布刈神社では、旧暦大晦日の深更から元旦にかけて、最も潮の引いた時刻に、松明を持った三人の神官が海中に入り、和布（わかめ）を刈り取り、ただちに神前に供え、その年の豊漁を祈願する。かつては秘事であったが、現在は公開されている。

海峡に天声人語和布刈る　隈元拓夫

和布刈る禰宜（ねぎ）のたすきの結び瘤　秋武久仁

年越詣（としこしもうで／としこしまうで）　除夜詣（じょやもうで）　節分詣（せつぶんもうで）　年越参（としこしまいり）

大晦日や節分の夜、神社にお参りに行くこと。その年の恵方にあたる方角に行くとよいといわれている。また、神社に年籠りをすることもある。

磯宮へひとの灯に蹤（つ）く除夜詣　中村房子

星明かりだけを頼りに除夜詣　卯滝文雄

年籠（としごもり）

年の夜、神社や寺に参籠して新しい年を迎える行事。社頭で除夜の鐘を聞いて帰る方法は、年籠の最も簡略化されたものである。元来、大晦日の夜は、寝ないで起き明かすものとされ、寝ることを忌む風習があった。

とかくして又古郷の年籠り　一茶

崩れゆく熾（おき）美しき年籠　水谷敦子

春日万灯籠（かすがまんとうろう）　春日の万灯

二月節分及び八月十五日の夜、奈良市の春日大社で、境内の千七百六十五基の石灯籠や金灯籠、回廊の吊灯籠合わせて三千基に一斉に火を点す行事。室町時代の雨乞いが起源とされ、灯籠のさまざまな古い形式と、豊富な技巧の取合わせは、美術的にも学術的にも注目すべきものである。

幾度もつまづく木の根万灯会　細見綾子

万灯籠明日を春の風冷す　森　澄雄

十夜（じゅうや／じふや）　十夜法要　お十夜　十夜粥（がゆ）　十夜婆（ばば）　十夜鉦（がね）　十夜寺（でら）

浄土宗の寺院で旧暦十月五日から十五日までの十夜にわたって行われる法要で、お十夜とも呼ばれる。寺院によっては月遅れで行うところもある。現在では短縮されて、この期間の数日を十夜と呼ぶことが多い。京都の真如堂で修されたのを始めとし、鎌倉の光明寺で行われてから広く各地に広まった。阿弥陀仏への報恩感謝を目的とするが、この時期は稲の収穫祭の時期にあたり、民間では祖霊や農神を祀る行事としての性格も併せもつ。光明寺、勝願寺（鴻巣市）、大善寺（八王子市）が関東三大十夜と称されている。

十夜鉦障子灯るを待ちかねて　草間時彦
蟋蟀（こおろぎ）の黝（くろ）いのが出て十夜かな　原　裕
前掛の人の出入り十夜がゆ　竹内悦子
口きかぬときは火を見て十夜婆　森川光郎
宗紋の提灯点る十夜寺　久保　寥
箸つたふ湯気も法悦十夜粥　七里はる江
十夜寺濤音ひとつとどろきぬ　小澤謙三
天近き駅に下り立つ十夜婆　福谷三保子

御命講（おめいこう）　御会式（おえしき）　日蓮忌（にちれんき）　万灯（まんどう）　御命講花（ばな）

旧暦十月十三日、日蓮聖人の忌日法会。お会式ともいう。日蓮聖人は弘安五年（一二八二）、池上金吾の家で示寂した。東京都大田区池上の本門寺はゆかりの地であることからお会式は最も盛んに営まれる。現在は新暦十月十一日から十三日まで行われ、信徒は万灯を押し立て、団扇太鼓を打ち鳴らし、南無妙法蓮華経の題目を唱えて群参する。

御命講毒強き酒くみにけり　上田五千石
佐渡の海のしづけき日なり日蓮忌　吉田ひで女

お会式の弱気の雨の降り出せり　川島萬千代

万灯の短くゆけり岬の闇　鈴木ミサ

鉢叩（はちたたき）

旧暦十一月十三日の空也忌から大晦日までの四十八日間、空也僧が毎夜洛中・洛外を念仏と和讃を唱え、鉦を打ち鳴らしながら練り歩いたことをいうが、現在はこの行事は絶えてしまった。

鉢たたき昼は浮世の茶筅（ちゃせん）売　支考

賀茂川に灯のこぼれたる鉢叩き　大森理恵

大師講（だいしこう）　天台大師忌（てんだいだいしき）　霜月会（しもつきえ）　大師粥（だいしがゆ）

十一月二十三日の夜から翌日にかけての祭。天台宗の高祖で中国の釈迦とも仰がれる天台大師を祭る日で、比叡山・日光山・建仁寺など全国の天台宗の寺院で盛大に法会が開かれる。霜月会ともいい、この日には小豆粥を炊き長短不揃いの箸を添えて供える。これを霜月粥という。

大師講獲れしばかりの泥鰌売る　中西夕紀

借る下駄に誰ぞのぬくみ大師講　山下鴻晴

御取越（おとりこし）　引上会（いんじょうえ）

浄土真宗の末寺や在家で行う親鸞忌。正忌は旧暦十一月二十八日で、その法要を報恩講といって本山で営まれるが、門徒の人々は同日に修しては本山に参詣できないため、末寺などではこれを繰り上げて早めに行うのでお取越といい、正式には報恩講引上会（いんじょうえ）といい、三昼夜修する。

朝の雨そのまま雨の御取越　倉田紘文

古九谷の家伝の鉢もお取越　野村玲子

報恩講　御正忌　御七夜　御講　御霜月　親鸞忌

祖師親鸞の忌日法要で、浄土真宗最大の行事である。親鸞は弘長二（一二六二）年十一月二十八日に寂滅した。この忌日を中心として十一月から一月にかけて催されるが、法要が七夜八日におよぶことから、御七夜とも言われ、別名御霜月とも言われる。京都の東本願寺では十一月二十一日から二十八日、西本願寺では一月九日から十六日に行うが、末寺ではそれに重ならないように日をずらして行う。特に農村では秋の収穫祭を兼ねて行われることが多い。

みずうみに鍬洗ひゐるお講凪　塩見道子　油小路の土塀のぬくし御講凪　島端謙吉
雷一喝御七夜荒れのまぎれなし　岩城未知　雪に実を降らして松や親鸞忌　沼澤石次
親鸞忌人の温みの下駄借りる　西島民江　かけちがふ釦を正す親鸞忌　小池つと夢
海女もまた報恩講の中にあり　鬼頭進峰　弥陀立ちてわれを呼ぶ声親鸞忌　藤平静々子

臘八会　臘八　成道会　臘八接心　臘八摂心

臘八とは臘月（十二月）八日のこと。釈迦が雪山で苦行の末悟りを開いて出山した日を記念して寺院で修せられる法会。鎌倉円覚寺・京都相国寺・越前永平寺などの禅宗の大寺では、十二月一日から七日間不眠不休の座禅修道が行われる。七日の夜または八日の朝、茶粥・甘酒・沢庵などが供され、寺によっては、五味粥といって、昆布・串柿・菜を入れた粥を食べる。

臘八の大青空となりゐたり　綾部仁喜　海に入る水のびのびと臘八会　岩本かおり
臘八粥炊きてひと日を夫に侍す　沢田まさみ　臘八会栗鼠が走りて塵少し　牧岡歌子

筆太に臘八接心告知せる　赤木利子　　臘八の大甕水を湛へけり　丸山哲郎

臘八や亀かたくなに首出さず　河田　悠　　角柱にふしくれありき臘八会　栗栖恵通子

義士会（ぎしかい・ぎしくわい）　義士会（ぎしえ）　義士討入の日

元禄十五（一七〇二）年十二月十四日、赤穂浪士四十七人が江戸本所の吉良邸に討ち入って、主君の仇を報いたのを称え、十二月十四日から十五日にかけて各地で行われる行事。特に赤穂城内にある大石神社では赤穂市あげての講演会や義士行列などの催しが行われる。↓義士祭（春）

義士の日の出店が売れり鯨尺　北野民夫　　義士の日や銀をふちどる朝の雲　沢田まさみ

大根焚（だいこたき）　鳴滝（なるたき）の大根焚

十二月（もと十一月）九日・十日、京都市右京区鳴滝、了徳寺（一名大根焚寺、真宗大谷派）で催される行事。親鸞聖人がこの地に在住したとき、住民六人が深く帰依して塩煮大根を聖人に捧げたところ、深く感じた聖人が薄の穂を筆にして「帰命尽十方無碍光如来」と十字の名号を記して六名のものに与えたという。当日、寺宝として残されているこの十字の名号が開帳される。檀家から献じた大根を煮て、開山親鸞聖人の真影に供え、また参詣の信者たちにふるまう。

しやきしやきと婆が働く大根焚　西村和子　　護摩終へし僧もいただく大根焚　神谷翠泉

冬安居（ふゆあんご）　雪安居（ゆきあんご）

夏安居に対する語。期間・期日は各寺一様でなく、十月一日から十五日間、十一月一日から一月三十日まで、十一月十五日から二月十五日まで、などいろいろである。寒冷の時期に集まって座禅を行い、仏書の研究・講義、また寺によっては苦行を課するところもある。↓安居（夏）

訪ねたる近江の一寺雪安居　森　澄雄
狐狗狸の頭ならべて雪安居　本田一杉

除夜の鐘

除夜とは旧年を除くという意味で、大晦日の夜のことである。寺院では除夜の鐘を百八つ撞く。百七つは年内に撞き、一つは新年に撞くとしているところもある。百八つは人間の煩悩の数だとされ、鐘の音が煩悩を追放してくれるという仏教の考えによる。京都市知恩院の鐘は日本最大のもので、テレビ中継などでもなじみ深い。

除夜の鐘襷かけたる背後より　竹下しづの女
除夜の鐘撞きて俄に今日遠し　福井　仁
除夜の鐘撞くしんがりに並びけり　南木美保子
年の夜の撞木見据ゑし鐘の臍　澤田一餘
除夜の鐘静かな雪を誘ひけり　都谷文子
除夜の鐘ナース小窓にある偽薬　姉崎蕗子

寒参

寒詣　裸参

寒の三十日間の夜、寒気をおかして神社や寺院に参り、お百度を踏み、あるいは水垢離を取って祈願する行である。苦難をおかし、神仏に真心を捧げる意味から、昔は裸や白装束、裸足で行ったが、近頃は普通の衣服で行うことも多くなった。

野の道に電灯ついて寒参り　臼田亞浪
風神を祀らすとかや寒詣　後藤夜半

寒垢離（かんごり）　寒行（かんぎょう）

寒中に滝に打たれたり冷水を浴びて、神仏に祈願すること。また山法師などが、寒中の修行として、ほら貝を吹き鳴らしながら町を歩き、家々の門口に用意された水を浴びて回る修行のこと。

寒垢離に背中の龍の披露かな　一　茶
寒垢離の浄衣抱かされ抱きけり　三浦京子
寒行の張る声零（こぼ）し動く闇　伊丹公子
寒行の鈴に昭和の遠ざかる　岡林博茂
寒行の草鞋をしくと鳴らしゆく　金久美智子
寒行の袈裟一枚に雪狂ふ　中條富子
寒垢離の喝脳天を抜けにけり　成川雅夫
寒行僧どこへゆくのと児が問へり　清水洋子

寒念仏（かんねんぶつ）

寒中三十日の間、山野に出て声高く念仏を唱えることを言った。後には、僧俗を問わず、寒夜に鉦を打ち叩いて念仏を唱えながら仏寺に詣で、または有縁（うえん）の家や付近の地を練り歩くようになった。

さしかかる文部省前寒念仏　後藤眞吉
南座の櫓仰がず寒念仏　山田桂梧
寒念仏夜の料亭に入り来たる　今井三重子
寒念仏疾風（はやて）の如く雑木道　水野晴美

クリスマス

降誕祭　聖誕祭　聖夜　聖歌　クリスマスツリー　聖樹
クリスマス・イヴ　サンタクロース　聖夜劇

キリストの降誕を祝う日で、クリスマス・イヴはその前夜祭。キリストの誕生日を十二月二十五日としたのは西暦三〇〇年ころからの教会の典礼上の取り決めだが、これは太陽神の誕生する日とされる冬至祭から移行したものと考えられる。教会では樅の木のツリーを飾り、聖歌を歌ってミサを行う。各家庭でも家族が集い、七面鳥料理やクリスマス・ケーキを食べ、贈物やカードの交換をする。子供達は、イヴにサンタクロースに贈物を入れてもらう靴下をベッドに吊り下げて眠るのが、何よりの楽しみである。

裏町の泥かがやけりクリスマス　桂　信子
ウインドのハムにもリボンクリスマス　西村和子
送電線深海をゆくクリスマス　遠山陽子
蛇口より雫ふくらむ聖夜かな　土肥あき子
火が熾(おこ)り赤鍋つつむクリスマス　小松道子
船四方に白波立てりクリスマス　久野幸子
点滅は聖樹の言葉クリスマス　山崎みのる
床鳴らすタップダンスの聖夜劇　藤田信子
病棟に遠き国より聖夜くる　阪本　晋
地下道を迷ひて出づる聖夜かな　土橋たかを
みなとみらい天まで点し聖夜来る　岡田文子
ひと啼きを復習(なら)ふ羊や聖夜劇　村山春子
抱擁も台詞のひとつ聖夜劇　原　好郎
いづこにか戦争があり聖夜かな　坂詰國子

木と紙のおもちゃの家や降誕祭　前原早智子
聖菓切るその断面の月日かな　平田かずし
砂糖壺ゆたかに満たしクリスマス　平間眞木子
疵(きず)りんご厩舎に届きクリスマス　斎藤節子
かいば桶輝いてをり聖誕祭　菊池アグネス
癌がまた出て来たぞクリスマスイヴ　堀米秋良
クリスマス二人の吾子のサンタなり　小林好美
聖夜劇牧師が波の音つくり　真下耕月
抱きしめし児は手に余り聖夜かな　加藤英津子
聖夜劇みな神の子の瞳もつ　小田切文子
卓上の聖樹に雪のまだ降らず　池田富美子
掃除機に聖樹の星のつまりけり　神谷美枝子
格子戸に聖樹の似合ふ世なりけり　野村仙水
はやばやと聖樹灯して子を持たず　大嶋洋子

阪神淡路大震災忌（はんしんあわじだいしんさいき）　阪神忌（はんしんき）

平成七（一九九五）年一月十七日未明、神戸市・淡路島を中心にマグニチュード七・二の大地震が起きた。激震は六千四百三十余の命を奪い、約二十五万棟の住宅を全半壊させ、高速道路や鉄道・港などの都市基盤を崩壊させるという記録的な大惨事を引き起こした。これは淡路島の野島（のじま）断層や六甲山系の活断層の活動によるものであり、直下型地震の脅威が如実に示された。行政、一般住民、マスコミはこのような大地震の可能性を予期していなかったため、重大な損失を招いた。国や地方自治体の対応も万全でなく、政府の危機管理能力が批判され、以後、全国各地で災害予防対策に力を入れることになる契機ともなった。犠牲者の冥福を祈り、復興を誓い、震災の教訓を次世代に伝えるため、この日、被災自治体や市民は各地で追悼行事を行う。

阪神忌天幕の灯は野外ミサ　小路紫峡

三笠配られ阪神忌のうららかに　橋本昭一

札幌雪祭（さっぽろゆきまつり）　雪祭（ゆきまつり）　雪像（せつぞう）　氷像（ひょうぞう）

毎年二月上旬に開催される札幌市の観光行事。昭和二十五（一九五〇）年から始められた。祭の期間、大通り公園と真駒内の広場には、工夫をこらし制作された巨大な雪像がいくつも立ち並び、訪れる人々の目を楽しませる。現在では北海道最大の行事の一つとなっている。→新野の雪祭（新年）

見にゆかずして目にのこる雪まつり　永田耕一郎

氷像の竜は夜空に昇り立つ　菊田琴秋

達磨忌(だるまき)　初祖忌(しょそき)　少林忌(しょうりんき)

旧暦十月五日。禅宗の始祖達磨の忌日。号は円覚大師・達磨大師。南インドのバラモン種に生まれ、般若多羅に学んで大乗禅を唱え、西天第二十八祖となり、中国に渡って禅宗の初祖となった。嵩山(すうざん)の少林寺で九年間の面壁座禅をしたという伝説は有名である。梁の大通二年（五二八）に遷化したと伝えられている。この日、各地の禅宗寺院で法要が営まれる。

達磨忌や箒で書きし不二の山　一茶

百歳も生きて何する達磨の忌　松田都青

芭蕉忌(ばしょうき)　時雨忌(しぐれき)　桃青忌(とうせいき)　翁忌(おきなき)

旧暦十月十二日。江戸前期の俳人松尾芭蕉（一六四四～一六九四）の忌日。本名宗房、号は「はせを」と自署。別号、桃青・泊船堂・釣月庵・風羅坊など。伊賀上野に生まれ、藤堂良精の子良忠（俳号蟬吟）の近習となり、俳諧に志した。一時京都にあり、北村季吟にも師事、のち江戸に下り、神田川の分水などに従事したが、やがて深川の芭蕉庵に移り、貞門・談林の旧風を打ち破って俳諧に高い文芸性を付与、蕉風俳諧を樹立した。真の文芸の名に値する俳諧の歴史は芭蕉に始まったといってよい。その間、各地を旅して多くの名句と紀行文をのこし、元禄七年、大坂に没した。享年五十一。その生涯の句は、『冬の日』『春の日』『曠野』『ひさご』『猿蓑』『炭俵』『続猿蓑』の七部集に収められている。また紀行・日記の主なものに、『野晒紀行』(のざらし)『笈(おい)の小文』『更級紀行』(さらしな)『奥の細道』『嵯峨日記』などがある。

ばせを忌や十人寄れば十ヶ国　一茶

芭蕉忌の枯野の端を歩きをり　宇野隆雄

芭蕉忌の枕が鳴るや仮の宿　永田耕衣
翁忌や壷にさしある青木賊　星野麥丘人
奉る中に恋の句翁の忌　斎藤由美子
時雨忌や島へ渡りの荷の一つ　石飛如翠
旅心わきて芭蕉の忌日なる　浅賀君女
時雨忌の伊賀の木のこゑ石のこゑ　竹貫示虹
芭蕉忌を近江の酒とかぶら汁　中村わさび
翁忌を日付変更線にゐし　田口恵子
翁忌の読経に和する過客かな　阿部風々子
句の道は所詮はひとり桃青忌　三谷貞雄

嵐雪忌（らんせつき）

旧暦十月十三日。江戸中期の俳人服部嵐雪（一六五四～一七〇七）の忌日。名は治助、通称彦兵衛。別号、嵐亭・雪中庵。蕉門十哲の一人。江戸湯島に生まれ、長く武家奉公していたという。其角と共に芭蕉の古参の高弟で、芭蕉が「両の手に桃と桜や草の餅」と詠じたほど、江戸蕉門の双璧とうたわれた。句は重厚温雅を特色とし、撰著に『若水』『其袋（そのふくろ）』『芭蕉一周忌』などがある。宝永四年没。五十四歳。

老残の鶏頭臥しぬ嵐雪忌　石田波郷
日月のあふるる日なり嵐雪忌　北　光星

空也忌（くうやき）　空也念仏

旧暦十一月十三日。空也上人の忌日に空也堂で行われる法要と踊り念仏。空也上人は、平安中期に出て、民衆の間に踊り念仏をひろめたことで有名。この日、京都油小路の空也堂前に空也僧が集まって、いわゆる空也念仏を唱えながら京都の内外を巡る。空也が京都を出て東国化導に赴く際、この日を忌日とせよと言ったのに起こるという。

空也忌の十三夜月端山より　飯田龍太
空也忌の風の唱へてゐるごとし　山口甲村
空也忌のやれ瓢打つ太鼓打つ　前田比呂志
空也忌の鉦も太鼓も寂寂と　和田游眠

貞徳忌（ていとくき）

旧暦十一月十五日。俳人松永貞徳（一五七一～一六五三）の忌日。江戸初期の俳人・歌人。名は勝熊、号は長頭丸、逍遥軒など。連歌師永種の次男として京都に生まれ、細川幽斎に和歌を、里村紹巴に俳諧を学んだ。秀吉を取り巻く地下文化界に入り広範な教養を身につけた。狂歌も近世初期第一の作者である。貞徳は俳諧を、俳言をよみこんだ連歌であると規定し『御傘』『淀川・油糟』などを著して俳諧の式目を定め、貞門俳諧の祖となった。ひいては談林・蕉風の出現の素地を築いた点からいえば、近世俳諧興隆の祖といってよい。承応二年、八十三歳で京都に没した。門人に北村季吟らの七哲がある。

茶柱がたちて閑かや貞徳忌　柴田白葉女
作業着の青色褪せず貞徳忌　松田ひろむ

一茶忌（いっさき）

旧暦十一月十九日。江戸後期の俳人小林一茶（一七六三～一八二七）の忌日。通称弥太郎。別号、菊明・雲外・俳諧寺・蘇生坊など。信州柏原の人。十四歳で江戸に出て辛酸をなめる。俳諧を二六庵竹阿に学ぶが一家を成すに至らず、江戸と常総の間を放浪、苦しい寄食生活を続けた。俗語、方言を使いこなし、不幸な人生体験から滲みでた主観的な句は、強烈な野生・人間臭を特色とする。晩年は、郷里で逆境のうちに文政十年、六十五歳で没した。生涯の作品数二万句。著作には『父の終焉日記』『おらが春』などのほか、『七番日記』など膨大な句日記が残されている。

貧すれば鈍の一茶の忌なりけり　久保田万太郎

一茶忌や父を限りの小百姓　石田波郷

荒畝の越後へ走る一茶の忌　宮坂静生

一茶忌のにつぽん中の雀かな　知久芳子

一茶忌のふうはり雲が通ひだす　白澤良子

一茶忌や柿より小さき目白来て　小東泰子

近松忌　巣林子忌

旧暦十一月二十二日。近松門左衛門（一六五三～一七二四）の忌日。本名杉森信盛、別号巣林子・平安堂・不移山人など。越前の人。のち京都に出て公家武士となったが、やがて浄瑠璃・歌舞伎作者となる。歌舞伎では坂田藤十郎のために、また浄瑠璃では座付き作者として竹本義太夫のために脚本を書いた。義理と人情の相剋を扱い、民衆の涙をしぼった。芭蕉、西鶴と並んで元禄三文豪の一人と称される。代表作『曽根崎心中』『心中天網島』『女殺油地獄』『国性爺合戦』など。享保九年没。七十二歳。

近松忌按摩のそこが悲鳴壷　丸山海道

妻と云ふ女とゐたる近松忌　鈴木五鈴

倉一つ残れる木偶座近松忌　森岡花雷

近松忌ネオンの花が水に咲く　桝井順子

蕪村忌　春星忌　夜半亭忌

旧暦十二月二十五日。江戸中期の俳人・画人、与謝蕪村（一七一六～一七八三）の忌日。摂津の国毛馬に生まれる。本姓は谷口、後に改姓。名は寅。字は春星。別号宰鳥、夜半亭など。幼時から絵に長じ、文人画で大成する傍ら、江戸で早野巴人に俳諧を学ぶ。感性的・浪漫的な俳風をもって、芭蕉没後の低落した俳壇に清新の気を吹き込んだ。明和七年夜半亭二世を継ぎ、正風の中興の祖といわれた。天明三年、六十八歳で没。著書に『夜半楽』『新花摘』『蕪村七部集』など。しかし、蕪村の高踏的な作風はその後の俗化した俳壇で埋もれていたが、明治にいたり、正岡子規は蕪村の句に写生の典型を見出だし、萩原朔太郎は「郷愁の詩人」と呼んでみずみずしい青春性、浪漫性を推奨。蕪村は芭蕉と並び称される存在となった。

蕪村忌や画中酔歩の李太白　水原秋櫻子

街騒を潮騒と聴き蕪村の忌　鍵和田秞子

亞浪忌

十一月十一日。俳人臼田亞浪（一八七九〜一九五一）の忌日。本名卯一郎、別号石楠書屋主人。長野県小諸に生まれる。歌を与謝野鉄幹に、俳句を高浜虚子に学ぶ。長らくジャーナリズムの世界にいたが、大正四年、大須賀乙字の援助を得て「石楠」を創刊主宰。「まこと」を理念とし、「自然感」を唱えた。門下に井上日石・原田種茅・大野林火・太田鴻村・篠原梵・八木絵馬など。著書に『一句一章論』『旅人』『定本亜浪句集』など。昭和二十六年、七十一歳で没。

亞浪忌の馬齢のみ師に近づくや　大野林火

亞浪忌を縁なしとせず咳こみぬ　大川つとむ

波郷忌

十一月二十一日。俳人石田波郷（一九一三〜一九六九）の忌日。本名哲大。松山市に生まれ、五十崎古郷に師事。昭和五年「馬酔木」に入会。同七年上京し、石橋辰之助・高屋窓秋らと共に活躍。同八年最年少の馬酔木同人となる。九年より「馬酔木」編集に携わる。十二年「鶴」を創刊主宰。

中村草田男・加藤楸邨とともに人間探求派と呼ばれ、昭和俳句史に一時代を画す。西東三鬼とともに現代俳句協会を設立したが、病を得て二十三年東京都下清瀬村の東京療養所に入所、三次にわたる成形手術を受ける。以後、入退院を繰り返しつつ三十年「読売文学賞」、三十二年「馬酔木葛飾賞」、四十四年「芸術選奨文部大臣賞」を受賞。「俳句は文学ではない」といい、「俳句の弔鐘は俺が撞く」とも言った波郷の人生は、俳句以外の何ものでもなかった。主な句集に『鶴の眼』『雨覆』『惜命』『春嵐』『酒中花』、随筆集に『俳句愛憎』『清瀬村』など。四十四年同病院にて没。五十六歳。墓は東京都調布市の深大寺にある。

波郷忌のくるまで柿は食はぬこと　星野麥丘人

波郷忌のパリの寒さのなかにをり　佐川広治

一葉忌

十一月二十三日。明治中期の女流作家である樋口一葉（一八七二～一八九六）の忌日。明治五年、東京府の下級官吏の娘として内幸町の官舎に生まれる。本名奈津。歌名夏子、作家としては一葉。小学校の成績は首席だったが卒業に至らず、小石川の中島歌子の歌塾に入る。十九歳のおり、父の死去にあい、一家の支柱となるべく小説を志し、半井桃水に入門するが、桃水との浮評がたち、ここを去る。筆を折る覚悟で下谷竜泉寺町に移り、荒物・菓子の店を開くが失敗。しかしこの竜泉寺町の生活が、彼女に多くの文材を与えることとなった。『ゆく雲』『にごりえ』『十三夜』と創作を続け、明治二十九年『たけくらべ』を森鷗外らに激賞されて、声価を高めた。しかし、肺結核のため、同年、数え年二十五歳で没した。

廻されて電球ともる一葉忌　鷹羽狩行

おはじきに入れて貰ひぬ一葉忌　服部くらら

立ちつくす母の裁ち板一葉忌　的野　雄
遺品みな粗なるがいとし一葉忌　竹内万紗子
けふは今日の灯をともしけり一葉忌　前島みき
水鳥の色の密なる一葉忌　川村哲夫
太テエ女ト言ハレタ書イタ一葉忌　田中久美子
肩に日が乗りて重たし一葉忌　草深昌子
ポインセチアの朱けや一葉忌の夜は　森　白樹
抽出(ひきだし)に端切(はぎれ)のあふれ一葉忌　渡部一美

漱石忌(そうせきき)

十二月九日。文豪夏目漱石（一八六七〜一九一六）の忌日。慶応三年、江戸牛込に生まれる。本名金之助。東京帝国大学に入学の翌年松山に遊び、正岡子規を知り、漱石の号を用い俳句を作る。卒業後、松山中学の英語教師として赴任、子規と同宿して句作に専念する。ロンドンに留学中子規没。帰国後、東京帝大講師をする傍ら、「ホトトギス」に『我輩(わがはい)は猫である』を、さらに翌年『坊っちゃん』を書き、一躍文名を上げる。後に朝日新聞社に入り、『虞美人草』『夢十夜』『三四郎』などを次々と発表、文壇の寵児(ちょうじ)となった。大正五年没するまでに書いた作品は『それから』『門』『彼岸過迄』『行人』『道草』など。『明暗』が絶筆となった。四十九歳。

妻の嘘夫の嘘や漱石忌　阿波野青畝
飛行機の中で肉食ふ漱石忌　遠山陽子
切り抜きのたちまち古ぶ漱石忌　宮坂静生
硝子戸の景つつがなく漱石忌　村上光子
筆順をどうのかうのと漱石忌　三島敏恵
珈琲にきんつばが合ふ漱石忌　本山卓日子
漱石忌英文学の衰へし　田村山火
若者にはやる口髭漱石忌　相馬蓬村
読み書きの書斎に寝起漱石忌　鈴木路世
捨猫のこびゐる眼漱石忌　先野信子

青邨忌（せいそんき）

十二月十五日。俳人山口青邨（一八九二～一九八八）の忌日。岩手県盛岡市生まれ。本名吉郎。二高を経て東大卒。古河鉱業技師を経て東大教授となる。大正十年「ホトトギス」に入会、高浜虚子に師事。翌年秋桜子・誓子らと東大俳句会を復活する。四S時代（秋桜子・誓子・青畝、素十）を提唱したのは青邨であり、自身も四S以後に風生・青邨並立時代といわれる時期を作った。昭和五年「夏草」を創刊主宰。作風は写生に根ざし、清純高雅。句集に『雑草園』『露団々』『花宰相』『庭にて』『冬青空』。他に随筆集『花のある随筆』など。九十六歳。

青邨忌よの字橋より粉雪かな　小原啄葉

青邨忌冬の挨拶はじまりぬ　斎藤夏風

青畝忌（せいほき）

万両忌（まんりょうき）

十二月二十二日。俳人阿波野（あわの）青畝（一八九九～一九九二）の忌日。明治三十二年奈良県高取町生まれ。本名敏雄。旧姓橋本。幼児より難聴。中学生の時「ホトトギス」を知る。大正六年秋、虚子に初対面、鬼城を例に挙げて激励される。のちに虚子の客観写生唱導を批判、不満の手紙を出したところ、虚子から「将来大成するための手段として写生の錬磨を試みるよう」という返事を貰う。昭和三年から、秋桜子・誓子・素十とともに四Sと称され、一時代を作った。昭和四年「かつらぎ」を創刊主宰。蛇笏賞・大阪芸術賞などを受賞。句集に『万両』『紅葉の賀』『甲子園』『貴方小錠』『除夜』など。高齢化とともに自在になった詠いぶりを愛好する読者は多かったが、平成四年九十二歳で没。

お姿に似る甲山（かぶとやま）青畝の忌　森田　峠

青畝忌のミサに慶（つつ）しみ仏徒我　吉波泡生

須く長生すべし青畝の忌　中村一志　青畝忌の街に聖歌の流れけり　由木みのる

一碧楼忌

十二月三十一日。俳人中塚一碧楼（一八八七～一九四六）の忌日。本名直三。岡山県玉島生まれ。早大予科を中退して帰郷。河東碧梧桐選新聞「日本」俳句欄に投句、個性的な新傾向作家として活躍する。四十三年選者制否定の「自選俳句」を、大正元年には「第一作」を刊行して口語自由律の俳句を発表した。大正四年碧梧桐とともに「海紅」を創刊。十二年に碧梧桐が去ると主宰として「海紅」育成に努める。戦時中やむなく休刊したが、その復刊を目前にして昭和二十一年死去。五十九歳。

一碧楼忌びわの木びわの葉冷ゆる雨空　山崎多加士　除夜そして一碧楼忌鐘を打つ　松田ひろむ

寅彦忌　冬彦忌

十二月三十一日。科学者・随筆家・俳人寺田寅彦（一八七八～一九三五）の忌日。筆名吉村冬彦、号に藪柑子・寅日子など。東京麹町生まれ。五高在学中、漱石に英語を、田丸卓郎に数学と物理学を学んだことが、彼の詩人科学者としての道を決定づけた。東大卒後、同大教授として、物理学の研究・指導に実績を上げ、ヨーロッパへ留学もする一方、「ホトトギス」や朝日新聞などに俳句と随筆を次々と発表。『科学の目指すところと芸術の目指す処』は寅彦の生き方をそのまま述べたものである。ヴァイオリンやチェロも本格的に習い、映画批評も書いた。主な随筆集に『冬彦集』『藪柑子集』『万華鏡』『柿の種』など多数。また『寺田寅彦全集』（十六巻）には俳句も収められている。

昭和九年没。五十七歳。

古本の書き込み若し寅彦忌　岡本雅洸

ワープロの液晶文字や寅彦忌　鈴木文彦

乙字忌（おつじき）

一月二十日。俳人大須賀乙字（一八八一～一九二〇）の忌日。福島県相馬市生まれ。本名績（いさお）。東大卒、東京音楽学校教授。河東碧梧桐に師事、新傾向俳句の口火を切ったが、やがて伝統尊重・古典回帰の論を張り、荻原井泉水・碧梧桐と袂を分かつ。季感象徴二句一章・写意論など、俳論家としても卓越していた。遺著『乙字俳論集』『乙字句集』『乙字書簡集』がある。三十八歳。

異論者も来て乙字忌を修しけり　吉田冬葉

二句一章踏まえて来たり乙字の忌　細木芒角星

久女忌（ひさじょき）

一月二十一日。俳人杉田久女（一八九〇～一九四六）の忌日。本名久子。鹿児島生まれ。御茶水高女卒。画家杉田宇内と結婚、夫の図画教師としての任地小倉に住む。大正五年より句作。同七年「ホトトギス」虚子選に初めて一句載る。以後情熱的に投句、翌八年九年と雑詠欄巻頭。同年同人。それまでの女流の台所俳句とは一線を画した、浪漫精神にあふれた雄渾な作風で、天才女流俳人の名をほしいままにした。しかし、情熱的な久女は篤実な教育者の夫との齟齬（そご）、また妻の座と自己との板挟みに悩み、それが彼女を俳句への偏執的な愛着へと向かわせることとなった。その行動は虚子の疎（うと）むところとなり、十一年、同人を除籍される。昭和二十一年、失意のうちに福岡県立筑紫保養院で没した。五十五歳。遺著に『杉田久女句集』『杉田久女文集』がある。

凛々と雛の瞳並ぶ久女の忌　寺井谷子
つわぶきの胸どきどきも久女の忌　松田ひろむ
久女忌の焚火に残る傘の骨　中島登美子
久女の忌巌噛む濤を見てゐたり　飯沼三千古
久女忌の髪むらさきにしてみたき　姉崎蕗子
縮緬の袋に句帳久女の忌　神山孝子

草城忌（そうじょうき）　さうじやうき

一月二十九日。俳人日野草城（一九〇一〜一九五六）の忌日。東京上野生まれ、韓国で育つ。本名克修（よしのぶ）。帰国後三高を経て京大に進学。三高在学中に「ホトトギス」に投句、のちの「京大三高俳句会」を結成、また鈴鹿野風呂らとともに「京鹿子」を創刊する。二十一歳で「ホトトギス」巻頭。昭和十年「旗艦」を創刊主宰。無季俳句や連作俳句を実践、新興俳句を推し進める。そのため十一年「ホトトギス」を除籍され、十七年、新興俳句弾圧事件などもあって、俳壇を去る。戦後、池田郊外の日光草舎に移り、「青玄」を創刊主宰したが、十年間病臥ののち没。五十四歳。主な句集に『青芝』『人生の午後』『銀』『新航路』『徽風の旗』など。

ばら色のままに富士凍て草城忌　西東三鬼
凌（しの）ぎ得るもの齢のみ草城忌　伊丹三樹彦

碧梧桐忌（へきごとうき）　寒明（かんあけ）忌

二月一日。俳人河東碧梧桐（一八七三〜一九三七）の忌日。愛媛県松山市生まれ。本名秉五郎（へいごろう）。漢学者静渓の五男。松山中学在学中に高浜虚子とともに子規に俳句入門。明治二十九年頃よりともに頭角を現わし、子規門の双璧とうたわれた。子規没後、碧梧桐が先頭に立って運動した新傾向俳句は全国に広まった。しかし、乙字や井泉水らの離反などにより、次第に分裂。中塚一碧楼とともに大正四年「海紅（かいこう）」を創刊するが、やがて一碧楼とも作風を異にしてこれを離れる。十二年個人誌「碧」を創刊、のち「三昧」と改題するが衰退。ついに昭和八年還暦を期に俳壇を引退した。同十二年没。六十三歳。彼はまたジャーナリストとして広い分野で業績があり、『三千里』『新傾向句の研究』『子規の回想』『碧梧桐句集』ほか多数の著書がある。

今昔をけふも読み居り寒明忌　瀧井孝作

二月先づ碧梧桐忌や畑平ら　泉　天郎

動物

熊（くま）

月輪熊（つきのわぐま）　羆（ひぐま）　熊の子　熊穴に入る

食肉目クマ科の哺乳類の総称。体は太く四肢は短い。日本にいるものはヒマラヤグマの亜種で、毛は一般に黒である。喉に三日月形の白斑のあるものがツキノワグマ、これより大形で赤褐色から黒のヒグマ（羆）が北海道に棲息している。一般に広葉林を好み木に登る。冬には穴にこもって不完全ながら冬眠し、子を産み育てる。↓熊突

みちのくは底知れぬ国大熊（おやぢ）生く　佐藤鬼房
土間暗し吊りたる熊に突当り　白岩てい子
熊の出た話わるいけど愉快　宇多喜代子
まへ足に蹤きゆく熊のうしろ足　木村淳一郎
熊の仔のつながれてゐるマタギ宿　鈴木大林子
あれは熊の肉だったといふ後日談　鈴木節子

冬眠（とうみん）

冬、ある種の動物が運動や餌をとるのをやめて、眠ったような不活発な状態に入ることをいう。両生類・爬虫類などの多くの変温動物がこれを行ない、ハリネズミ、蝙蝠（こうもり）などの哺乳類にも見られる。蛇、蜥蜴（とかげ）、蛙などの冷血動物は完全な冬眠で、蝙蝠、栗鼠（りす）、山鼠、熊などの冬ごもりの状態（ときどき目を覚まして排泄、摂食をする）は、擬似冬眠といわれる。

冬眠の蝮（まむし）のほかは寝息なし　金子兜太
天敵を穴にのがれて冬眠す　浜渦美好

狐（きつね）

イヌ科キツネ属の哺乳類。イヌに似ているが体は細く、尾は太く、顔は突出して、耳は長く尖っている。毛には薄い焦茶（赤狐）、黒（黒狐）、黒色中に白毛を交えたもの（銀狐）ほかがある。森林に穴居し、夜行性で肉食（小獣をとらえて食う）。毛皮は防寒用として珍重される。狐が住むために穴を掘った土が盛りあがっていることがあるが、これを狐塚という。人を化かすという伝承がある一方、各所にある稲荷神社の稲荷神の使いとしての姿もあり、山野に見られる燐火を狐火、狐の提灯といっている。↓狐罠・狐火

すっくと狐すっくと狐日に並ぶ　中村草田男
雌狐の尾が雄狐の首を抱く　橋本鶏二
男ありむさしを歩く銀狐つれて　阿部完市
狐啼く声冴えざえと高嶺星　斎藤美智子
小舎の鶏きつねのあとに鳴きにけり　小原啄葉
鶏泥棒捕えてみれば大狐　中村千恵子
雪はげし闇を横切る北キツネ　松田満江
たはむれに呼べば寄り来る北狐　石田幸子

狸（たぬき）　たのき　狢（むじな）

食肉目イヌ科の哺乳類。東アジアの特産で、山地、草原に穴を作って巣とする。山中の洞、古い社寺の床下などに棲む場合もある。野鼠、爬虫類、果物等を食し、毛皮は、八文字（前半身の背の部分に八文字の黒い毛のあるもの）、十文字（前肢左右に通じる黒横帯と背中を走る黒帯とが十文字に交叉したもの）、白があるが、一般には灰褐色である。童話や文学作品でユーモラスな姿と性格が親しまれてきている。土地によって呼び名が異なり、貛（あなぐま）と混合して貉（むじな）ともいうが、関東では、

あなぐまを「本むじ」、狸を「ささむじ」ともいう。→狸罠

鞠の如く狸おちけり射とめたる　原　石鼎

吊るされて足を揃へし狸かな　清崎敏郎

鼬（いたち）　オコジョ

食肉目イタチ科の哺乳類の総称。雄は体長約三〇センチ、雌はこれより少し小さい。体は細長く赤褐色で、尾は太く長い。夜間出て、鼠、鶏などの小動物を捕らえ、血を吸い食する。敵におそわれると悪臭を放って逃げる。本州の高山と北海道にすむ小形のイタチのオコジョ（ヤマイタチ・エゾイタチ）は、冬の純白の保護色で知られている。

あの遊びせむとや鼬現はるる　大橋迪代

鼬出てひらりと闇のうごきけり　江藤文子

むささび　鼯鼠（むささび）　ももんが

リス科の哺乳類。体長四〇センチで、リスに似ているが、やや大型である。背は黒褐色、腹は白色、頬は白い。前後肢の間に飛膜が発達し、木から木へ滑空する。昼は樹木の空洞にひそんでいて、夜間、樹上にのぼり、木の芽、若葉、果実また昆虫などを食する。別称には、「野伏間（のぶすま）」「顔白鼯鼠」「尾被（おかずき）」「晩鳥」がある。

甲斐駒のほうとむささび月夜かな　飯田龍太

むささびの顔現れし巣箱かな　上村佳与

むささびや大きくなりし夜の山　三橋敏雄

むささびの呼び交ふ月の雲厚し　平子公一

兎（うさぎ）　野兎　雪兎　白兎　黒兎　越後兎（えちご）　兎汁

ウサギ科の哺乳類の総称。日本に棲む兎はヨーロッパ産ユキウサギの亜種である。耳が長く、前脚は短く後脚は長い。夏・冬ともに褐色のものと、冬は白毛になるエゾユキウサギ〈蝦夷野兎〉・サドノウサギ・エチゴウサギがある。オキノウサギ・ノウサギは白化しないが、高山にいるものは白くなる。奄美大島・徳之島に限って棲むアナウサギの仲間の奄美黒兎は珍獣の仲間で、天然記念物に指定されている。野兎・飼兎の区分もできる。挙動は敏捷活発で、繁殖力が高い。飼ってみるとかわいいのでペットともなっている。伝説・お伽話にも登場している。↓兎狩

大風の越後うさぎは耳短し　齊藤美規

兎の耳吹雪を笛と聞くことも　新谷ひろし

どのやうに兎抱いても母なきなり　遠山陽子

兎にはうさぎのしつぽあたたかし　野村喜久子

うさぎうさぎ下校時間となりにけり　関口眞佐子

兎飼はれ小学校に立志の碑　坂口匡夫

竈猫（かまどねこ）　かじけ猫　へっつい猫　灰猫（はいねこ）　炬燵猫（こたつねこ）

猫は食肉目の家畜で、エジプト時代から人との関係が深く、偶像化され、神聖視されてきた。猫は寒さをきらう動物で、冬になると日向や炬燵、暖炉の近くでじっとしていることが多い。暖をとれる場所をよく知っており、火の落ちた竈もその一つで、火のなくなった、しかしまだほとぼりのある灰の中にうずくまり灰まみれになることがある。それを灰猫、あくねこと呼ぶ。一般の猫が竈猫となり、愛玩用のペルシャ猫、シャム猫は、人間と同じように暖をとる。

何もかも知ってをるなり竈猫　富安風生

山桃酒飲みたき貌（かお）やかまど猫　岡田久慧

寒猿（かんえん）　寒の猿　冬の猿　かじけ猿

猿は人類以外の霊長目の哺乳類の総称。ヒトにつぐ高等動物で知能の高いものが多い。良くも悪くも人間に近い存在とされている。自然にいる猿を野猿というが、最近では少ない。多くは、動物園や猿を保護している公園で見られる。冬季の寒さのなか、じっとしている猿で、さびしさを感じさせるものが寒猿で、孤猿に近い。

寒猿の岩山つとに日のおもて　岡井省二
寒猿に声かけヒトになつてゐる　宇都宮滴水

鯨（くじら）（くぢら）　勇魚（いさな）　海豚（いるか）

クジラ目の哺乳類の総称。形は魚に似て、海中に棲む。大きさは体長一〇から三〇メートルである。体には毛も鱗もなく、皮下の厚い脂肪層によって体温を保っている。後肢は退化し、前肢と尾は鰭状となって泳ぐのに適している。種類は多いが、大別すると、歯のある歯鯨と歯のない鬚（ひげ）鯨に区分される。歯鯨には抹香（まっこう）鯨、鬚鯨には背美（せみ）鯨、座頭（ざ）鯨、鰯鯨、長須（ながす）鯨、白長須鯨（歯・髭通して最大種）がある。餌は小魚、えびなどプランクトン、微小なあみ類で、鬚鯨では口中の鬚で餌と水とをこしわける。ときに水面にあがって呼吸し、鼻孔から海水を噴く。これを、鯨が潮を吹くという。古名はいさな（勇魚）。↓捕鯨・鯨汁

雪の上に鯨を売りて生きのこる　加藤楸邨
普陀落（ふだらく）の海の鯨と思ひけり　小枝秀穂女
高濤に鯨の尾鰭直立す　山崎ひさを
海いろの変り迷子の鯨跳ね　松本千鶴子

鷹（たか）　大鷹　小鷹　刺羽（さしば）　隼（はやぶさ）　青鷹（もろがえり）　鶚（みさご）

ワシタカ目の小中形の鳥類の総称。鳶も隼も鷹に一括される。大形は鷲。色彩は主として暗褐黒色であるが、腹部は白く、褐色の紋がある。種類は多く、大鷹、熊鷹、隼、ハイタカ、ツミ、サシバなどがある。姿態清楚で威厳がある。嘴は鋭く曲がり、羽色は生後一年を「わか」、二歳鷹を「片反」、三歳鷹を「諸反」と呼ぶ。刺羽は秋、南方に群をなして渡る渡鳥である。これを「鷹渡る」という。小動物を捕食する。→鷹狩・鷹渡る（秋）

日の鷹がとぶ骨片となるまで飛ぶ　寺田京子

鳥のうちの鷹に生まれし汝かな　橋本鶏二

浮き雲を貫く構へ鷹柱　吉田花宰相

古羽根を捨てねば鷹も飛べぬなり　三浦一寿子

檻の鷹獲物狙う眼まだ捨てず　佐々木母屋

眼間に数戸納めて鷹の舞ふ　梅本幸子

奥多摩の流木鷹になるといふ　沼田巴字

大鷹が神学校の森に来し　高木良多

いらご岬鷹観る人の日曜日　大林信爾

隼の原野に狙ひをりしもの　岡安紀元

掴み翔つ獲物に鷹の傾ぐなり　岡野風痕子

隼とわかる速さのありにけり　岡安仁義

鷹舞って下に孤島となりし村　野末たく二

高空に水あるごとし青鷹（もろがえり）　小澤克己

鷲（わし）　大鷲　尾白鷲（おじろわし）　犬鷲（いぬわし）

ワシタカ目ワシタカ科に属する鳥類のうち大形のものの総称。犬鷲、尾白鷲、大鷲、禿鷲などがあり、禿鷲は最大の種類で、頭頸部は羽毛がなく禿げているのでこの名がある。犬鷲は羽毛が長く柳葉状で黄赤色、尾白鷲は尾が純白、大鷲は額・腰その他に白色があり体はやや小さめである。犬鷲は内地に生棲し、尾白鷲・大鷲は日本に少数渡ってきて越冬する。高山に棲み、鳥獣を捕食している。

檻の鷲さびしくなれば羽搏つかも　石田波郷
尾白鷲の気配に万の鴨翔ちし　高橋桐子
オホーツクは白し大鷲相寄れる　杉山鶴子
巌頭の雪の大鷲身じろがず　紺野美代子
尾白鷲翼大事にたたみけり　久保田重之
犬鷲に見られし手持無沙汰かな　岡田久慧
尾白鷲雪降るときも止むときも　福島壺春
檻の鷲アンデスの山恋ふる目に　千才治子

冬の鳥　寒禽

冬の季節の鳥の総称。冬をすごしている鳥全体をいい、特に冬だけを過ごす鳥を示すのではない。春夏秋の季に入っている鳥であっても、冬の風の中、冬の寒さの中、それぞれ姿を見せ、固有の感じを与えるもの、人間に親しさを与えるものを含める。季節に対応した普遍性のある季語である。

冬の鳶啼けば微風の青畳　飯田龍太
冬禽の声が黄となる大銀杏　深見ゆき子
寒禽の取り付く小枝あやまたず　西村和子
おのづからひとを遠くに冬の鳶　島ふで女

冬の雁　寒雁

雁は秋十月頃北国から渡ってくるが、繁殖するのは東シベリヤで、日本では越冬することになる。真雁、黒雁、ひしくいなど、池や田や沼などの万目枯れはてたなかで、ひっそりと暮している。朝夕は餌を求めて飛び立つが、それ以外に空を飛んでいることもある。春になるとまた北方へ帰っていく。「かり」は、鳴き声からでた擬声語が名称になった。↓春の雁（春）・帰る雁（春）・雁（秋）

寒雁のつぶらかな聲地におちず　飯田蛇笏
寒雁のさすらひの列一文字　佐藤国夫
冬の雁空に鼓動をのこしつつ　三嶋隆英
冬の雁満州浪人の叔父ありし　高　千夏子
冬の雁細月掛かる空の端　平田君代
寒雁の身より雫す昼茜　乾　燕子

冬の鵙

鵙はスズメ目モズ科の鳥。一年中いる鵙と、日本・中国北部で繁殖し冬南方へ渡るものもある。夏は山で過ごし、冬に里へ来る漂鳥と、一年中平野にいる留鳥とがある。秋にけたたましく、また高音で鳴いていた鵙も、冬は静かである。冬に鳴く鵙は、やはり鋭いひびきはあるが、秋のような威力はなくなっている。↓鵙（秋）

冬の鵙墓犇きてあるばかり　石田波郷
天辺に個をつらぬきて冬の鵙　福田甲子雄
一揆の地いま名水の地寒の鵙　上野英一
冬の鵙切り火の声をもらしけり　石飛如翠
冬の鵙飛んで大きく見えにけり　猪股洋子
冬の鵙もいろの骨拾へといふ　水野恒彦
冬鵙のさびしきときは樹を離れ　中島ふき
冬鵙や鏡みがいて朝始まる　田口美喜江
沈黙の筋を通して冬の鵙　香川千江子
古戦場訪ふ冬鵙の猛る駅　岡田游子

冬の鶯

寒鶯　鶯の子　藪鶯

鶯はスズメ目ウグイス科の小鳥である。晩春から夏にかけて山中で繁殖し、羽も生え変わると、春の啼声ホーホケキョを発しなくなる。そして冬期になると、餌を求めて里近くに来て、目立たぬようにしている。この時にはチャッチャッと啼き、子の鶯がその啼声を習おうとしているように感じられる。が、今年生まれの鶯だけの啼声ではない。冬ざれの藪にいるものが多く、藪鶯、笹子などと呼ばれる。↓鶯（春）・老鶯（夏）・笹鳴

冬鶯むかし王維が垣根かな　蕪村
笹子くる柳生一族眠る墓　松本幸子

笹鳴　笹子　笹子鳴く

冬の鶯は、人里に降りてきて、庭や木々の枝や藪などでチャッチャッと鳴く。これを地鳴き、笹鳴きという。笹鳴きには、鶯の子が鳴くのを習っている意味もあり、冬のうちから鳴き方を習っていないと、春になって鳴くことができないともいわれる。笹子鳴くは、必ずしも笹子（鶯の子）でなくてもよく、親鶯も同じように鳴く。↓冬の鶯

笹子鳴くいま来し道に日の当り　神蔵器
笹鳴やさそはれ抱く膝がしら　杉山岳陽
踏み入れば笹鳴少し遠くなる　太田昌子
笹鳴や渚を越ゆる波ばかり　脇田裕司
笹鳴の杜にいろはにほへとの句　平清
笹鳴や遠まはりしてご用聞き　吉田ひで女
笹鳴や開扉のほとけたをやかに　織田春美
粥占に由緒の神社笹子鳴く　小山今朝泉
笹子鳴く日の差してゐるそのあたり　門居米子
石組みに庭師のこころ笹子鳴く　中野陽路
笹鳴のありしあたりへ静かな眼　関根章子
大藪を洩るる朝日や笹子鳴く　藤本哲夫

冬雲雀

雲雀はスズメ目ヒバリ科の小鳥。日本各地の畑地、草原などにいて、春の鳥で、空中高くのぼって囀る。冬でも暖い日などには、河原などを歩き、また、空に舞いあがって鳴いていることもある。

それが冬雲雀である。↓雲雀（春）

われは粗製濫造世代冬ひばり　高野ムツオ　乳房の張りくる至福冬ひばり　横山千夏

寒雀（かんすずめ）　冬雀（ふゆすずめ）　凍雀（こごえすずめ）　ふくら雀

雀はスズメ目ハタオリドリ科の小鳥。一年中人の近くに棲んでいるが、冬期の、とくに厳寒の頃には餌が乏しくなるので、屋根から縁側、台所近くまで来て、存在をより感じさせる。日の射さない日に、寒気をふせぐため、全身の羽毛をふっくらとふくらませているのを「ふくら雀」という。また、朝日のまぶしさの中に飛び下りたり、雲の原を群をなして飛んだりする。↓雀の子（春）・初雀（新年）

寒雀母死なしむること残る　永田耕衣　寒雀ぽんとはづみて向きかへて　上野章子

宙に見えぬものつたひとぶ寒雀　三橋敏雄　寒雀むかしは道のやはらかき　五味一枝

寒鴉（かんがらす）　寒鴉（かんあ）　冬鴉（ふゆがらす）

鴉はスズメ目カラス科カラス属およびそれに近縁の鳥の総称。日本では、主にハシブトカラスとハシボソカラスの二種である。やや大柄で、四季を通じて人の近くに姿を見せている。冬期には食物が乏しくなるので、人家近く来て物を探して食べ、さらに、人の心を読むような様子をする。寒中黒い羽が冴えて寒さをつのらせ、田の畦に降りている光景は、冬の寂寥（せきりょう）を深くさせる。↓鴉の子（夏）・初鴉（新年）

寒鴉己（し）が影の上（え）におりたちぬ　芝不器男　触れ合はぬ距離を保ちて冬鴉　下斗米大作

寒鴉ひとこゑは空さびしきか　綾部仁喜
吾が知恵を上まはる知恵寒鴉　高橋秋郊
人間(じんかん)を見下ろしてゐる寒鴉　佐藤洋子
寒鴉雲を見てゐてゐずなりぬ　皆川盤水
金色の凍てし烏や黒部川　折井眞琴
老人を笑はせてゐる寒鴉　御崎敏江
抗ひて同じ木にゐる寒鴉　原　天明
寒鴉咥へし餌によろけ翔ち　島崎伸子

梟(ふくろう／ふくろふ)　ふくろ

フクロウ目フクロウ科の鳥で、大きさはカラスぐらい。夜行性で森林に棲んでいる。昼は小暗い木の枝の密なところや木の洞でじっとしており、夜間は活発に動いて、小鳥、野鼠、虫などを捕らえて食べる。飛ぶ時は羽音をたてないともいわれる。顔は灰白色で額は褐色、体色は灰白色に褐色の縦斑があり、下部の方がいちじるしく白っぽい。一般に耳羽をもたないものをフクロウといい、夜啼く声は「ゴロスケ奉公」と聞こえるとされる。

これ着ると梟が啼くめくら縞　飯島晴子
文字盤のごとふくろふの貌はあり　佐久間慧子
八咫鏡(やたのかがみ)梟に皺ありにけり　各務耐子
剥製と見しふくろふが啼きにけり　市場基巳
梟の子が瞬きをくり返す　卯之木智子
梟に向き合へば雪降りけり　細田恵子
梟はセロのどの弦弾けば鳴く　川代くにを
梟の木になりきって童話村　柴田朱美
梟のころがせる月みづうみへ　熊谷愛子
梟が啼く胞衣(えな)塚を過ぎたれば　黒田杏子
梟の目玉見にゆく星の中　矢島渚男
ふくろふの嘴垂直の寝りぐせ　武藤ともお
オレンジの汁ほとばしり梟鳴く　鈴木有紗
梟や白湯(さゆ)一杯を寝る前に　木倉フミヱ
梟の中身たましひぎつしりと　小嶋萬棒
梟にかかはる秘密大事にす　鈴木節子

木菟（みみずく）　木菟（みみづく）

フクロウ目フクロウ科の鳥で、頭側に長い羽毛（耳羽）をもつものの汎称。耳羽があるため猫鳥ともいわれる。俗に「ずく」といわれているのは「大木葉木菟（おおこのはずく）」で枯葉色をしている。夜行性で、虫、小鳥などを捕食する。木葉木菟は声の仏法僧で、虫のみ食べて越冬はせず、青葉の頃に南方から渡ってくる。夏にホーホと啼く青葉木菟（あおばずく）は耳羽がなく、留鳥でもない。冬に見られるのは、留鳥の大木葉木菟と渡り鳥の小耳木菟（こみみずく）である。

木菟のほうと追はれて逃げにけり　村上鬼城
木菟鳴いてにはかに森の闇深む　大和田知恵子

鷦鷯（みそさざい）　三十三才（みそさざい）

スズメ目ミソサザイ科の小鳥。日本に棲む最小のなかの鳥の一つで、翼長は約五センチ、背は焦茶色で腹面は淡い色、ところどころに黒褐色の横斑があり、尾は短いがピンと跳ね上っている。繁殖期は夏で、山間水辺にあって美しい囀りをきかせてくれる。挙動も敏捷で昆虫を捕らえて食べる。冬から春にかけて人の家の近くに現れ、垣を出入りしながらチュッチュッと鳴く。溝近く棲む鷦鷯（さざい）。体色が味噌の色などから「みそさざい」の名が生まれたとされる。俗称に「ミソッチョ」などもある。

歳月の暗き沼より鷦鷯　森　澄雄
熊笹の風吹きかはりみそさざい　内藤雅子
みそさざい茜は水をはなれけり　石原次郎
山姥のぽつりと応ふ三十三才　すずき波浪

水鳥（みずどり／みづどり）　浮寝鳥（うきねどり）

白鳥、鴨、雁、鳰（にお）、鴛鴦（おしどり）、鸊鷉、家鴨など、すべて水に浮かぶ鳥の総称である。多くは、秋に渡ってきて越冬し、春に帰っていくもので、冬季が最も多く見られる。湖沼、河川、潟や海で餌をあさり、寒い凍るばかりの水の上で冬をすごすのであるが、集まって浮いているもの、点存しているもの、飛び立つもの、飛び下りるもの、水にもぐるもの、静かに水に浮いたまま嘴を翼にさし入れて眠るものと、姿態はさまざまである。特に、水上に浮かんで寝るものを「浮寝鳥」といい、鴨であれば「浮寝鴨」と呼ぶ。

水鳥のしづかに己が身を流す　柴田白葉女
浮寝鳥昼は水かげろふと棲む　松村蒼石
浮寝鳥海風は息ながきかな　福永耕二
水鳥の脚のしびれか細波す　丸井巴水
先頭の水鳥威儀を正しけり　内田雪泉
円光を着て漂ひの浮寝鳥　赤井淳子
浮寝鳥連れがぽつりと呟けり　椎名書子
浮寝鳥いつぽんの木に隠れけり　西田美智子
身じろぎてより膨らみし浮寝鳥　藤岡幸子
浮寝鳥月の出を待つ沼あかり　田淵定人
流るるは浮寝鳥とも時間とも　黒川花鳩
一切を水にまかせて浮寝鳥　岡澤康司

鴨（かも）　真鴨（まがも）　子鴨　鴨の声　鴨の陣

カモ目カモ科の鳥のうちの比較的小形の水鳥の総称。晩秋、初冬の頃に日本へ渡ってきて、河川、湖沼、潟、海上に群れ棲み越冬する。種類が多く、大小や羽の色で区別する。まず、海鴨と淡水に棲む鴨に大別する。海鴨には、星羽白、鈴鴨、黒鴨、のしり鴨、海あいさ等があり、淡水に棲む鴨には、真鴨、青頸、小鴨、巴鴨、葦鴨、尾長鴨等がある。鴨は夕暮れになると田畑に餌を求めて飛び立つが、その通う道筋は一定していて、峰をすれすれに越えて飛ぶ。これを「尾越の鴨」という。

↓春の鴨（春）・引鴨（春）・初鴨（秋）

海に鴨発砲寸前かも知れぬ　山口誓子
尻つきし鴨に水面のへこみけり　宮坂静生
ゆふしみや翅音きこゆる尾越し鴨　吉田冬葉
鴨一団鴨一団とすれ違ふ　蓮見勝朗
一湾の窪みは鴨をもて埋む　山崎みのる
彼岸まで雪の橋あり睡り鴨　立花波絵
鴨撃ちのはじまつてゐる耳の中　東條中務
大琵琶といふ限りなき鴨の水　古賀しぐれ
鴨引くにはそら恐しき青天井　平瀬　元
つぎつぎに覚めたる鴨の光かな　下坂速穂
鴨見つつ父の忌なれば父思ふ　森重　昭
見張り鴨鳴けば百羽の羽音立つ　中島京子
鴨百羽千羽は風となりにけり　石登志夫
餌を与ふまでは仲良き鴨の陣　友水　清
鴨の陣一羽羽博(はう)てばしたがひぬ　長山順子
鴨ゆくや水甕満たす孵(はしけ)妻　塩谷はつ枝
鴨を撃つ指の銃にて一羽づつ　勝井良雄
雲もまたさざ波敷けり鴨のこゑ　安田春峰
白湯(さゆ)さめるころ葦鴨をみてゐたり　緒方　敬
文人とかかはり鴨の骨叩く　水谷芳子
烈風に向きかへ鴨の陣を敷く　野田節子
「大根の葉の流れゆく」川に鴨　小原澄江
一斉に翔ちたる鴨に湖傾ぐ　植木きよ子
鴨鍋や翼は何処でしずまりぬ　森川麗子

鴛鴦(おしどり／をしどり)　おし　匹鳥(おしどり)　鴦鴛(おし)の沓(くつ)　思羽(おもいば)　銀杏羽(いちょうば)　剣羽(つるぎば)

カモ目カモ科の水鳥。留鳥である。夏に山間の湖や渓流に棲んで繁殖し、晩秋になると平地の池沼に来て越冬する。華麗であるが、雄の冬羽は特に美しい。雄には橙色の扇形・銀杏の葉に似た思羽（剣羽）があり、体の上側はオリーブ褐色で緑色の光沢を発し、脇は黄褐色で黒っぽい細い縞がある。頭部には藍紫色の羽冠と栗色の耳羽、そして暗紅色の嘴と動く美術品である。が、夏になると雌と同じ平凡な色になってしまう。つねに雌雄が離れず並んで泳ぎ、眠るにも翼を交わし頭を支えるので、夫婦仲のいいたとえにされ、「おしどり夫婦」「鴛鴦の契」「鴛鴦の衾」という。「鴛鴦の沓」は、二羽が並んでいる姿を王朝時代の沓に見立てたものである。おとなしいので、庭園の池に飼われたりしている。

こがらしや日に日に鴛鴦のうつくしき　士朗
吟行の句帳の端に鴛鴦の数　遠藤甫人
鴛鴦二つ水は光を運びをり　山根和子
鴛鴦の水尾華げり即位の日　小川一路
さざなみの大摺鉢の鴛鴦の池　西田美智子
万葉の水押してゆく鴛鴦二つ　平川まゆみ

千鳥

衛　磯千鳥　浜千鳥　川千鳥　夕千鳥　小夜千鳥　群千鳥　友千鳥　遠千鳥

チドリ目チドリ科の鳥の大部分の総称。千鳥には、夏鳥、冬鳥、春秋の二季本土を通過するものもあり、留鳥もある。大膳、胸黒、目大千鳥などは、旅鳥として春秋二季に日本を通過し、小千鳥、白千鳥、鵤千鳥などは夏鳥で、冬季には南方へ渡る。千鳥は鴫に似ているが、嘴が短く形もやや小さい。背は青黒く腹部は白い。水辺に棲んで、歩行力、飛翔力ともに敏捷で強い。古くから詩歌等に詠まれ、鳴き声を哀れとして冬のものとしてきた。両足を打ちまじえて歩き、これを千鳥足という。連れだって飛ぶ様を千鳥掛という。

磯千鳥あしをぬらして遊びけり　蕪村
合流す木曽の三川夕千鳥　神谷美和
返しくるときのしろがね群千鳥　伊藤孟峰
裏となり表となりて千鳥飛ぶ　五十嵐播水

鳰（かいつぶり）　にお　におどり　潜（むぐ）り鳥　いよめ　むぐり　むぐっちょ

カイツブリ科の水鳥。低地の湖沼に棲む留鳥である。鳩ほどの大きさである。体は丸く、尾は極めて短く、潜行が巧みで小魚を捕って食べる。夏羽は頭が黒く喉や耳羽は赤いが、冬羽は頭は暗灰色で喉が白色になる。ピッピッピッルルルルと澄んだ鋭い声で啼く。三月ないし八月に水上に浮巣を造り、三ないし六個の卵を産む。鳰は四時いる鳥であるが、赤衿鳰、羽白鳰は冬渡来してくるものである。↓浮巣（夏）

淡海（おうみ）いまも信心の国かいつむり　森　澄雄
かいつぶりさびしくなればくぐりけり　日野草城
潜りたる鳰のひとつが浮かび来ず　和田祥子
かひつぶり水の凹めるところかな　小林喜一郎
かいつぶり雨が嫌ひでまた潜る　飯田　直
かいつぶり首うごかせば進みけり　遠藤睦子
蹤（つ）いてゆく鳰にあるらし主導権　江川由紀子
鳰の親として目の前で消えて見す　吉岡翠生
かいつぶり啼きしか汐木きしみしか　成田智世子
鳰潜るたびに暮れゆく鳰の海　滝野三枝子
鳰浮くや湖光の鏡こなごなに　関　典子
親と子の一つの水輪かいつぶり　瀬戸十字
鳰の笛ありたるところまで歩く　武石花汀
かいつぶりいくど引きこむ空の紺　武川一夫
電卓で割り切れないからかいつぶり　福井有樹男
翔ぶことを夢みて鳰の子の潜る　つじ加代子
都会派の鳰ゐて浮くばかり　真幸　晶
吾が鬱を鳰が銜（く）わえて去りにけり　宮道三生

都鳥（みやこどり）　百合鷗（ゆりかもめ）

ユリカモメはチドリ目カモ科の水鳥。都鳥はその雅称。赤い嘴と脚に白い羽が印象的であるが、冬羽は、目の後方に黒い縦長の斑紋のあることが特徴である。「名にしおはばいざ言問はん都鳥わが思ふ人は在りやなしやと」の在原業平、「こととはばありのまにまに都鳥みやこのことを我に聞かせよ」と和泉式部に詠まれている。十二月には皇居の堀あたり、隅田川に見られるが、四月頃には北国へ帰っていく。

川の面にこころ遊びて都鳥　高浜虚子
ゆりかもめ消さうよ膝のラヂカセを　佐藤映二
両翼を広げて暗し都鳥　藤本美和子
しなやかに来てしたたかに都鳥　山田松寿
川見ゆる二階住居や都鳥　大木さつき
シベリアの田舎より来て都鳥　片岡青苑
蝶ネクタイ外してをりぬ都鳥　黒田咲子
飛んでゐても浮いても都鳥眩し　小林敏朗

冬鷗（ふゆかもめ）　鷗（かもめ）

チドリ目カモメ亜科の鳥の総称。体は白色で背と翼は青灰色、脚は緑黄色で、幼鳥には褐色の小斑がある。飛翔力が強く、水中に突入して魚を捕らえて食べる。カムチャツカ、シベリア、カナダなどの海岸の岩や芦の間で繁殖し、冬季日本に渡って来る。鯵刺、小鯵刺は、北方から夏鳥として来るので冬鷗（かもめ）のなかには入らない。背黒鷗、白鷗、頭黒鷗、百合鷗などの種類がある。ウミネコ（海猫）は留鳥。カモメは従来無季とされて来たので「冬鷗」と使うが鷗だけでも冬季である。

冬鷗生に家なし死に墓なし　加藤楸邨
波に打つひかりの楔冬鷗　加藤耕子
今生に白は紛れず冬かもめ　神蔵器
桟橋の先ぷっつりと冬かもめ　赤塚五行

鶴（つる）　凍鶴（いてづる）　冬の鶴　丹頂鶴（たんちょうづる）　真鶴（まなづる）　鍋鶴（なべづる）

ツル目ツル科の鳥の総称。古来、長寿の動物とされ、瑞鳥（ずいちょう）といわれた。鶴は大型の鳥で初冬に渡来してきて、日本で越冬する。頸と脚が長く、沼地、平原などに群棲し、地上に巣を作り卵を産む。丹頂鶴は、頭の頂きが赤く、羽毛は純白で頸部と風切羽の一部が黒くて優美である。北海道の釧路の湿原地帯に棲む。これだけが留鳥で、雪が降ると阿寒などに冬鳥として群をなしている。真鶴は、目の周囲が紅く頭と頸が純白で、背からつづく体色は青灰色、風切羽は黒褐色、白色とつづく。足が赤く嘴は黄色で、鹿児島県出水（いずみ）市荒崎の田に群れてくる。鍋鶴は、真鶴より小さく、頸、頭が白く、翼や尾は石板黒色、脚も黒色である。山口県八代（やしろ）には群をなして飛来する。真鶴と鍋鶴は春になれば北方へ帰っていく。寒気の枯原や雪の中でじっと立っているのを凍鶴という。↓鶴来る（秋）

樹のそばの現世や鶴の胸うごき　飯島晴子
むらさきにちかきくれない鶴の疵　八田木枯
鶴啼くやわが身のこゑと思ふまで　鍵和田秞子
来し方や鶴が連れたる鶴の空　三橋敏雄
丹頂の紅もつとも凍ててゐし　石鍋みさ代
凍鶴の祈りにも似て風に向く　藤井吉道
凍鶴のしかと魂抱きをり　香川千江子
凍鶴の生きてゐる喉動きけり　合田ミユキ
鶴の白借りて明けゆく鶴の里　井手　直
凍鶴のたしかに向きを変へてをり　高橋三柿楼
凍鶴や湿原の川海へ入る　佐野農人
凍鶴は首を曲げずに遠く見る　鈴木八駛郎
鶴送る列の最尾の消ゆるまで　肱岡恵子
夫唱婦随か婦唱夫随か鶴歩む　田部黙蛙
種蒔きに似て鶴守の餌を撒けり　内薗富恵
鶴舞ふや扇開きに朝の日矢　野島抒生

凍鶴の声なき息のあはあはと　大竹朝子
呼ぶ鶴も応ふる鶴も天向けり　能登裕峰
丹頂の翔び立つ胸を開きけり　中司信子
凍鶴の脚踏み替えて又凍てぬ　遠藤雪花

白鳥（はくちょう）　スワン　鵠（くぐい）　大白鳥（おおはくちょう）　黒鳥（こくちょう）

カモ目カモ科の大型の水鳥。冬のシンボルとして、スワンと呼ばれる。東部シベリアから渡ってくる。頸が長く全身純白で、優美な姿をしている。嘴は鮮黄色で、先端から鼻穴の前まで浅い黒色である。これが大白鳥（オオハクチョウ）で、北海道、青森県小湊、新潟県瓢湖などに飛来する。嘴の先端から鼻穴の前までの黒色が深く、体が小型であるものを白鳥（コハクチョウ）とする。瘤白鳥（コブハクチョウ）はヨーロッパ産である。風切羽を切って飛べないようにし、池で飼われていたりする。黒鳥はカモ目の水鳥で、全体が黒色であるが、風切羽は純白で嘴は深紅色である。オーストラリアおよびタスマニアの原産で、現在は瘤白鳥と同じく家禽として飼育されている。

千里飛び来て白鳥の争へる　津田清子
白鳥の胸を濡らさず争へり　吉田鴻司
大白鳥汝（な）れも聖徒のひとりなり　佐川広治
千手仏背に白鳥の潜みをり　宮坂静生
白鳥へねんねこの子を傾ける　奈良文夫
白鳥を呼ぶ腕叩き膝叩き　藤田あけ烏
白鳥の水をひびかせ翔ちにけり　菅野しげを
白鳥の頸の長さにある優雅　山下美典
白鳥のこゑの過ぎゆく畑仕事　成海静
流木を焚く白鳥のこゑの中　池田義弘
白鳥の里親となりペダル踏む　平林孝子
白鳥の飛び翔つ気配山動く　高杉杜詩花
白鳥の猛猛しさに疲れけり　堀井より子
白鳥に日本のレダは厚着して　近藤山澗子
白鳥の白誇らかに羽搏きし　田村紅子
またたきて白鳥の眼のありどころ　今本まり

白鳥を見にゆく始発電車かな　河合　順
白鳥のとりすましつつすれ違ふ　鎌田眞弘
白鳥の愛は水面に立ちあがり　本宮哲郎
白鳥を数へてをれば目の乾く　小島和子
首ふって大白鳥の翔つ気配　倉田武夫
しろがねのしぶき白鳥争へる　八木マキ子

鮫（さめ）　鱶（ふか）

軟骨魚類板鰓（ばんさい）類の海魚中、エイ類以外のものの総称。体は円錐形で、骨格は軟骨、口は頭部の下面に横に開き、尾びれは刀状である。皮膚はいわゆる鮫膚をしており（硬質の歯状鱗である）、左右両側の五から七個ずつの鰓孔は体側にあって、歯は鋭い。多くは胎生。大きいものを鱶という。性は凶暴で貪食、運動迅速なものが少なくない。熱帯、温帯の海に棲み、種類は数十種ある。

ふなびとら鮫など雪にかき下ろす　加藤楸邨
魂魄（こんぱく）を股よりおろす鱶の海　岡井省二
明日を恃（たの）み鮫獲り船の出てゆかず　村上しゆら
鮫ばかり獲れつつ波頭しぶくなり　岡野風痕子

鰰（はたはた）　雷魚（はたはた）　かみなりうお

ハタハタ科の海魚。口は大きく、体に鱗がない。背部は黄白色で、褐色の流紋がある。体長は一五センチ内外で、北日本のやや深海に産し、十一月から十二月、産卵のため沿岸に群遊するときに漁獲する。冬、雷が鳴ると漁獲量が多いので、また、水面に浮かび上がるので、雷魚とも呼ばれる。秋田の鰰料理、しょっつる鍋は名物である。

思い出をはたはたの飛び越えにけり　後藤立夫
鰰鮓一樽漬けて村を継ぐ　佐々木栄子

魴鮄（ほうぼう／はうばう）

ホウボウ科の海魚。体長約四〇センチ、体は紫赤色で、胸びれがすこぶる大きく、内面は鮮やかな青色で美しい斑点がある。胸びれの前部にひれの変形した三本の指状のものがあり、これで海底を歩く。浮袋（鰾）で音を発する。

魴鮄一ぴきの顔と向きあひてまとも　中塚一碧楼
魴鮄の鬚脚立てて貌そろふ　秋山牧車

鮪（まぐろ）　鮪船（ぶね）　鮪釣

サバ科の外洋性回遊魚。サバ型で大きく、体長三メートル、体重四〇〇キロ以上になる。背面は青黒色で、腹面は灰白色、幼魚の体側には腹背の方向に淡色の帯がある。肉は暗赤色で、刺身で食することが多く、冬がとくに美味である。「とろ」は胸鰭の下の脂肪の多いところをいう。成長の度合によって、メジ、シビ、マグロなどと呼ぶ。種類はクロマグロのほか、鰭長（びんなが）、黄肌（きはだ）、メバチなどがある。日本近海でとれるのはホンマグロ、太平洋・インド洋・大西洋にかけてはビンナガ・キハダを主としている。カジキは、カジキ科でマグロとは別種。

鮪の血冷凍ゆるみ流れだす　津田清子
大鮪跨ぐ女も躍る一人　林　陽風
凍鮪胴に躍値のなぐり書き　品川鈴子
此の岸の淋しさ鮪ぶち切らる　萩原とし子
黒髪を船に祀りて鮪追ふ　歌津紘子
新年は赤道直下と鮪船　吉井竹志

鱈（たら）　雪魚（たら）　真鱈（まだら）　助宗鱈（すけそうだら）　鱈船（たらぶね）　子持鱈（こもちだら）

タラ科の海魚。体長は数十センチほどで側扁し、腹部はふくらみが大きい。口は大きく強い歯がある。背鰭（せびれ）は三基、臀鰭（しりびれ）二基あって、背部は淡褐色で、腹部は白色である。北日本以北のやや深海に棲み、北海道の重要漁獲物の一つになっている。磯鱈と沖鱈があり、えび、かに、いか、たこなど何でも胃の中につめこんでいて腹が大きい。これを「たらふく」という。また、冬季の産卵期に群をなして浅海に来るところを「鱈場」という。冬期が美味で、白身で淡白な味は、鱈汁、鱈ちりにされる。塩鱈、開鱈、干鱈、棒鱈にもされる。

子持ち鱈口閉じ雄鱈口開く　右城暮石
鱈を糶（せ）る後に波の崩れけり　石垣軒風子
ぶち切れば声荒くなり鱈売女　山本一糸
俎（まないた）をすべり落ちたる鱈の顔　中島畦雨
売られゐる前沖の鱈自若たる　柴田陽子
鱈一本北方の空の縞持てり　新谷ひろし
ましろなる鱈に血のありうつくしき　楠本みね
実年や咽喉に閊へし鱈の骨　河井多賀夫
定食の鱈汁てふを食べきれず　酒井一鍬
鱈汁や盗っ人被りの蜑（あま）溜り　三宅郷子
鱈食ふて口数多し津軽人　矢田邦子
鱈汁や座興を越えるおけさ節　菊池志乃

鰤（ぶり）　寒鰤（かんぶり）

アジ科の沿岸回遊魚。体は長い紡錘形で、背部は鉄青色、腹部は銀白色である。体側に前後に走る淡黄色の帯がある。体長は約一メートルで、温帯に棲み、大謀網、ブリの落し網という定置網を使って漁獲する。北陸方面では雪時化（しけ）のときに鰤漁が多く、十二月、一月頃の雷を「鰤起し」といっている。鰤は出世魚の典型で、東京地方では、わかし（一五センチまで）→いなだ（四〇センチまで）→わらさ（六〇センチまで）→ぶり（九〇センチ以上）と呼ばれ、大阪地方では、つばす→はまち→めじろ→ぶりと呼ばれるが、地方によってさまざまである。寒中の鰤はことに美味で、出世魚ということもあって、関西では歳暮の贈答品とすることが多い。→鰤網

寒鰤や飛騨を越え来し塩こぼす　中澤康人
担がれて届く大きな嫁御鰤　池田世津子
寒鰤の目の美しさ揃へ売る　猪狩紫水
鰤来るか夜雨の潮の香のつのり　斉藤土舟

鮟鱇（あんこう）

アンコウ科の海魚の総称。体長一メートル以上で、海藻の生えた海底に棲んでいる。団扇のように扁平で、大部分が頭で胴は小さく、口が著しく大きく歯が多い。鱗はなく、皮質突起がある。深海魚で、水深二百メートル位の岩礁にじっとしていて、背部前方にある触手状・房状の棘を揺らしながら小魚を誘って、ぱくりと呑み込むのである。体色も海底の色に変えて、獲物が来るのを待ちかまえている。漁獲したものは、大きな胃の中に入れておく。体が柔かく、ぬるぬるしているので、懸け吊して切る。これを「鮟鱇のつるし切り」という。肉、内臓ともに美味である。→鮟鱇鍋

鮟鱇の骨まで凍ててぶち切らる　加藤楸邨
イエスより軽く鮟鱇を吊り下げる　有馬朗人
鮟鱇を煮て面白き話せむ　清水基吉
鮟鱇のどろりと箱を溢れけり　吉澤利枝
罪科（つみとが）もなき鮟鱇の吊し切り　三橋敏雄
鮟鱇の胆（きも）溢れゐる鉄の皿　二宮一知
鮟鱇に目のあり二つちよぼとあり　藤田あけ烏
鮟鱇の面構えして世を渡る　大月桃流
生家とは鮟鱇の口ほどの闇　鳥居真理子
鮟鱇のがまんの口を今降す　今関幸代

鮟鱇の屈託の肝抜かれけり　村中燈子
鮟鱇のふさぎこんだる面がまへ　市川栄次
素通りを許さぬ貌の鮟鱇買ふ　立石　京
鮟鱇の骨の干さるる酒房裏　松本悦子
鮟鱇のどこからが顎どこが貌　水谷芳子
鮟鱇の土曜の町に吊られけり　成井　侃
鮟鱇を腑におとしたるところなり　西村純吉
真つ先に肝を抜かれて吊り鮟鱇　福田貴志
鮟鱇の腸の潮水あふれけり　石脇みはる
鮟鱇はゆるき外套着用す　安田千枝子
鮟鱇の顔俎板にのりきらず　能登裕峰
選り好みしても鮟鱇同じ貌　山岡成光

杜父魚（かくぶつ）　杜夫魚（かくぶつ）　杜父魚（とふぎょ）　霰魚（あられうお）　あられがこ

硬骨魚目カジカ科の川魚。体長約五センチで、形はハゼに似ている。痩せていて鱗がない。背鰭は二基で暗灰色をしている。背部には雲形斑紋がある。霰が降ってくると、水面に浮かんで腹を打たせるので霰魚の名もあるが、これは産卵のため川を下る力を尽しきった姿だともいわれている。福井県九頭龍（くずりゅう）川の特産で、天然記念物に指定されている。別称に、川おこぜ、まごり、ちちんこがある。

杜父魚のえもの少なき翁かな　蕪　村
杜父魚やいよいよざらめ雪の相　岡井省二

氷下魚（こまい）　氷下魚釣（こまいつり）　氷下魚汁

タラ科の魚。鱈（たら）に似た食用魚で、北海道以北に産する。体長約三〇センチで、凍った海に穴をあけて釣ったり、網でとったりする。味は淡白で、味噌汁や刺身などで食する。乾魚にしたものが「乾氷下魚（ほしこまい）」。「かんかい」はアイヌ語である。さほど美味ではないといい、また地元では冬の最上の味覚という。氷に穴をあけて釣る風景が面白い。

透明な火をなだめては氷下魚釣　北　光星

国後に向けて竿振る氷下魚釣　深谷岳彦

河豚（ふぐ）　ふぐと　ふく

マフグ科および近縁の魚の総称。いずれも体は太り、背鰭は小さく、尾は細く、泳ぎは上手ではない。口は小さく、歯が鋭い。水面で攻撃されれば、空気を吸い込んで腹部をふくらますものが多い。これは、胃についている袋に、水または空気を入れるのである。瞼があって蛙のように目をつぶる。肉は淡白で美味であるが、内臓には猛毒をもつものが多く、料理の際はこれを除き、肉も充分水洗する必要がある。種類は多いが、真河豚が最も普通で、毒も薄い。虎河豚は河豚提灯の材料にもなる。箱形の箱河豚、全身に針をもつ針千本、最も烈しい毒をもつものが赤目河豚である。↓

河豚汁・鰭酒

河豚煮るやひとり呟く愛憎言　石田波郷

ふぐ刺身舌にのせれば舌と化す　出井一雨

毒で死ぬ世のなつかしきふぐ供養　鈴木貞雄

遠慮しながら河豚刺を平らげる　玉木克子

糶（せ）り負けし河豚を跨（また）いで去りにけり　吉田輝二

毒舌の鋭さ増せり河豚（ふぐと）酒　福田貴志

柳葉魚（ししゃも）

シシャモはアイヌ語。キュウリウオ科の魚。ワカサギに似ているが、尾鰭が下の方が大きいのですぐ区別できる。体長一五センチで、細身の体型が柳の葉に似ているのでこの文字を書いている。北海道東南部沿海に棲み、初冬の産卵期に川を遡上してくるのをとる。主に干物にするが、味は淡白で子持ち柳葉魚は珍重される。近年は近緑のキャペリンが「カラフトシシャモ」と称して輸入されている。

雨に獲て寸の柳葉魚ぞ風蓮湖　野木野雨
近ごろの汽笛腑抜けや柳葉魚焼く　柳澤和子

潤目鰯（うるめいわし）　うるめ

イワシ科に属する。水面近くを群泳する。真鰯に似ているが、体に丸みがあり、大きい目が赤く潤んでいるのでこの名がある。臀鰭は非常に小さく、背は暗褐色で腹は銀白色である。他の鰯より油ののる時期が少ないので、乾物にしやすく、冬によく乾いた粉吹がでる。↓鰯（秋）

筋力の入りたるうるめ鰯かな　鈴木明
父祖よりの藍甕守り潤目干す　片岡とき江

寒鯉（かんごい）　凍鯉（いてごい）　寒鯉釣（かんごいつり）

コイはコイ科の淡水魚。側線鱗が三六枚あるというので六六魚とも呼ばれる。二対の口ひげがあり、急な流れのない泥底の川や池を好んで棲んでいる。食用、鑑賞用とされるが、寒中の鯉は美味なので、寒釣の対象とされる。冬期、水温が下がると、泥中にじっとしている。↓緋鯉（夏）

寒鯉の水の筋金呑みしごと　宮坂静生
滝口にたゆたふ寒の鯉として　大高芭瑠子
寒鯉のうねる心音ひそみをり　新谷ひろし
冬の鯉光飲んでは沈みけり　稲垣恵子
寒鯉に影のずしりとぶらさがる　斉藤扶美
寒鯉の頭揃えて沈みをり　榎田きよ子
寒鯉のけむりの如く去りにけり　杉山碧風
動かざる寒鯉を見て決断す　中西咲央
寒鯉の流れに耐へてをりにけり　谷口忠男
寒鯉とわかる深さにをりにけり　新井ひろし

寒鯉の呪縛ときたる水の色　鈴木貞雄

寒鯉の呼吸大きく秤られし　酒井智代

寒鮒（かんぶな）　寒鮒釣

フナはコイ科の淡水魚の一群の総称。口ひげはなく、背部はオリーブ色で隆起し、腹部は銀白色または金色である。体長は普通一〇から一五センチである。その鮒は、寒中、水底の深いところにひそんで、餌もあまりとらずじっとしている。寒鮒釣りは、釣り難いところを釣るので楽しみであるし、美味でもある。甘露煮にしたりする。↓乗込鮒（春）・濁り鮒（夏）・紅葉鮒（秋）

貧交や寒鮒の目のいきいきと　加藤楸邨

寒の一夜の生に水にごる　桂　信子

寒鮒にそへあたたかき飯（いい）なりき　古沢太穂

寒鮒のくちびる薄く釣られけり　安田誠一

水を釣つて帰る寒鮒釣一人　永田耕衣

寒鮒のまだ一匹も釣れてゐず　本杉勢都子

魦（いさざ）　魦舟（ぶね）　魦漁

ハゼ科の小魚で、琵琶湖固有種。春が漁期だが、古くから冬の景物として冬としている。魦舟を出して、目の細かい魦網で獲る。清汁や飴煮にすることが多い。

寝るときの冷えや魦を身のうちに　森　澄雄

きんいろにひかる若狭の魦かな　信谷冬木

ずわい蟹　越前蟹　松葉蟹

松葉蟹はずわい蟹の別の名称。ずわい蟹はクモガニ科の大形の蟹である。甲幅約一三センチ、脚をひろげると五〇センチに達する。背中はほぼ三角形で、茶褐色、表面に疣状の突起（カニビル）がある。肢は長く丈夫で、肉は美味である。日本海、ベーリング海に分布して産し、北陸地方でよく獲れるので越前蟹の名もある。雄は大きく、雌は小さい。雌は、こうばく蟹、せいこ蟹と呼ばれる。

越前の雪の匂ひの夫婦蟹　猿山木魂
荒海の能登より届く松葉蟹　星野　椿
店赤くなる程松葉蟹ならべ　山下美典
あふむきで値切られている越前蟹　栢尾さく子

寒蜆（かんしじみ）

かつては日本の多くの川や池や沼にすんでいたシジミ科の二枚貝で、真蜆（殻四センチほどで表面黒褐色）、大和蜆（円味をもつ外形で表面は黒）、瀬田蜆（幼い貝はオリーブ色、大きくなると黒）の三種類がある。蜆は、主として水の流れている砂地や潮のさす泥地にすんでいるので、寒の季節のものは身がしまり、滋養もあると考えられ、寒蜆と呼ばれて珍重されてる。寒蜆に対応するものに、（夏の）土用蜆がある。

冬蜆店の雨だれひびきけり　阿波野青畝
寒蜆母がとなへし唱名か　平橋昌子
味噌汁の寒蜆また湖の蔵（ぞう）　森　澄雄
寒蜆ひと夜の水に吐けぬ泥　小畑啓子
寒蜆こつんこつんと口ひらく　大澤ひろし
あいらしく白き舌出す寒蜆　大口公恵
赫（あか）き掌（て）にころがして寒蜆なり　小林京子
寒蜆掻くや神名備（かんなび）颪（おろし）急　由木みのる

海鼠（なまこ）　酢海鼠

棘皮（きょくひ）動物海鼠類に属する動物の総称。体は円筒状で左右相称で、三列の管足が腹面に、口のまわりには多くの触手があり、柔軟な外皮中に微細な骨がある。浅海にも深海にも分布しており、海の深いところのものの体は、寒天質のものが多い。赤いものと青いものがある。どちらが頭か尾かわからない動物で、銛で突いて捕るのを海鼠突きという。海鼠網も用いられる。海鼠の腸はこのわたといって酒の肴にする。海鼠を煮上げて干したものはいりこ（海参）である。なまのまま食用になるのは「まなまこ」で、二杯酢、三杯酢にして食する。冬が一番美味である。

潜水着みながみな黒海鼠海女　太田　嗟
海鼠桶覗きてをれば灯りけり　柴崎七重
大臣の台詞のごとき海鼠かな　藤井三吉
一口に海鼠の色の言ひ難し　山崎房子
海鼠噛む遠き暮天の波を見て　飯田龍太
海鼠捕る海鼠のやうな仕種して　井上比呂夫
海鼠喰ふ私も進化しそこねて　笠間圭子
吹かれ来て海鼠の貌になってをり　柴田朱美
わがままな海鼠に月の光かな　功刀とも子
善し悪しを言はれし海鼠動き出す　次井義泰

牡蠣　真牡蠣　酢牡蠣　牡蠣飯

イタボガキ科の二枚貝の総称。貝殻は形がやや不規則で、左殻で海中の岩石や杭などに付着する。この性質を利用して、牡蠣田、下垂式、筏式で養殖している。全国で養殖しているが、広島や仙台地方から産するものが有名である。冬季、身のしまっているときが一番美味しく、生鮮のものにレモンを滴して食べ、酢牡蠣にして食する。↓牡蠣船・牡蠣剥く

牡蠣食へば妻はさびしき顔と云ふ　杉山岳陽
牡蠣の水揺する目の玉落ちしかと　椎野美代子
牡蠣に酢を注ぎあかるき地中海　佐川広治
本心を突かれて牡蠣の酢にむせぶ　山中宏子
あたらしき声出すための酢牡蠣かな　能村登四郎
酢牡蠣吸ふいまこのことのほか遠し　矢崎幸枝
酢牡蠣喰べけむりのごとき雨に遇ふ　吉田鴻司
酢牡蠣塩梅実家の嬶座の代変り　菊池志乃

冬の蝶　冬蝶　凍蝶

冬の蝶のなかで成体のまま越冬するのは、黄蝶とタテハ蝶の仲間などである。冬の暖かい日に見かけることがある。越年蝶ともいう。また、羽搏つこともせず、じっとしている蝶を、凍てついたような様子から、凍蝶という。弱々しくも舞い立つものは冬の蝶である。→蝶（春）

凍蝶の金箔褪せし日の光り　加藤三七子
翅ひろげゐて放心の冬の蝶　稲田眸子
転生の深き河あり冬の蝶　鈴木栄子
ひとつといふやさしき数の冬の蝶　今泉陽子
冬の蝶実験といふ核使ひ　染谷佳之子
黒潮の風あたかき冬の蝶　土永竜仙子
冬の蝶冥府に翅をひろげたる　山川幸子
掌に温め放せし蝶の雪に舞ふ　原田孵子
てのひらの冬蝶にわが息合はす　久保美智子
酢の蔵の酢の香をまとひ冬の蝶　山内透青
凍蝶や日の果に雲一朶燃え　豊長秋郊
病む人の逝きたる知らせ蝶凍つる　杉山和子
冬蝶の翅の気負ひも帰心ゆゑ　中島畦雨
胸底に凍蝶のゐて眠れざる　ほんだゆき
凍蝶に旭は粛々とのぼりけり　豊長みのる
凍蝶の解けてゆるゆる舞ひくだり　渡辺立男
蝶凍てて触れなば塵とくづるるか　宇都木水晶花
カーテンの裾よりこぼれ冬の蝶　石原　緑

冬の蜂　冬蜂　凍蜂

冬の蜂は交尾後、雄蜂は死ぬが、受胎した雌蜂は生き残って越冬する。冬眠ということもできる。アシナガバチの仲間、クロスズメバチなどで、元気がなく日当りの花などに来ているのを見たりする。その冬の蜂が、凍りついたように動かずじっとしているのが凍蜂である。→蜂（春）

冬蜂の死に所なく歩行きけり　村上鬼城　粗朶の中から冬蜂の眼かな　山本種山
冬の蜂日当たる方を見てをりぬ　小河洋水　冬の蜂仁王の力瘤を這ひ　田尻史朗

冬の蠅（ふゆのはへ）　冬蠅（ふゆばえ）　凍蠅（いてばえ）

冬まで生き残っていて、成虫で越冬する蠅である。夏ほどは目立たず、暖かい日にはどこからか出て来て、硝子戸や石などにじっとしている。動作が鈍く、ころりと死んだような姿をしているのを凍蠅という。↓蠅（夏）

文字の上意味の上をば冬の蠅　中村草田男　手を合わすことも忘れて冬の蠅　東　智恵子
冬の蠅日当る幹をよりどころ　外山智恵子　冬の蠅たたくと家の壊れる音　青木栄子
銃声を待ってゐるらし冬の蠅　林　誠司　海底透視船室にゐる冬の蠅　鈴木節子

枯蟷螂（かれかまきり）

カマキリは種類や環境によって、その身体や脚や翅の色が異なっている。大きく分けると明るいみどり色の蟷螂と、茶色のものとがある。どちらも保護色である。草木が枯れたなかに生き残っている蟷螂を枯蟷螂というが、みどり色の蟷螂が変化したのではない。「蟷螂生る」が夏、蟷螂は秋。枯蟷螂は晩秋から冬の姿である。季節とのひびきあいが生んだ季語といえる。↓蟷螂生る（夏）・蟷螂（秋）

枯蟷螂落ちても構ふ石の上　山口草堂　蟷螂の眼の中までも枯れ尽くす　山口誓子
蟷螂の枯にしたがふ水際かな　原　裕　枯蟷螂に朗々の眼（まなこ）あり　飯田龍太

枯蟷螂やすやすと手にのりにけり　山本敏章
蟷螂の枯れくる脚を組み替へす　久我真弓
枯れてなほ蟷螂の目でありにけり　川村五子
枯蟷螂鳥居起点の里程標　新谷ひろし
一顧だにせず蟷螂の枯れ尽くす　宮本ひかる
蟷螂の腹より枯れの始まれり　宮川杵名男
枯れきりし蟷螂赤き眼を残す　井上倭子
冬蟷螂やさしくなるを哀しめり　森村文子

綿虫（わたむし）　大綿（おおわた）　雪蛍（ゆきぼたる）　雪婆（ゆきばんば）　白粉婆（しろこばば）　雪虫（ゆきむし）

半翅目ワタアブラムシ科の昆虫で、雪虫ともいう。初冬の頃現われて、青白い綿のように浮遊している。リンゴワタムシ、リンゴワタアブラムシなどは、リンゴの害虫である。エノキワタアブラムシは、蚜虫（ありまき）の属である。夏は翅のない雌だけで単性繁殖し、十一月頃に翅をもった雄が現れて、飛び立って交尾し、卵を生み、卵の状態で冬を越す。体長二ミリほどで、綿状の分泌物を持って飛ぶので綿虫という。また、これが初雪の頃になるので、雪虫、雪蛍、雪婆（ゆきばんば）、白粉婆（しろこばば）などと呼ばれる。大綿はやや大きく、リンゴの木によく付着寄生する。雪虫には、雪中の別の小虫（雪蚤・跳虫）があるので注意すべきである。↓雪虫（春）

綿虫やそこは屍（かばね）の出てゆく門　石田波郷
雪呼びいる初綿虫を掌に開き　古沢太穂
綿虫に洗濯物の雫かな　加藤三七子
綿虫を不意に掴みし女の手　塩川雄三
身を飾る綿が重荷の雪蛍　岩崎憲二
橋渡りきり綿虫を見失ふ　田代民子
佇（たたず）めば綿虫の舞ふ立子句碑　松下信子
葬の列いま綿虫のなか通る　伊藤霜楓
手の中にかすか綿虫の息づかひ　今　鷗昇
綿虫や晩年むしろ夢多き　宮下翠舟
号砲を打つ綿虫の群るる中　高田誠司
綿虫や納戸色なる妹背山　矢部白茅

綿虫の飛ぶころといふ水の色　前島みき
綿虫にありし空気の出入口　江川虹村
眼の高さまで降りて来し雪婆　岡地蝶児
綿虫の凪よりうすき翅つかふ　篠原宵人
蹤けゆかな綿虫が火を発すると　政野すず子
ゆうがたは水音恋ふる雪ばんば　池田琴線女
雪ばんば渦なす闇の螺髪かな　栗栖恵通子
夢に来て無言の夫よ雪ぼたる　緒方みどり
遭難の錨祀られ雪ぼたる　岡野風痕子
たましひは紺にてあらむ雪蛍　三嶋隆英
魂の重さ夕日に雪蛍　徳田千鶴子
殉難の碑に見失う雪蛍　畠　友子
大綿に軽く心をのせてみる　長浜光弘
綿虫やこゑの暮れゐるかくれんぼ　清水節子
こころ急くとき綿虫の近づきぬ　藤井寿江子
まばたけば綿虫消ゆる野の入日　平賀扶人
綿虫をはづませてゐる泉かな　きちせ・あや
綿虫が飛ぶ石の宙竜安寺　勝井良雄
綿虫の穴場といへばそこらへん　伊藤　格
綿蟲に遇ふと思へば今日遇へり　菱科光順
かがよへる女人高野の雪蛍　高野千代
牛の競売はじまるまでの白粉婆　上木輝子

冬の虫（ふゆのむし）

秋に鳴く虫が、冬に入ってもまだ草むらなどに生き残っていて、細々と、また絶えだえに鳴いているのをいう。盛んな虫時雨の時期には、想像もできなかった侘びしい音声である。人にたとえて「虫老ゆ」と示し、声のかすれた様子、聞こえなくなったさまを、各々「虫嗄（か）る」「虫絶ゆ」とも示す。→虫（秋）

冬の虫ところさだめて鳴きにけり　松村蒼石
冬の虫しきりに翅（はね）を使ひをる　石田勝彦

植物

冬の梅（ふゆのうめ）　冬梅（ふゆうめ）　寒梅（かんばい）　寒紅梅（かんこうばい）　冬至梅（とうじばい）

早咲きの梅の品種で、寒中すでに花を開くもの。早梅と同じと見る人もある。寒紅梅は八朔梅とも言い、冬至梅は冬至のころから咲く白梅である。→梅（春）・探梅

冬の梅はげしき夜雨に匂ふなり　水原秋櫻子
寒梅のあたりにて日の終りかな　岸田稚魚
寒梅の枝の強情活けにけり　木内怜子
冬梅や母の履き古る日和下駄　河久保喜秋

早梅（そうばい・さうばい）　梅早し

早咲きの梅のこと。日当たりの良い山裾やかくべつ暖かいところに季節に先がけて開く梅で、品種の相違ではないので注意が必要である。

早梅や御室（おむろ）の里の売屋敷　蕪村
一二輪とは早梅にかなふもの　山本柳翠
早梅の汀女の句碑を指の先　増田萌子
早梅や白波すこし沖に立ち　井桁汀風子

臘梅（ろうばい・らふばい）　唐梅（からうめ）　蠟梅（ろうばい）

中国から渡来したもので、唐梅ともいう。ロウバイ科の落葉樹で高さは三メートル余り。葉は卵型で対生し、厳寒のころ葉にさきがけて、黄色い花をつける。蘭に似た芳香があり、盆栽にして愛好

される。梅とは別種。

臘梅や雪うち透かす枝のたけ　芥川龍之介
バス見えてきて臘梅の下離る　窪田久美
臘梅が咲き歳月の流れだす　家里泰寛
臘梅や鉄の臭ひの埋立地　笹本カホル
臘梅を十まで数へまろき鳩　河合多美子
生きて会ふ地震一年の臘梅に　五十嵐　櫻
臘梅は挫けぬために匂ふ花　伊予田由美子
臘梅や不二にも重き空の青　三田逃水

帰り花（かへりばな）

返り花　忘れ花　狂い花　狂い咲き

小春日和に草木が時ならぬ花を咲かせることがある。これを「返り花」「狂い花」「二度咲き」という。桜、梨、山吹、躑躅（つつじ）、蒲公英（たんぽぽ）に多く、それらを総合して言うが、具体的な花の名とともに詠出する場合も多い。気温が高くなったために花芽が思わぬ発育をして開花するもので、数は多くない。

帰り咲く八重の桜や法隆寺　正岡子規
返り花咲けば小さな山のこゑ　飯田龍太
島一つ一村なせり帰り花　有働　亨
返り咲く花を水音逸れてゆく　原　裕
人ごゑの遠のきゆくや返り花　角川春樹
川よりも低き鵜塚や返り花　神蔵　器
まなざしにあたためらるる返り花　米田ゆき子
手庇に数へていくつ返り花　本田砂地歩
沼の風ふふみて紅の返り花　中村久美子
ひとしきり海鳥のこゑ帰り花　斉藤康絵
いづこへも光ゆづらず返り花　矢部白茅
はんなりと返り花とも思はれず　井口冨子
あまた星降りしあしたの返り花　中村澄子
狂ひ咲く牡丹ハミングしたき晴　中野由紀子
島人が幼ナ遊ばす帰り花　阿知波裕子
狂ひ花狂ひし色と思はれず　森　礼意三

裁かれて汚職居直る狂ひ花　藤平静々子
病感の稀になき日や返り花　塩谷はつ枝
おみならの声弾みゐる返り花　杉山青風
文芸は虚実の虚なり返り花　中野　弘

室咲（むろざき）　室の花

春に咲く草木の花を温室やビニールハウスなどで早く咲かせたものをいう。春咲きの草木のほとんどにわたって室咲きとして栽培することができる。以前は、室内に炉火などで温めたり、土蔵などに入れ開花させたが、今はガラス張りの温室やビニールハウスが普及し、蒸気や電熱の装置を導入し、色々な草木を室咲きとして開花させることができる。↓フレーム

暗き方は海に雪降る室の花　篠田悌二郎
眠れぬに室花夜もこもり香や　野沢節子
片仮名の名はすぐ忘れ室の花　松本泰志
病衣着てただの老人室の花　早川教子

冬桜（ふゆざくら）　寒桜（かんざくら）　緋寒桜　寒緋桜

桜といえば春たけなわの花だが、冬咲く桜に冬桜と寒桜がある。冬桜は十二月から翌年の一月にかけて咲き、梅に似た寂しい白色の一重咲きで木も小さい。俳句では、ふつう単に冬咲く桜、寒中に咲く桜として詠まれている。↓桜（春）

山の日は鏡のごとし寒桜　高浜虚子
冬桜空の碧さとかかはらず　馬場移公子
舞うほどの花びら持たず冬桜　宇咲冬男
人体に谷あり谷の冬ざくら　柿本多映
吾が句碑に大き耳あり冬ざくら　星野明世
冬ざくら死に逆らはぬ鳥けもの　木内彰志
寒ざくら蓄へし彩地にこぼし　雨宮抱星
冬桜総身湯気の馬通る　今井　聖

一片を散りもこぼさず冬桜　園　敦恵
風音のいつもどこかに冬桜　高橋千鶴子
咲きそめしかに咲ききれる冬桜　久保ともを
シーソーの軽さ十月桜かな　野口京子

冬薔薇（ふゆそうび／ふゆさうび）　冬薔薇（ふゆばら）　寒薔薇（かんばら）

冬に咲く薔薇のこと。冬薔薇という品種があるわけではない。四季咲きの薔薇は冬にも花をつける。冬薔薇は比較的寒さに強く、あたりの枯れ色の中に数輪の花を開くさまは、他の季節にはない独特の風趣がある。温室栽培のものは季節を問わずあるが、この切り花用の品種は冬薔薇のもつ風情には乏しい。↓薔薇（夏）

冬薔薇石の天使に石の羽　中村草田男
尼僧剪る冬のさうびをただ一輪　山口青邨
冬薔薇はじめの一ひらほぐれ難し　中嶋秀子
一輪の冬ばら投げてフィギャア終ふ　小川濤美子
心臓の至近に大き冬の薔薇　星野明世
冬薔薇アポロも獣も安息時　川口作子
冬薔薇ふたりに別々の時間　為成暮緒
指で読む書は白かりし冬の薔薇　平井　葵
厨ごと終りて活ける冬薔薇　山崎道子
航海図冬薔薇園に向き貼らる　石崎多寿子
会葬が再会の場に冬薔薇　長谷川治子
冬薔薇の咲きためらへる日数かな　吉江八千代
花びらの縁より乾く冬薔薇　榎田きよ子
冬薔薇まなこ乾けるまで眺む　長山順子
冬薔薇咲ききる力ありや剪る　豊島　峰
冬薔薇を二本いただき散会す　大津幸奈
帽子屋のあはせ鏡や冬薔薇　御子柴光子
捨て切れぬ夢もありけり冬薔薇　原田和子
冬の薔薇深紅なるジョン・レノンの忌　坂口緑志
冬の薔薇放物線の先に咲く　浜田扇風
生きるとは顔上ぐること冬薔薇　相原一枝
あの窓に恋始まりし冬薔薇　田口風子

寒牡丹（かんぼたん）　冬牡丹（ふゆぼたん）

牡丹は五月の花であるが、藁囲いをしたり温室の中で育て、冬に咲くように仕立てることが出来るようになった。正月を寿（ことほ）ぐ生け花として珍重し、富貴の象徴とする趣向がある初夏の牡丹より花は小さく、白や紫などがある。↓牡丹（夏）

ひうひうと風は空ゆく冬牡丹　鬼貫
花のこゑ聞かぬとかがみ寒牡丹　鷹羽狩行
寒牡丹哀しきまでに朱をつくす　加古宗也
声出せば砕け散りさう寒牡丹　柚木治子
寒牡丹藁被ぬは息あふれをり　早乙女健
寒牡丹囲ひ地震の国なりし　西村葉子
身のうちに潮満ちくる冬牡丹　池田守一
寒牡丹まなこ逸らさば崩ゆるべし　宮田春童
踏み込みし足跡一つ寒牡丹　山崎ひさを
新しき藁着せありて寒牡丹　山口芦火
妻に影重ねて見入る寒牡丹　鈴木木鳥
塔に日を残して暮るる寒牡丹　百木千木
人とゐてひとの恋しき冬牡丹　環　順子
冬牡丹格子戸暗き民芸館　遠藤比呂志
冬牡丹をみなに喪服うつくしき　安沢静尾
寒牡丹胎内仏のおはすごと　湧井信雄
菰の口みな日面に寒牡丹　田中久子
咲ききってふたごころなし寒牡丹　久保知音

寒椿（かんつばき）　冬椿

椿の花は木偏に春と書くように早春に咲くが、場所によっては九月ごろから咲くものもある。とくに冬期にあって早咲きする種類の椿をいい、冬椿または早咲きの椿とよばれる。四国南部や伊勢湾地方、伊豆や房総などは普通の品種でも開花が早いといわれる。↓椿（春）

火のけなき家つんとして冬椿　一　茶
花咲いておのれをてらす寒椿　飯田龍太
ふるさとの町に坂なし冬椿　鈴木真砂女
寒椿日はかんかんと鳴つてをり　小檜山繁子
一度死ぬための生なり寒椿　佐藤火峰
寒椿落ちしばかりの水揺るる　菅井たみよ
寒椿あしたにもくるいちだいじ　五十嵐山風
墨染を着て眼前の寒椿　村上賢一
いま蛇笏なし蛇笏あり寒椿　飯野燦雨
赤もまた孤独なりけり寒椿　和田律子
一湾を見下ろす宿や寒椿　成田久郎
観音は素足に在わす寒椿　神谷美和
咲き競い寒椿とも思はれず　諏訪美枝子
岩影に神饌の生簀や寒椿　西村旅翠

侘助　侘助　唐椿

唐椿の一種。椿に似て簡素であるが葉が細めで艶がある。花は一重で花数も少なく、いかにも侘びた姿を示すところからこの名があるという。また豊臣秀吉の朝鮮出兵の際、加藤清正が持ち帰ったものを、千利休と同じ時代に生きた茶人「侘助」がこよなく愛したところから、この名がついたともいわれる。この清楚なたたずまいから、茶花として茶人に好まれ庭園などにも植えられた。

侘助のひとつの花の日数かな　阿波野青畝
侘助や障子の内の話し声　高浜虚子
侘助の白もて仏もてなさん　名和未知男
侘助と呼ばれ利休に叶ひけり　新井　博

山茶花　姫椿

ツバキ科の常緑樹で日本原産野生種は四国、九州、沖縄等の温暖な地に自生し、白色か淡紅色の五弁の大型の花をつける。花の少ない冬に咲き出るそのさびた風姿が愛され、鑑賞用としても広く庭樹として用いられ、改良された絞り八重咲きの園芸品種が普及している。漢名は茶梅。

山茶花のこゝを書斎と定めたり　正岡子規

山茶花やいまの日暮の旅に似て　藤田湘子

日おもての山茶花散れり子に問はる　新谷ひろし

山茶花や火の神白き幣を結ふ　加古宗也

山茶花を散らし天井とどきけり　小菅高雪

山茶花や寺の子のあとついてゆく　柴田美佐

山茶花やひとりの昼の焼むすび　神谷節子

噂話は三日華やか山茶花散る　大石壽美

八手の花　花八手

ウコギ科の常緑灌木。暖地の海岸に近い山林などに野生もあるが、多くは鑑賞用に植えられる。天狗の羽団扇の別名もある。高さは二メートル以上のものが多く、葉には長い柄があり、革質が大きく、先が七つから九つに裂けて掌の形をしている。初冬、大きな円錐形の花穂をなして無数の白い小花をつける。毬のような形であまり美しくはないが、冬らしいきっぱりとした花。

花八手薄き乳房は嘆くべし　楠本憲吉

この後は八手の花と愛で生きん　星野立子

花八つ手ぽんぽんぽんと晴れ渡る　野木桃花

くちびるに至らなくても花八ツ手　太田明子

葬送のその後は訪はず花八ツ手　清水静子

花八ツ手囁く羅漢聴く羅漢　近内禎子

肩よせし佃の家並花八ツ手　大塚亜木良

おほかたは説明不用花八つ手　佐々木玄一郎

船過ぎしあとの波音花八つ手　杉立悦子

ふみの日の切手を買へり花八ッ手　高橋純一

朝市に臨時宅配花八手　砥上白峰

人生ゲームのコマのやうなり花八つ手　小林貴子

暮れ方のたまゆらぬくし花八手　中村まゆみ

外灯の一つ消えをり花八手　高橋秀夫

柊の花（ひいらぎのはな）　花柊（はなひいらぎ）

庭園や籬などに植えられる二、三メートル位のモクセイ科の常緑小高木。一名猫児利（びょうじり）。葉は卵型、長楕円形、縁には棘がある。木星に似た白い小花が葉の付け根に密集して咲きよい香りがする。日本名の由来は疼木（ひいらぎ）で疼は「ひいらぐし」（痛む）の意で、葉の棘に触れると疼痛を起こすことから言う。「いら」とは「苛（いら）」で刺を意味する。大変地味な花なので近付いて見なければ分らない。はらはらと散る小花は可憐で、金木犀とは好対照である。

柊の花やおのれに遠くゐて　森　澄雄
柊の花と思えど夕まぐれ　富安風生
製パンの白き背の人雨ひいらぎ　古沢太穂
思惟きらきらと柊の花こぼつ　伊丹さち子
柊の花にはいからさんとやら　松田貞男
柊を大切に日の匂ひけり　久米　敦
艮（うしとら）に柊香る小家かな　吉波泡生
雌伏何時まで柊の花こぼす　藤田柊車

茶の花（ちゃのはな）

茶はツバキ科の常緑低木。茶の花の花期は晩秋から初冬にかけてで、白色五弁の小さい花をひらく。金色の多数の芯がこの花の特徴である。茶畑の外、垣根にもよく植えられている。野生の茶の木は山中に自生をみるが、茶の栽培は我が国に臨済禅を伝えた栄西に始まるという。椿、山茶花と同類ながら、それほどの華やかさはなく、「わび・さび」の茶道にふさわしく、清楚な花のさまが茶人たちに喜ばれた。

茶の花や働くこゝゑのちらばりて　大野林火
茶の花や麗子のごとき女（め）の童　中瀬喜陽

茶の花にほのとゆくての夕がすみ　飯田龍太
虎造の出涸らし節やお茶の花　戸塚和夫
茶の花や黒を着込みて喪へ廻る　宇野由希子
茶の花の雨に匂へる東寺かな　青木重行
茶の花の香る一夜を魘されて　一志貴美子
茶の花の垣をめぐらし従妹住む　中西舗土

寒木瓜（かんぼけ）

木瓜はバラ科の落葉低木で普通は春に咲くが、暖かな地方や南に面した土手などには、冬の間から咲く。これを冬木瓜というが、寒中に咲く木瓜は寒木瓜と称し、庭園や鉢植などに鑑賞用として珍重されている。花は紅、白、濃紅色など様々で、一重咲き八重咲きがある。特に緋木瓜や更紗木瓜等は園芸品として喜ばれている。↓木瓜の花（春）

目を張りて寒木瓜と逢う夢疲れ　加藤楸邨
寒木瓜や外は月夜ときくばかり　増田龍雨
耳敏く（さとく）あり寒木瓜のひらく夜は　阿部光子
寒木瓜や身の芯熱の抜けきれず　鈴木庸子

寒葵（かんあおい／かんあふひ）

ウマノスズクサ科の常緑多年草。葵の仲間と思いがちだが、全く別のもの。山地の林内に生え、寒中でも葉が青いのでこの名がある。地中から長い柄のある、心臓形のシクラメンに似た葉が二、三枚出る。葉面は暗緑色のもの、斑のあるもの、雲紋状のものなど変異がある。十～二月頃の早春にかけて、暗紫色または緑黄色の小さな筒形の花が葉柄の根もとに三、四個かたまって咲く。

軒下の日に咲きにけり寒葵　村上鬼城
落葉松の積もる葉湿り寒葵　長沢ふさ
土の香が好きよ好きよと寒葵　青柳照葉
寒葵枯山水の片隅に　小宮山政子

ポインセチア　猩々木(しょうじょうぼく)　クリスマスフラワー

メキシコ原産のトウダイグサ科の鑑賞用の常緑低木。五月に挿芽、挿木で苗を作り、鉢植で秋まで戸外で育て、温室内に入れると、十二月には茎の先の緑の苞葉が鮮紅色に変じ美しい観葉植物となる。その尖端に黄緑色の小花をつける。クリスマス用の切り花、鉢物として急速に普及した。桃色や白などの色変わりの品種も多く作られている。

ポインセチヤ愛の一語の虚実かな　角川源義
小書窠もポインセチヤを得て聖夜　富安風生
ポインセチア肉むら厚き裸婦の像　加古宗也
ポインセチア色淡ければ胸に抱く　田中幸雪
夜の部屋ポインセチアが赫すぎる　千坂美津恵
寝化粧の鏡にポインセチア炎ゆ　小路智壽子
ポインセチア思ひつめたる緋をかかぐ　菊地　正
ポインセチア遥かなる日は御名御璽　木谷はるか

シクラメン　篝火花(かがりびばな)

サクラソウ科の多年草。わが国では明治二十四、五年頃初めて栽培された外来植物。原産は地中海沿岸。丸い芋の葉状の葉を叢生し、その間から花梗をぬき、蝶形をしたかがり火のような美しい花を一個ずつつける。花は赤、白、緋、淡紅、紫、そのぼかしなど気品のある花彩をしている。西洋では放し飼いの豚がこの球根を好んで食べることから、「豚の饅頭」という異名もある。元来は三、四月の花であるが、現在では鉢物などが多く冬から新年用の花として促成栽培されている。

燃えつきし焔の形シクラメン　田川飛旅子
恋文は短かきがよしシクラメン　成瀬櫻桃子
磨硝子ごしの紅白シクラメン　山中弘通
ひと言でいえばいいひとシクラメン　石口りんご

シクラメン死は早朝に鳴り響く　夏石番矢
心音のことに響く夜シクラメン　石山恵子

枯芙蓉（かれふよう）　芙蓉の実

アオイ科の落葉低木。秋ピンク色の美しい花をひらいた芙蓉も、冬は葉を落して枯れつくす。葉が落ちた後に伸びた枝先に黄色っぽい毛につつまれた球形の実がつき、からからと音を立てて鳴ったりし、枝は折れやすくわびしい風情がある。華道ではこの実のついた茎を花材としてよく用いる。
↓芙蓉（秋）

師の齢いくつ越えしや芙蓉は実に　石田波郷
芙蓉枯れ枯るるもの枯れつくしたり　富安風生
指先のよく利く日なり枯芙蓉　村沢夏風
日溜りの犬は夢みる枯芙蓉　鍵和田秞子
鬱の日のぱちんと弾け枯芙蓉　嶋田麻紀
枯れきって芙蓉の種の湧くごとし　内藤恵子

青木の実（あおきのみ）

ミズキ科の常緑灌木で、関東以西の林中に多く見られる。若枝が青いのでこの名があるが、その葉も濃い緑で鮮やかである。厚い光沢のある葉隠れに、楕円形の艶々した深紅色の実が房のように垂れさがり、冬の庭をいろどる。冬の貴重な色彩を醸しだすものとして花八ツ手と共に庭木にされる。雌雄異株であるから、雄株には結びがない。

雪降りし日も幾度よ青木の実　中村汀女
中年の曇のち晴青木の実　鷲田環
夕凍のにはかに迫る青木の実　飯田龍太
青木の実己が雌株を誇りけり　泉岳志

蜜柑（みかん）　蜜柑山　蜜柑狩

早いものは晩秋から収穫される。明治の頃までは紀州蜜柑が普通で、種子のあるものが多かった。現在は温州（うんしゅう）蜜柑が普通で、瀬戸内、九州、静岡、神奈川両県下で多く生産されているが、生産過剰気味で余ったものはジュースとして市販されている。また晩秋から初冬にかけての蜜柑山も忘れがたい。

上々のみかん一山五文かな　一　茶
みかん黄にふと人生はあたたかし　高田風人子
葉むらより逃げ去るばかり熟蜜柑　飯田蛇笏
日向の冷え日影の冷えの蜜柑剪る　仲田藤車
早生みかんもつと青くてよいものを　佐土原岳陽
こまやかに蜜柑をむきて未婚なり　徳久　俊
吸ひこまれさうな空から蜜柑もぐ　山田幸代
怒つてゐるオレンジを剥く指がまだ　内藤桂子
蜜柑月夜母船のごとく島泛ぶ　山岸治子
蜜柑捥ぎ海のきららを手で包む　徳田千鶴子
大胆な試食ぶりなり蜜柑山　塩見育代
みかん光り一人臥す家結束す　高橋富久江
一村を日溜にして蜜柑山　園部白雨
水軍の島より蜜柑船出づる　坂本孝子
Sみかん詰め放題と言われても　木谷はるか
過去消えて蜜柑むく人なつかしや　長内惠子

朱欒（ざぼん）　うちむらさき　文旦（ぶんたん）　ぼんたん

九州や四国の南部で栽培されているが原産はアジア南部。柑橘類では最も大型で人の頭ぐらいある。初夏に白色の花をつけ、果実が熟すのは晩秋から冬。果肉は白や薄い紅紫色で、この薄い紅紫色のものをうちむらさきと呼ぶ。また厚い果皮は砂糖漬けにされる。

朱欒割くや歓喜のごとき色と香と　石田波郷
ふるさとも南の方の朱欒かな　中村汀女
文旦とは顔翳しても大きかり　古沢太穂
まぐはひは神ぞよろこぶ朱欒かな　岡井省二
海照りは海の鱗よざぼん売　宮坂静生
母へ買ふザボン月よりやや小さし　新田祐久
老い深き南の国の朱欒売り　木塚真人
文旦に指入れて雨ふるさとに　松田ひろむ
男神祀る朱欒の実なりけり　小山森生
絣(かすり)織る音や遠くに朱欒熟れ　堤　多香子
文旦を叩いてをれば河馬なりし　澤本三乗
文旦の皮の厚さよ母の恩　早崎　明

枇杷(びわ)の花(はな)　花枇杷(はなびわ)

バラ科の常緑中高木。葉は長楕円形で表面は皮質、裏は灰白色の短毛が密生している。枝の先端に茶色の毛で覆われ円錐状の花軸を出し、初冬に白色五弁の香りの良い花を咲かせるが、大きな葉とは対照的に花は小さく、目立たない。多くは果樹として栽培されている。↓枇杷（夏）

花枇杷や一日暗き庭の隅　岡田耿陽
このあたり黄泉比良坂(ひいき)枇杷咲けり　加藤三七子
里人は信長贔屓枇杷の花　藤本時枝
一人とはもう減らぬこと枇杷の花　阿部正調
枇杷の咲く村しんかんと人は老ゆ　中　拓夫
淋しさもその淡さほど枇杷の花　斎藤道子
枇杷の花五瓣(べん)揃ひしものを見し　米田ゆき子
枇杷の花咲き廃屋となりてゐし　高橋正忠

冬紅葉(ふゆもみじ)　冬紅葉(ふゆもみぢ)

秋に色づいた紅葉が冷気や霜、時雨などでより鮮やかになり冬まで続いていたり、枝先にわずかに散り残っていたりする。また温暖な地方では冬になって紅葉することも多く、これらを冬紅葉と言

う。遠山に雪を頂く頃、まだ色を尽くしている紅葉には感動すら覚える。↓紅葉（秋）

冬紅葉冬のひかりをあつめけり　久保田万太郎
いち日の旅いち日の冬紅葉　宇咲冬男
痩空也見し目をぬくめ冬紅葉　加古宗也
冬紅葉薫きものあはせして遊ぶ　加藤三七子
くらがりへ覚める水音冬紅葉　板橋美智代
真向ひて山の明暗冬紅葉　関野八千代
坂登り詰めたる色に冬紅葉　江川由紀子
水源のこゝにはじまる冬紅葉　久本澄子
生（あ）れし家にわれの物なし冬紅葉　高橋富久江
なきがらや言葉のやうに冬紅葉　中山純子
大文字山の火種の冬紅葉　徳渕富枝
冬紅葉湖を真下の乳薬師　塩澤美津女

紅葉散る（もみじちる・もみぢちる）　散紅葉

秋を彩った紅葉も霜や風雨にいたみ、やがて散り始める。この紅葉の散る様もまた美しくこれを紅葉散ると言い、散紅葉は地面に散り敷いた紅葉のこと。北風の吹いた翌朝などに紅や錦などさまざまな色に散り敷いた紅葉は、樹上の紅葉とはまた違った趣がある。↓紅葉かつ散る（秋）

はじめより掃かでありたる散紅葉　後藤夜半
散るのみの紅葉となりぬ嵐山　日野草城
音もなく紅葉散りゐる苔筵　杉山青風
菊坂は母の青春散紅葉　村松堅
散紅葉まぶし板彫曼陀羅図　高橋より子
紅葉散る風の重さを載せて散る　鈴木英子

木の葉（こは）　木の葉雨　木の葉散る　木の葉時雨

晩秋から冬にかけて舞い散る葉、散ってしまった葉のみならず、まだ枝に残っている葉も含めて木の葉という。木の葉雨は本当の雨ではなく、しきりに散る木の葉の音を雨にみたてたもの。

木の葉ふりやまずいそぐないそぐなよ　加藤楸邨
木の葉散る金色に刻染まりつつ　野澤節子
木の葉降る詩も降るものと思いけり　大沢せい
月山の木の葉かぞへて寝ねんとす　岩淵喜代子

枯葉（かれは）

霜が降り始める頃になると木の葉も草も枯れてくる。落葉樹の葉の散り落ちて枯れるものはもとより、枝先に、乾いた音をたてて枯れたまま吹かれている葉や、茎に枯れたまま残っている草の葉などをいう。山や森での枯葉は朽ちて植物の大切な養分になる。

降り積めば枯葉も心温もらす　鈴木真砂女
積年の朽葉をためて小町井戸　中村姫路

落葉（おちば）

落葉（らくよう）　落葉焚（おちばたき）　落葉掻（おちばかき）　落葉籠（おちばかご）　落葉期（らくようき）　落葉時（おちばどき）

紅葉した落葉樹は秋から冬にかけて葉を落とす。落葉は、すでに落ちた葉と枝を離れて散ってゆく葉の両方に使われる。色も落ち方も木々によってさまざまで、特定の木の名を冠して桜落葉、柿落葉、朴落葉などと呼ばれることもある。常緑樹の落葉は常磐木（ときわぎ）落葉といい夏の季語に入る。美しく散り敷いた落葉もすっかり枯れて風に吹かれている様は寂しさと共に冬の訪れを実感する。

吹きたまる落葉や町の行き止り　正岡子規
湧き水の輪にのり遊ぶ落葉かな　梶野きぬえ
今日はけふのさよならをいふ落葉の木々　千代田葛彦
大阪城にロックサウンド落葉降る　佐々木千代恵
落葉してそこより氷りはじめけり　吉田鴻司
落葉掃く音軽やかに重たげに　曽我玉枝
櫛型の落葉よ晩年まで華やか　丸山佳子
縄電車降りて落葉になる園児　石井紀美子
落葉季の連嶺天の翳のごと　豊田都峰
落葉踏み句碑を残して帰りけり　勝又一透

再会はあるまい落葉拾い合う　八木　實
伝教の植ゑし銀杏の落葉踏む　大場去聖
落葉ふむ淋しきときは深く踏む　清水節子
小名木川落葉隠れに水母ゆく　長屋せい子
落葉踏む鹿の足音風に消ゆ　狹川青史
落葉散りつくして猫の通りけり　澤里英雄
神主のまはりの落葉巫女(みこ)も掃く　中里北水
子の髪に落葉一日よき父たり　飯塚紫迷
エトランゼ神戸の落葉踏みをれば　山崎みのる
乾き反つて何かいはんとする落葉　小林清之介
丑三つや物の怪(け)ならず舞ふ落葉　穴吹義教
落つる葉の落ちぬ葉に言ふさやうなら　金子　径
落葉焚いつも海から日暮来る　徳田千鶴子
わが影を被せて落葉焚に寄る　吉田俊子

詩を書いてをれば落葉を掃けといふ　冨岡夜詩彦
火の彩の落葉よ夫は兵のまま　静間まさ恵
一斉に落葉する日の滑り台　鎌田初子
総落葉この世の終るごときかな　小林鹿郎
国ざかひ落葉とぶとき影ふゆる　新谷ひろし
心平の詩のぎんどろ落葉かな　猪狩久子
幕下は落葉を踏みて四股を踏む　松田紀子
老僧の漢詩のごとき落葉焚き　宇都宮　靖
落葉籠日雀(ひがら)の声も入れて来し　原　ちあき
余命もてころがる落葉追う落葉　櫛見充男
落葉蹴りサラリーマンはいつも急ぐ　田中朗々
火掻棒最後に燃やし落葉焚　井関しげる
しづけさに耳のこりたる落葉山　岩渕晃三
ラストシーンめきし欅の落葉道　楠元公平

柿落葉(かきおちば)

柿の葉は枝にある時は目立つほどの紅葉とは思えないが、地に落ちた葉は驚くほど色鮮やかで、多彩な色合に驚くことがある。かすかな音をたてて落ちる柿の葉に、やがて訪れるきびしい冬を感じてわびしい。

いちまいの柿の落葉にあまねき日　長谷川素逝
日をのせて柿の落葉のひるがへる　轡田　進
揚げられし小舟の底へ柿落葉　加藤憲曠
シャガールのパレットにも似柿落葉　三矢らく子

朴落葉（ほおおちば・ほほおちば）
朴散る

山地に自生する朴の木は約二〇メートルもある落葉高木。葉も大きく二〇センチから三〇センチぐらいあり山地では晩秋、平地では初冬に葉を落とす。からからに乾いた朴の葉は、まわりの静けさを破ってばさっと音をたてて落ちる。

しき重ね朴の落葉の夥（おびただ）し　高野素十
朴落葉して洞然と御空かな　川端茅舎
朴落葉掃かず一枚づつ拾ふ　五十嵐八重子
朴落葉一枚ごとの日の温み　宮下秀昌
縁なしの畳敷きある朴落葉　竹内悦子
荒くれのやう山中の朴落葉　平手むつ子
なまけ者めきて落ちゐる朴葉かな　折井眞琴
朴落葉よべの湿りのまゝ踏まれ　山口あつ子
野仏に添寝がしたし朴落葉　永井喜久司
男ぼそっと朴落葉ぼそっと　菊池志乃
朴落葉母が一枚づつ焚けり　栗田せつ子
朴落葉無念の声す下屋敷　芳賀雅子

銀杏落葉（いちょうおちば・いてふおちば）

街路樹や神社、寺の境内などは銀杏の木が多い。銀杏の黄葉した姿は大変美しいが、銀杏落葉はそれにもまして美しい。夜来の風雨で境内や街路を埋めつくす落葉はさながら黄金のじゅうたんを呈して圧巻。

美しき銀杏落葉を仰ぐのみ　星野立子
大銀杏散り敷き琵琶の仮舞台　辻村勅代

冬木(ふゆき)　冬木立(ふゆこだち)　冬木影(ふゆきかげ)　冬木道(ふゆこみち)

常緑樹も、葉を落として裸になった落葉樹も、冬木といえば一本の木に視点が絞られる。虚飾を払い落としたあとの落葉樹には、枯木と比べると凛とした厳しさがあり、冬なお力を蓄えている木の生命力を感じさせる。また冬木という言葉の響きとその立ち姿にどこか人生の歩みに重なるものがあり、感傷的にさせる。冬は陰翳(いんえい)の深い季節なのである。

売家につんと立つたる冬木かな　一　茶
もの言はぬ冬木ばかりに囲まるる　朝倉和江
人去れば囁きあへる冬木かも　橋本榮治
身籠りて冬木ことごとく眩し　中嶋秀子
残照や歩まねば吾(あ)も一冬木　岡本　眸
鴉には首吊るによき冬木立　安西　篤
後円墳あらは冬木の桜かな　青柳志解樹
風受けて冬木も独り言増やす　家里泰寛
枝先に冬木の力みなぎれり　北村量子
大冬木苦節の日々のありにけり　八幡里洋
父のごと仰ぐ母校の大冬木　山下美典
みささぎの威を盛りあげて冬木立　松岡君枝
余世とはいつよりのこと冬木の芽　来住野臥丘
あせるまじ冬木を切れば芯の紅　香西照雄
冬木に手かけ卒論の話など　佐伯哲草
冬木の芽跡取りが居て孫がゐて　宮坂秋湖
長考の一手冬木の影に指す　船越淑子
重なりて色の満ちたる冬木立　久保美智子
風鶴院波郷(はきょう)居士(こじ)今大冬木　中里　結
手を振つてからだ浮かすや冬木立　柳澤和子
空にくひ込んで冬木といふ力　金田志津枝
鬼となる子が目を隠す冬木立　赤井淳子
遠くを見よ遠くを見よと冬木立　岡崎淳子
池澄みて冬木の影をそのままに　水上　龍
冬木立抜けきて会話濃くなれり　村松壽幸
それぞれの性もあらわに冬木立　飯沼しほ女

寒林（かんりん）　寒木（かんぼく）

枯木の立ち並ぶ寒々とした林の風景である木立を透く斜陽、遠く雑木林の梢が冬空に煙る様は、色彩の乏しい冬景色の中でひときわ目を惹くものがある。「冬木」より「寒木」という言葉に、背筋を正すはりつめた響きがある。空気感、皮膚感に訴える季語の一つである。

無垢（むく）の瞳となり寒林を出できたる　藤木倶子
寒林に人参色の陽が沈む　村岡正明
寒林の一樹一枝も衰えず　一ノ瀬操
寒林を一筋洩るる仏の灯　髙見岳子
黒き雲白きをのせて寒林へ　鈴木恵美子
寒林より誰か鏡を光らせし　石川千里

名（な）の木枯（きか）る　蔦枯る　銀杏（いちょう）枯る　葡萄枯る　欅（けやき）枯る

冬木、枯木等という総称的なものではなく具体的に草木の名前をつけて詠む。たとえば櫟枯る、銀杏枯る、葡萄枯るのように。従ってそれぞれの木や蔦の名前を入れることによって、その枯れざまや風情、味わいの違いが出てくる。

星は月の前衛護衛枯桜　中村草田男
さくら枯れ僧院めきし無言館　大堀澄子
掃く手より夕日逃げゆく枯零余子（むかご）　大滝大和
午後の日に枯山吹の風やまず　前澤宏光
水辺に実の色とどめ枯茨　福神規子
冬欅五十年とは短きか　関塚康夫
かれき　はだかぎ　かれこだち

枯木（かれき）　裸木（はだかぎ）　枯枝　枯木立（かれこだち）　枯木道　枯木山　枯木星（かれきぼし）

冬、すっかり葉が落ちてしまった木（落葉樹）を「枯木」「裸木」というが、立木のまま枯死した木のことではない。枯一色の景の中に蕭条たる感が強い反面、翌春新芽を吹くまで一冬を越す寒々とした姿にも心打たれるものがある。

枯木星に星組合もありにけむ　山田みづえ
鳥礫また飛び枯木山静か　加古宗也
省くもの影さへ省き枯木立つ　福永耕二
父の戦記裸木ははがねのごとし　宇多喜代子
裸木よなきがらよりはあたたかし　島谷征良
千手仏のごとプラタナス枯れにけり　田口彌生
何の木かわからぬほどに枯れにけり　竹下史郎
考へる楽しさ枯木を見る遠さ　寺島敦子
欅（けやき）枯れ日にさらさるる幹の瘤　山元土十
膝抱いて枯木の声を聞いてをり　西田妙子
入り混じる風の長短枯木山　森川光郎
鳥声のかたまり落つる枯木沼　杉原朝詩
すんなりと裸木になりすましけり　落合水尾
来客のうしろに夜と裸木と　加藤かな文
東横線枯木の影の乗り来たる　後藤眞吉
敵（かたき）にはあらず枯木を滅多打ち　川島喜由
枯木立モームの月のひっかかる　笠間圭子
武蔵野は凡そ枯木の色々に　斉藤幸子
枯木立一樹は西行桜かな　山下喜代子
裸木とわが影壁に立ちあがる　中村翠湖
裸木となりて大樹の姿見ゆ　曽我玉枝
裸木の影の確かさ我が五十路　川合憲子
裸木の電飾いくつ星に足す　鱒澤行人
裸木のそぞろに昏れる物語り　宮地英子

枯柳（かれやなぎ）　柳枯る　冬柳（ふゆやなぎ）

葉の散り尽くした冬の柳。川辺の枯柳が細く長い枝を垂れ、風に吹き靡く様はうら淋しい。一方、厳しい冬を自然のなりゆきに逆らわず、耐える姿にも見えて哀れを誘う。↓柳（春）

ビルは無番地枯るる柳を郵便夫　皆川盤水

バス停のいらだち撫ずる冬柳　指方幸子

枯桑（かれくわ／かれくは）　桑枯る

春蚕から秋蚕まで一年を通しての蚕の飼育が終わる。その頃、幾度も摘まれた桑は葉も乏しくなり、からからに枯れて寒風に立ち揺らぐばかり。鞭のように伸び広がった枝は縄などで括られ枯れ果てる。わずかに枝に残っている桑の葉が風に鳴るのも侘しい。↓桑（春）

日は一粒枯桑きりと身をしばり　宮坂静生

無人踏切不気味にひかり桑枯るる　馬場草童

枯蔓（かれづる）　枯かずら

山野に自生する蔦やかずらには藤、野葡萄、自然薯（じねんじょ）、藪からし、通草（あけび）、忍冬（すいかづら）、鬼野老（おにどころ）、さるとりいばら等がある。木や岩や石仏などに絡みついた蔦やかずらはやがて枯れ果てる。それらが冬の日差しに輝いて暖かく見える。冷え込んだ雪催の日など別の趣がある。

枯蔓や山中に水もつれ合ふ　加藤けい

枯蔓の日陰日向と綯ふひかり　水原秋櫻子

冬枯（ふゆがれ）　枯る

冬到来。原野など眼前に広がる茫漠たるさまの蕭条とした風景をいう。自然の風物ばかりでなく、人間の乾いた心やすさんだ思いなど、内面的心象描写に合う感覚的季語である。同じような意味で「冬ざれ」がこれに代わる。

神通川音いつか瞼の枯れの音　古沢太穂
人間がすこし声だす枯れの中　津根元潮
鬼女跳べり全山枯るる閑けさに　河合凱夫
山霧か硫気か地獄枯るる中　水原春郎
国境に長き停車や枯るる中　森田公司
枯るるものなき石庭の声を聴く　小川玉泉
サキソフォン公園の枯深めたる　松本津木雄
枯深し千の願ひの鶴褪せて　赤井淳子
故郷に母亡く山河枯ふかむ　佐々木かつの
枯れきりてをるは吾亦紅かと思ふ　長尾　雄
湧き水のあふるる池も枯の中　栗原稜歩
枯るるものなき石庭の声を聴く　小川玉泉
いさぎよく枯れいさぎよく聳えをり　山口甲村
武張り立つ闇のオリオン枯のこゑ　平田繭子
英彦（ひこ）枯るる又一つ増え無人坊　筒井珥兎子
枯るる中電車が光かざしくる　栃窪　浩
枯れ果てし岬の灯台風の的　石垣軒風子
下品下生ものの枯れゆく明るさに　細田恵子
捨猫が啼く冬枯の草の中　浅野京子
枯れ色の連なるを火の国といふ　乾　歌子

霜枯（しもがれ）

草や木は霜が降りるたびに、枯れいたんでゆく様はどこか哀れである。地味ながら枯淡の美しさが日に光る。「冬枯」より「霜枯」の方が具体性を帯びている。

強霜にひづめを鳴らしへだたれる　三橋鷹女

霜枯や従容として至仏岳　堀口星眠

雪折(ゆきおれ)　雪折(ゆきをれ)

雪には軽いさらさらした雪、水気を含んだ重い雪がある。新潟や東京などの雪は重い。蔵王などは凍りついて樹氷となる。この様な重い雪の降り積もった重みにたえる木々の哀れな様、また耐えきれず折れてしまった竹や木の折れ口は痛々しい。

雪折の笹青々とみずきけり　西島麦南

雪折の松の真青に日本海　児玉南草

冬苺(ふゆいちご)　寒苺(かんいちご)

暖かい山地の木陰などに野生するバラ科の常緑の蔓性小灌木。夏、白い五弁花を枝先に五、六個つけ、冬には実が赤く熟し食べられる。落葉などの下からのぞいている黄金色の実はとても可愛い。冬華は冬の木苺の意味で、温室栽培の冬出回る苺のことは「冬の苺」といって区別する。→苺（夏）

日あるうち光り蓄めおけ冬苺　角川源義

さみどりの萼(がく)の王冠冬苺　百瀬虚吹

余生なほなすことあらむ冬苺　水原秋櫻子

山姥の杖寝かせある冬苺　富岡廣志

共白髪ついに叶わず冬苺　増田治子

冬苺つまむ小さき指ゑくぼ　中村ふみ

倦怠のきつかけとなる冬苺　新庄佳以

山の子の制服の紺冬苺　黒川礼子

冬苺母の忌日の近づけり　柳瀬都津子

日当りてありかのしるし冬苺　柴田長次

寒菊（かんぎく）　冬菊（ふゆぎく）　霜菊（しもぎく）　島寒菊（しまかんぎく）

キク科の多年草。アブラギクから園芸化したもので、寒菊は栽培種の先祖といわれる。秋の菊が盛りを過ぎた頃から蕾をあげはじめ十二月から一月に開花。小輪の黄色、濃紅の花。茎や葉が霜や雪にも強く、寒さのため紅葉する様を文人、茶人は好んで鑑賞した。カンギクという音の響きの良さと共に、霜に耐えぬいた、厳寒に開く潔さは他の菊とは異なった趣がある。

冬菊のまとふはおのがひかりのみ　水原秋櫻子
さみしからず寒菊も黄を寄せ合へば　目迫秩父
冬菊を焚いて埃と煙かな　西村純吉
冬菊の別れのためにある香り　佐藤愛子
見舞はぬが見舞ひといへり冬の菊　星野すま子
冬の菊手向けて永久（とわ）の別れかな　施　春香
冬菊やためいきとても根付くもの　清水衣子
人柄を辻まで広げ寒の菊　増田萌子

水仙（すいせん）　水仙花（すいせんか）　雪中花（せっちゅうか）

ヒガンバナ科の多年草。厳しい寒さの中に咲く水仙は清楚で芳香がある。伊豆の爪木崎、淡路島、越前岬など自生地として有名。中でも断崖をなす岬を中心に日本海の寒風に吹きさらされる野水仙の群落は心惹かれる情景である。福井県の県花は水仙となっている。「黄水仙」は遅れて春に咲く。水仙といえば野生の水仙を指す。→黄水仙（春）

水仙や古鏡の如く花をかゝぐ　松本たかし
水仙や日の出をまてる海の雲　水原秋櫻子
晴るる日も引く濤幽（くら）し水仙花　宮坂静生
水仙や彫美しき歌碑の文字　坂本杜紀郎
水仙の香のして硝子切られゆく　谷口美紀夫
落人のルーツを尋へば水仙花　東　珠生

水仙や琥珀にすみて棚の酒　吉田冬葉
水仙の葉先までわが意志通す　朝倉和江
吹かるるは水仙そして土星の環　佐怒賀正美
身をつつしめる水仙の香と思ふ　武宮　至
水仙が水仙をうつあらしかな　矢島渚男
水仙に雨まつすぐに降りにけり　布施まさ子
水仙の香に諭（さと）さるる心地して　松林伊世子
水仙の剪（き）られて垂らすいのち水　甘田正翠
越前の水仙を剪る鎌の音　中丸義一
野水仙浜街道の風匂ふ　勝見玲子
野水仙海女の掛小屋閉じしまま　土屋恒代
野水仙暮れなば海も消えるべし　綾野道江

葉牡丹（はぼたん）

牡丹にどこか似ているが、花ではなく、アブラナ科の多年草、キャベツの変種である。白葉牡丹、赤葉牡丹のほか、色々いろの混った五色葉がある。大ぶりの縮緬（ちりめん）状の葉の色あいはさながら牡丹の花。正月用の生花、鉢植にして、床飾や門松の立った玄関脇などに置かれる。

葉牡丹を街の霰にまかせ売る　中村汀女
葉牡丹や女ばかりの昼の酒　桂　信子
葉牡丹に植ゑ替へられし港かな　黒田杏子
葉牡丹や隣人として父母の住む　河合澄子
葉牡丹や身の程といふ幸にゐて　今成志津
葉牡丹の渦に吉凶ありにけり　内藤みのる
葉牡丹の渦図書館へ朝の列　立川京子
葉ぼたんの霜よけ住吉さまの母子　昆　みき
葉牡丹に午後の人出の駅広場　若倉文子
葉牡丹や母のごとくに胸ひらく　阿部正枝

千両（せんりょう）

仙蓼（せんりょう）　実千両（みせんりょう）

センリョウ科。暖かい地方の山林の樹下に自生する常緑小低木。冬、四枚の葉の中心に赤く熟した可愛い球形の実をたくさん結ぶ。葉は艶のある長楕円形でこまかく鋸葉があり対生、やや革質である。縁起の良い名、年を越しても落ちない実、鮮やかな彩りなどが好まれ、新年の床飾りになくてはならぬ花材として需要が多い。黄色い実は黄実仙蓼。白い実は伊豆仙蓼（ヤブコウジ科）。

いくたび病みいくたび癒えき実千両　石田波郷

家具買って家具捨てきれず実千両　三苫知夫

千両の実をこぼしたる青畳　今井つる女

活け終えし松の根締は実千両　山﨑道子

万両（まんりょう）　実万両（みまんりょう）

ヤブコウジ科。常緑低小木。名はその実が千両に勝るという意から由来している。縁起物として千両、万両と並べていわれるが分類学的には全く別種である。その見分け方は実の色と実の付き方である。万両の実は彩やかな千両より紅の色が寂びて重々しく、葉の下に垂れ下がる。萼片があるのも万両である。

座について庭の万両憑きにけり　阿波野青畝

万両や癒えむためより生きむため　石田波郷

枯菊（かれぎく）　菊枯る

晩秋を彩った菊は、冬の深まりと共に、花も葉もやがて芯まで枯れきってしまう。その移り変わりには哀れさにも似た心惹かれるものがある。枯れきったものを焚く時のほのかな香りにも捨て難い情趣がある。↓菊（秋）・残菊（秋）

枯菊に尚ほ色といふもの存す　高浜虚子

菊を焚く身に燃ゆるものなくなりし　辻　静穂

よく燃ゆる枯れ菊に悔なきごとき　きくちうねこ

菊枯れていよよ緊まれる海の紺　松本三千夫

枯菊は折らず芒は折りて焚く　後藤比奈夫

枯菊の焚くほどもなきほどの嵩　堀江多真樹

枯芭蕉（かればしょう・かればせう）　芭蕉枯る

天に向って広げていた大きな青い葉も次第に日や風雨に痛めつけられ、茶色に枯れ果ててしまう。高さ五メートル程の芭蕉の大きな葉が、ボロボロに朽ち果てる姿は哀れさの極みである。↓玉巻く芭蕉（夏）・芭蕉（秋）・破れ芭蕉（秋）

枯芭蕉誰にかも似し我も似し　菅　裸馬

枯芭蕉枯しつばさを地に垂らし　林　徹

枯芭蕉いのちのありてそよぎけり　草間時彦

保護色の蝶々が居たり枯芭蕉　富田潮児

枯蓮（かれはす）　枯蓮（かれはちす）　蓮枯る（はすかる）　蓮の骨（はすのほね）

破蓮は凩（こがらし）が吹き渡り、霜が下りる頃になると、ハス池の景色は一変する。葉は枯れ朽ち茎は折れ曲がり、すっかり実の抜けた花托は頸を垂れ、やがて水に沈み泥の中に没して行くのである。この様な荒涼とした情景に人は一入の哀れさを感ずる。その頃、蓮田ではレンコン掘りが始まる。↓蓮の浮葉（夏）・敗荷（秋）

枯蓮のうごく時きてみなうごく　西東三鬼

幾百を刺さって抜けず枯蓮　木村日出夫

枯蓮に昼の月あり浄瑠璃寺　松尾いはほ

一望の廃墟に似たり蓮の骨　渋谷のぼる

枯蓮の水中も虹懸るらし　宮坂静生

枯蓮を梳きゆくだけの風であり　藤田つとむ

枯はちす五体投地（ごたいとうち）のごと伏して　部谷千代子

骨太の父の一喝枯はちす　大槻和木

冬菜（ふゆな）　冬菜畑　冬菜売

冬期に栽培する菜の総称。ほとんどはアブラナ科。霜除がなくても青々と育つ。耐寒性が強い。白菜、唐菜、小松菜（東京小松川）、野沢菜（長野）、広島菜（広島）、酸茎菜（すいぐきな）（京都）など種類が多い。ただし、菠薐草（ほうれんそう）、菊菜などは冬に出回るが春の季語に入る。

冬菜洗ふあたりの濡れて昼の月　松村蒼石
しみじみと日のさしぬける冬菜かな　久保田万太郎
浄瑠璃寺門前市に購（か）ふ冬菜　猿渡たつ子
夕暮の改札通る冬菜かな　一町田愛子

白菜（はくさい）

アブラナ科。明治時代に中国から移入。日本の風土に適したらしく冬野菜の代表として全国に普及した。結球する性質がある。白い肉厚の葉柄、淡緑色の縮緬状の葉を有する大きな株（大根）は形も色も見事。そのみずみずしさ、淡泊な味は、広い調理法で和風、中華、洋風と重宝されている。漬物、煮物、殊に鍋物には欠かせない。

洗ひ上げ白菜も妻もかがやけり　能村登四郎
白菜の山に身を入れ目で数ふ　中村汀女
星うたげせり白菜を漬けし夜は　千代田葛彦
白菜を赤子のやうに抱いてくる　野木桃花
丸洗いする白菜と腕時計　永瀬千枝子
白菜を紙にくるめば吉良（きら）の首　島津城子
白菜を洗ひて日なたぬらしをり　小沢青柚子
白菜の一株にして一かかへ　吉田きよ子
白菜やつむじ二つの赤ん坊　石口りんご
そむくことなき白菜を縛る紐　金子高遠

葱（ねぎ）

葱（き）　一文字（ひともじ）　根深（ねぶか）　葉葱　葱畑

ユリ科の宿根草。最も庶民的な冬野菜の一つ。関東では深根（根深の柔らかい白い部分）を食用とする。関西は葉葱（緑の葉の部分）を好み料理に生かす。鍋物、汁物、薬味など。葱の種類も地名で呼ばれる。関東の千住葱、矢切葱、深谷葱、下仁田（しもにた）葱、関西の九条葱など。

葱買うて枯木の中を帰りけり　蕪　村
葱二列十万億土の匂ひかな　平橋昌子
夢の世に葱を作りて寂しさよ　永田耕衣
葱深く伏せて雪くる信濃川　本宮哲郎
白葱のひかりの棒をいま刻む　黒田杏子
葱の畝帝釈天の舟を待つ　遠藤比呂志
天に風鳴りていよいよ曲がる葱　宮坂静生
小坊主を芯に抱きけり厨葱　下沢とも子
我が業を剥くごと葱の皮をむく　桜井楊子
青き葱微塵に刻む被曝の葬　岡崎万寿
泥葱の束つんのめる厨口　秋山美智子
根深掘る野は月あげて深谷村　大津希水
軒すぐに富士ある暮し葱植うる　安田春峰
歩く会帰りはみんな葱を負う　澤柳たか子

大根（だいこん）

大根（だいこ）　大根（おおね）　すずしろ　青首大根　大根畑

アブラナ科。日本へは中国を経て伝来。和名「おほね」春の七草「すずしろ」は大根のこと。用途によって沢庵、干大根、煮大根。霜が降りる頃から柔らかく美味しくなる。練馬大根、守口大根、聖護院（しょうごいん）大根、桜島大根と産地名でよばれる。近年主流の青首大根は宮重大根（愛知）である。→大根引・大根洗う・大根干す

流れ行く大根の葉の早さかな　高浜虚子
死にたれば人来て大根（だいこ）煮（た）きはじむ　下村槐太

大根を刻む刃物の音つゞく　山口誓子
大根煮て昔のやうに抱かれけり　星野明世
大根に筵を掛けてゆきしかな　酒井裕子
祖谷(いや)部落大根畑も急斜面　橋本蝸角
引退の海女のほまちや赤大根　松本三千夫
大根の双葉に月の蟹(かに)あそぶ　中野ただし
母在りし夜もかかる香に大根煮る　小堀弘恵
鯨来る海を背にしてだいこ引く　吉村すず
禅寺の縄をぬけたる大根かな　石飛如翠
ニューヨークに刻む大根膾(なます)かな　藤谷令子
切る切られる三浦大根ふくらはぎ　さかすみこ
大根が欠かせぬ二人暮らしです　小高沙羅

人参(にんじん)　胡蘿蔔(にんじん)

ヨーロッパ原産。セリ科の二年草の根菜。日本へは中国から渡来。漢名胡蘿蔔(こらふく)。霜の降りる前後に収穫。他の季節にも作られるが、冬採るのが美味しい。根は赤みを帯び、芳香と甘みがあり、カロチンに富む。種類も多く滝野川人参、金時人参、短い三寸人参、五寸人参に人気がある。

ロシヤ映画見てきて冬のにんじん太し　古沢太穂
胡蘿蔔(にんじん)赤しわが血まぎれもなき百姓　栗生純夫
人参の太さこんじきぐらしかな　松澤　昭
人参も青年も身を洗ひ立て　宮坂静生
人参あまく煮て独りにもなれず　坂間春子
むつかしく金時人参選つてをる　吉井幸子
カリカリと人参ステックコップ酒　千才治子
新人参子無し貴族と言はるるも　北田はれ子

蕪(かぶら)　蕪菁(かぶら)　蕪(かぶ)　かぶらな　すずな　赤蕪(あかかぶ)　緋蕪(ひかぶら)　蕪畑(かぶらばた)

アブラナ科の一年草または越年草。ヨーロッパ原産である。その用途は大根に似て古くから栽培されているが、大根ほど栽培量は多くない。葉、茎、根を全部食用とする。大形のものには大津市付近の特産である近江蕪や京都府原産の聖護院蕪があり、品質佳良で千枚漬、蕪蒸にも良い。蕪の仲間には肌が白いものばかりではなく皮が赤くて身の白い「温海蕪」、皮も身も赤い「大野紅」、大根のように細長い「日野蕪」、別名緋の菜、葉が大きくて根の小さい「すぐき菜」等がありそれぞれ漬物の名品を作って来た。菘ともよばれ春の七草の一つとして古くから親しまれている。↓蕪汁

どれもどれも寂しう光る小蕪かな　渡辺水巴
みほとけの近江の甘き蕪かな　藤田純男
露の蕪抜いておどろく声洩らす　加藤楸邨
飛騨一之宮抜きたての赤蕪　金子青銅
北のかぶら漬ければ赤くしばれるも　三浦一寿子
少年の眼鏡くもらす蕪蒸　松本桂子
ひとり居の蕪の白きを刻みけり　平野仲一
山見えて蕪の歩く無人駅　平林孝子
蕪大根漬けて日昏れの酔心地　武居愛
大切なものでもなくて大蕪　倉本岬

麦の芽　芽麦

晩秋から初冬にかけて蒔かれた麦は、やがて発芽し冬の間に序々に伸びて霜や雪を耐えしのぶ。広い麦畑にぽつぽつと緑の芽が萌え出たさまははけなげで頼もしい。畦草などすべて枯れ、他に緑のものが見当らない時期だけにそのみずみずしさは目に沁みる。↓青麦（春）・麦（夏）

麦生えてよき隠家や畠村　芭蕉
同じ大地に地雷は眠り麦は芽に　原子公平
麦の芽の丘の起伏も美まし国　高浜虚子
麦の芽のまだ一寸や八ヶ岳の風　風間淑
麦の芽に汽車の煙のさはり消ゆ　中村汀女
麦の芽の畑の果の遠筑波　笹目翠風

冬草（ふゆくさ）　冬の草　冬青草

冬になってもなお青く枯れ残っている草、および冬も青さを失わず育つ草をいう。枯草と言わず冬草と言う時は冬なお青々とした草をさすことが多い。湧き水のほとり、田川の土手の草などは冬でもみずみずしい緑をしている。

冬草やはしご掛けおく岡の家　乙二
母長寿たれ家裾に冬の草　大野林火
棺縛しての余り縄冬草へ　たむらちせい
冬草のかわきゆく音測量す　田中とし子

名の草枯る（なのくさかる）　名草枯る

名の知られた草、名のある草の枯れたものを総称して言う。「枯鶏頭」「水草枯る」「薊枯る」「萩枯る」のようにそれぞれの名を冠して詠む。

残りたる絮（わた）飛ばさんと枯薊　中村汀女
蕭条（しょうじょう）と名の草枯るるばかりなり　大場白水郎

枯葎（かれむぐら）

荒れた庭や空地などに生い茂った葎が、ものにからみついたまま枯れ果てたさまである。葎とはもともと蓬々と茂った雑草を言うが八重葎、金葎（かなむぐら）など今日では特定の草の名ともなっている。寒風の吹き渡る日には眺めるだけでも寒々とした印象である。↓葎（夏）

あたたかな雨が降るなり枯葎　正岡子規
もの音の沈みしづみて枯葎　飯田龍太

枯蘆（かれあし）　枯芦（かれあし）　枯葦（かれあし）　枯蘆原（かれあしはら）

西行に「津の国の難波の春も夢なれや芦の枯葉に風渡るなり」の名歌がある。ことに川岸や沼辺に枯れたまま芦が群れ立っているさまは冬らしい眺めである。冬が深まると芦の穂もほおけだち、茎も錯綜して乱れ立つので蕭条たる趣が一層強い。↓蘆の角（春）・青蘆（夏）・蘆の花（秋）

枯蘆の日に〳〵折れて流れけり　闌更
枯蘆の遠きものより夕焼す　山田みづえ
枯芦に男出でたり鶏提げて　宮田正和
枯葦や叫びたきとき息殺す　鍵和田秞子
葦枯るる着水はどこか傷い　本田ひとみ
葦枯れて月の光の折れ易し　波戸岡旭
己が影枯葦原を移りゆく　斎藤キヌ子
枯芦やにぶき艪音の近づきて　芳賀雅子
枯蘆の中より出でて地を測る　中根美保
気功なら枯芦原をころがして　杉浦一枝

枯萩（かれはぎ）　萩枯る

葉の落ちつくした萩である。マメ科の小低木で落葉したあとの風情はひとしお、ものの哀れが感ぜられる。枯れた萩は株の根本から刈り取って来春の芽出しをよくする。萩は秋の七草の一つとされるところから、名の草枯る季語の分類の中に入るといえよう。↓萩（秋）

枯萩を刈らむとしつつ経し日かな　安住敦
紅萩といふ枯叢を刈りをる音　野沢節子
きのふ菊けふ枯萩を焚きにけり　神蔵器
枯萩を焚きて稚魚忌や十年経し　椎名書子

枯芒（かれすすき）　枯薄（かれすすき）　冬芒（ふゆすすき）　枯尾花（かれおばな）

冬は芒も枯れつくして真っ白になってしまう。霜にあい冷たい雨に打たれるためだが、穂に残っていた絮が飛びつくすと影も淡く茎ばかりになって哀れを誘う。尾花は芒の別名で花穂をけものの尾に見立てたもの。枯れた様を強調して枯芒、枯尾花ともいう。↓芒（秋）

美しく芒の枯るる子細かな　富安風生
わが頬にふれてあたたか枯芒　山口青邨
枯芒北へ北へと身を寄せる　船水ゆき
雲上に嶺ありにけり冬芒　田中澄子
芒枯れ尽くして風の粗くなる　三浦光児
あり余ることばの果ての冬芒　政野すず子

枯草（かれくさ）　草枯る

青い所を残さずすっかり枯れ尽くした草の総称。一年生の草は冬の来る前に次代の種をつけて枯れてしまう。また多年生の草は成長を止めて休眠に入り地上部は枯れて、地下部に栄養を蓄えて来年に備える。一部には耐寒性があって冬でも青い草があり、また越年生といって秋に芽を出し春に咲く一群がある。

草々の呼びかはしつつ枯れてゆく　相生垣瓜人
色つけて花つけて草枯れてゆく　上野章子
枯草となりて安らぐ裾野かな　山本柳翠
枯草の中はあたたか海蒼し　西田明水
枯草にあまねきものは深空かな　平野冴子
草枯やいつのころより狸塚　大野信子

枯芝（かれしば）

公園や洋風の庭園に敷きつめられた芝生は、冬になると一面に明るい黄色に枯れてしまう。雑草の枯れたのとは趣が変り、冬の日ざしを集めた枯芝には暖かさと安らぎを感じる。雪の消え残っている枯芝の風情も良い。↓若芝（春）青芝（夏）

枯芝は眼をもて撫でて柔かし　富安風生
芝枯れて海女のいち日おだやかに　鈴木真砂女
枯芝に転べば肝のあたたかき　栢尾さく子
枯芝の中に上向く蛇口あり　中嶋延江
枯芝に回転木馬影まはす　慶伊邦子
枯芝や金の茶壷の二坪ほど　石口りんご

藪柑子（やぶこうじ・やぶかうじ）

山林の陰地に生ずるヤブコウジ科の常緑の小灌木で、高さ数センチから三〇センチばかり、長楕円のつややかな葉をつけ、ふつう輪生状を呈して、一、二層をなす。夏、葉の間に白い小さな花をつけ、花の後、小豆大の球果をぶらさげ、冬になると真赤に熟れて美しい。正月の蓬莱台（ほうらいだい）に用いられる。古名、山橘、異名、藪椿、赤玉の木、箱根万両、白い実の白実万両、葉に白と淡紅色の交る三色藪柑子がある。

樹のうろの藪柑子にも実の一つ　飯田蛇笏
年一ト日余して歩く藪柑子　森　澄雄
目いっぱい日向を使ふ藪柑子　晏梛みや子
藪柑子飾る家々健やかな　飯田六斗
受験票忘れて来し子藪柑子　檜山哲彦
藪柑子淋しくなれば空があり　貴葉志行

石蕗の花　槖吾の花　石蕗の花　石蕗

石川、福島両県以南の本州の海岸近くに生え、また観賞用に栽培されるキク科の常緑多年草である。葉は菊に似て質が厚く、深緑色で光沢がある。晩秋から初冬にかけて、花茎をのばし、黄色い頭状花をつける。花のない季節に咲くので、遠目もあざやかで美しい。葉柄は蕗と同様に食用に供され、また解毒剤となり、また化膿、湿疹の貼り薬にもなる。

静かなる月日の庭や石蕗の花　高浜虚子
花石蕗や心の張りを支へ咲く　西岡正保
黄八丈色に石蕗咲き妻が着て　草間時彦
石蕗の花反古いづれも捨てられず　大口公恵
石蕗咲くや心魅かるる人とゐて　清崎敏郎
石蕗どこも咲きし三国と記憶せむ　早崎　明
声出して己はげます石蕗の花　横山房子
のり越えし巌の向うも石蕗の花　須並一衛
付添って二人の影絵石蕗の花　近藤三知子
濃き日には濃き日陰あり石蕗の花　大岩樹代子
八尾乙女のあぎと美し石蕗あかり　島津城子
太陽と虻を引き寄せ石蕗の花　本岡歌子
石蕗の花憐れ御仏首おとし　永井喜久司
石蕗の花譜代の家を誇りとし　桑原和子
船笛の大きく近く石蕗の花　長島衣伊子
花石蕗の波大亀の骸打つ　谷川火鳥
舌噛んで死ぬか死ねるか石蕗の花　大木孝子
渡海僧舟出の潟や石蕗の花　永井敬子

冬菫　寒菫

冬に咲くスミレである。特に冬に咲く種類があるわけではない。スミレの花期は春であるが、暖冬に日あたりのよい庭園や、山ふところの道ばたにかれんな花を咲かせる。暖かい地方、関東では房総、湘南、伊豆などで寒中に咲いている。スミレは、もともとにぎやかな花ではないが、冬に咲くのは、とくに清楚、可憐な感じがする。→菫（春）

石ころの相椅りむつみ冬すみれ　山口青邨
ふるきよきこころのいろして冬すみれ　飯田龍太
冬すみれ本流は押す力充ち　齊藤美規
冬すみれおのれの影のなつかしき　川崎展宏
ボールペン落として気づく冬すみれ　三田村弘子
言霊の熊野の山の冬すみれ　高須ちゑ
井戸堀の地響き浴びし冬すみれ　鈴土郁子
ゆがみたる須恵器の口や冬菫　久保　寥
藁葺きの王妃の館冬すみれ　三国眞澄
病衣脱ぎ留守居のつもり冬すみれ　阿部千代子
又会ふ日確かめぬまま冬菫　高橋静子
冬すみれ嬉しき言葉秘めきれず　野田ゆたか

竜の玉（りゅうのたま）　竜の髯の実（りゅうのひげのみ）　蛇の髯の実（じゃのひげのみ）

ジャノヒゲの実である。山野や林中に自生するが、庭園にも植えられる。庭草として庭石や垣根のあしらいに多く用いられる。初夏の頃葉の間から短い花茎を出して淡紫色の小花を咲かせ、花の後球状の実をつけ、冬とともに熟して碧い竜の玉となる。よく弾むので、はずみ玉と称して子女の遊びに使われる。竜の髯また蛇の髯の実は、その細い葉を竜や蛇の髯に見たてての命名である。

龍の玉深く蔵すといふことを　高浜虚子
老いの手をのべて探りて龍の玉　富安風生
病む母にはづませ見せし竜の玉　吉田きよ子
竜の玉命のはてを見てきし眼　石河義介
磐座（いわくら）の人をこばみし龍の玉　土谷和生
ひとり子のひとり遊びや竜の玉　板橋美智代
雪中に瑠璃冴えにけり竜の玉　荻野泰成
谷間に生れて住みて龍の玉　柳澤和子
いちにちの奥に秘めおく龍の玉　中丸　涼
わがこゑに父のあらはれ龍の玉　中戸川朝人

いち日を歩きつくして龍の玉　野中千秋
手に取りて人肌となる龍の玉　澤本三乗
てのひらに寓話がひとつ龍の玉　望月　哲
鍵かけていづる看取りや竜の玉　帰山綾子

冬萌（ふゆもえ）　冬木（ふゆき）の芽　冬芽

冬の暖かいとき、草木の芽が青々と萌え出すことがある。それを冬萌えという。日溜りの枯草の中に、はこべやほとけのざなどの芽吹きは冬草などと違った新鮮さをおぼえる。この頃になると、雑木林の梢から頬白の声が聞こえ、暖流のひびきに交って、ミソサザイの冴えた囀りが流れてくる。

↓下萌（春）

冬萌や朝の体温児にかよふ　加藤知世子
雪割れて朴の冬芽に日をこぼす　川端茅舎
冬萌や小鳥の嘴に空気穴　宮坂静生
病むことも治る証拠や冬木の芽　京谷圭仙
冬萌やばらして洗ふ小鳥籠　上原富子
冬萌や赤子の好きな肩車　真山　尹
渾身の力は真紅冬木の芽　折井眞琴
しあはせを育ててゐるや冬萌ゆる　福山理正
高空の風の冬芽となりにけり　川合憲子
ちちははの墓は無番地冬木の芽　野村青司
裸婦像の見据ゑる先の冬木の芽　伊東よし子
冬木の芽かたく閉ざして御輿庫（みこしぐら）　松田延子

索引

（収録したすべての季語を五十音順に配列した。ゴシック体は「見出し季語」を示す）

う

え

お

か

け

こ

さ

し

な

に

監修・編纂・執筆者一覧（敬称略）

●監　修（五十音順）

桂信子・金子兜太・草間時彦・廣瀬直人・古沢太穂

●編纂委員（五十音順）

綾部仁喜（泉）
伊藤通明（白桃）
茨木和生（運河）
宇多喜代子（草苑）
老川敏彦（秋）
大牧　広（港）
加藤瑠璃子（寒雷）
熊谷愛子（逢）
倉橋羊村（波）
斎藤夏風（屋根）
田口一穂（秋）
寺井谷子（自鳴鐘）
豊田都峰（京鹿子）
中戸川朝人（方円）
成田千空（萬緑）
能村研三（沖）
原　裕（鹿火屋）
深谷雄大（雪華）
福田甲子雄（白露）
星野紗一（水明）
星野麥丘人（鶴）
松澤　昭（四季）
宮坂静生（岳）
森田緑郎（海程）
諸角せつ子（道標）
山田みづえ（木語）

編纂進行

松田ひろむ（鷗座）

●季語解説執筆（追加季語など、一部この一覧に合致しない場合もあります。）

春

時候　綾部仁喜
天文　伊藤通明
地理　茨木和生
生活　宇多喜代子
　　　成田千空
行事　大牧　広
　　　豊田都峰
動物　加藤瑠璃子
植物　熊谷愛子
　　　星野紗一

夏

時候　寺井谷子
　　　行方克巳
天文　小澤克己
地理　茨木和生
生活　老川敏彦
　　　田口一穂
　　　大矢章朔
　　　水谷郁夫
　　　上田日差子
　　　藤田　宏
　　　嶋田麻紀
行事　直江裕子
動物　能村研三
　　　橋本榮治
植物　岩淵喜代子
　　　窪田久美
　　　辻恵美子
　　　三村純也

秋

時候　福田甲子雄
天文　星野麥丘人
地理　茨木和生
生活　松澤　昭
　　　松澤雅世
行事　岩淵喜代子
動物　宮坂静生
植物　諸角せつ子
　　　松田ひろむ
　　　森田緑郎

冬

時候　深谷雄大
天文　山田みづえ
地理　いのうえかつこ
生活　斉藤夏風
　　　伊藤伊那男
　　　中戸川朝人
　　　小島　健
行事　遠山陽子
動物　成井惠子
植物　小島花枝

新年

時候　橋爪鶴麿
天文　橋爪鶴麿
地理　橋爪鶴麿
生活　小林貴子
　　　加古宗也
行事　西村和子
動物　いのうえかつこ
植物　いのうえかつこ

校閲　倉橋羊村

忌日一覧　綾部仁喜
　　　　　　細井啓司

新版・俳句歳時記【第六版】冬

二〇〇一年九月　五　日　第一版第一刷発行
二〇〇三年四月　十　日　第二版第一刷発行
二〇〇九年二月　十　日　第三版第一刷発行
二〇一二年六月三十日　第四版第一刷発行
二〇一六年六月二十五日　第五版第一刷発行
二〇二四年三月二十五日　第六版冬第一刷発行

監　修　桂　信子
　　　　金子兜太
　　　　草間時彦
　　　　廣瀬直人
　　　　古沢太穂
編　集　「新版・俳句歳時記」編纂委員会
発行者　宮田哲男
発行所　株式会社雄山閣
　　　　東京都千代田区富士見二-六-九
　　　　電話　〇三-三二六二-三二三一
印刷／製本　株式会社ティーケー出版印刷

ISBN978-4-639-02934-2　C0092